本丛书获浙江大学人文学部“中央高校科研基本业务费”资助

本书系浙江省社科规划课题成果（玛格丽特·德拉布尔“光辉灿烂”三部曲中的社群意识研究　10CGWW06YBQ）

浙大人文

青年学者文丛

# The Sense of Community in Margaret Drabble's *The Radiant Trilogy*

# 玛格丽特·德拉布尔“光辉灿烂”三部曲中的社群意识研究

孙艳萍 著

ZHEJIANG UNIVERSITY PRESS
浙江大学出版社 | 全国百佳图书出版单位

# 浙大人文青年学者文丛

# 总　序

由浙江大学人文学部策划的《浙大人文青年学者文丛》与读者见面了，这实在是一件特别值得庆贺的事。

值此庆贺之机，不揣粗陋，说一点与当下人文学科的境遇与发展相关的感想，与本《文丛》的笔者和读者朋友们交流求教。

关于人文及人文学科内容的表述，中国和西方虽有不同，但其意蕴与精神，两者的看法则大体相同。

一般认为，我国古代文献中最早出现"人文"一词的是《易经》："刚柔交错，天文也；文明以止，人文也。观乎天文以察时变，观乎人文以化成天下。"(《贲·彖辞》)意思是说，天生有男有女，男刚女柔，刚柔交错，这是天文，也即四时更替、天道自然；人类因此而有夫妇，有家庭，由家庭而国家，而天下，这是人文，也即社会人伦、人类文明。治国者既要观察天道自然的运行规律，又须用人文精神来教化天下。孔子说："德之不修，学之不讲，闻义不能徙，不善不能改，是吾忧也。"(《论语·述而》)因此，他强调"仁学"，要求人们"修德"、"讲学"、"徙义"、"改过"，学会"做人"、"爱人"，这是孔子对什么是人文的看法，也可以说是我国古代"人文教化"的日常要求和经验总结。在西方文化传统中，早期古代希腊时期，人和自然是一个整体，科学是真正综合的。亚里士多德开始寻找不同学科之间的差异，区分了理论、实践和创制三种科学，但他并没有将人文科学、社会科学和自然科学明确区分开来，而是仍然将自然哲学、数学和形而上学一起作为理论科学，将伦理学与政治哲学一起作为实践科学，将诗和修辞学归入以生产某物为目的的创制科学。后来所说的人文科学的某些观念，在公元前五世纪的希腊作为通识教育内容，目的是培养年轻人成为积极的公民。据说"人文学"(humanitas)概念最早由古罗马的西塞罗在《论演讲》中提出来的,作为培养雄辩家的教育内容,成为古典教育的基本纲领,并由圣奥古斯丁用在基督教教育课程中,围绕基督教教义学习语法、修辞、诗歌、历史、道德哲学。此后,人文学科便作为中世纪学院或研究院设置的学科之一。中世纪后期,一些学者开始脱离神学传统,研究和发掘古希腊、罗马的文化遗产,认为这种古典文化以人和自然为研究对象,是一种非神学的世俗文化,并用 humanitas(人文学)来称呼这种新学问。大约到16世纪,"人文学"一词有了更广泛的含义,指的是这样一种文化现象:针对上帝至上的宗教观念,主张人和人的价值具有首要意义,重视人的自由意志和人对自然界的优先地位。从事人文学研究的学者于是被称为人文主义者。直到19世纪时,西方学者才用"人文主义"一词来概括这一文化现象,这就是我们通常所谓文艺复兴时代的人文主义思潮。人文主义思潮的主要内容成了英美学院和欧洲大陆大学预科基础教育的基本内容。随着近代实验科学的不断发展,人文学科逐渐明确了自己特殊的研究对象,成为独立的知识领域。按美国国会关于为人文学科设立国家资助基金的法案中的规定,"人文学科包括如下研究范畴:现代与古典语言、语言学、文学、历史学、哲学、考古学、法学、艺术史、艺术批评、艺术理论、艺术实践以及具有人文主义内容和运用人文主义方法的其他社会科学。"①欧盟一些主要研究资助机构对人文科学的范畴划分略有不同。欧洲科学基金会认为人文科学包括:人类学、考古学、艺术和艺术史、历史、科学哲学史、语言学、文学、东方与非洲研究、教育、传媒研究、音乐、哲学、心理学、宗教与神学;欧洲人文科学研究理事会则将艺术、历史、文学、语言学、哲学、宗教、人类学、当代史、传媒研究、心理学等归入人文科学范畴。这些差异反映了一种人文科学与社会科学研究相互交叉的趋势,所谓的学科分类也是相对而不是绝对的,更不是唯一的。

可见,从传统上看,人文学科是欧美大学学院或研究院设置的学科之一,属于教育学的基本科目类别;人文科学则是人文学科这一独立知识领域

---

① 《简明不列颠百科全书》第6卷,"人文学科"条目,中国大百科全书出版社1986年版,第760页。

的总称，其主要研究对象是人与社会及其活动，是人类自身的发展、价值和精神。探求人的奥秘，便形成人文科学，人文科学的存在与发展，与人类自身的生存与发展相生相伴，须臾不能分离。

随着近代西方科学进步所带来的学科分化和社会变化，人文科学与自然科学，从本来的整体综合逐渐出现分化与疏离，表现出明显的区别。自然科学以自然界的物质现象为研究对象，是关于物质形态、结构、性质和运动规律的科学，通过观察、实验的方法，揭示各种物质形态的结构和本质，认识自然界的运动规律，并直接服务于人类利用和改造自然的活动，其特点是可重复性、可复制性。人文科学则研究人与社会及其活动，主要探讨人类历史发展、人的意识、情感、精神活动，通常采用引证与诠释、直观与体验、演绎与推论、想象与联想，以及思想实验等以语言分析、逻辑抽象和精神官能为基础的方法，使用难以用实验科学方法加以验证的范畴概念，如现象、本质、价值、命运、自由意志等，揭示人自身的生存状态、活动形式及其价值与意义，突出认识和体验的独特性、偶然性和创造性，或者获得“具体的”个别和独特的认识内容与价值观念，或者形成适合于任何时代任何人的普遍经验和一般原则，其特点是不可重复性、不可复制性。

自古以来，人文科学就在各个方面推动着人类自身及其社会的发展。以哲学为例，中国古代哲学，无论是孔孟之道还是黄老之学，对人自身的德行养成和素质发展，对社会的政治影响和秩序稳定，都起着科学技术所不能替代的深刻作用，直到今天，仍然如此；西方哲学，无论是传统理论还是现代思想，都有力地推进了人们理解和把握自然界与人类社会的步伐，从不同角度打开了深入探索、理解自然世界和人类自身及其社会奥秘的通道，决定性地影响了欧洲自然科学世界观的道路和方法，莫定了自然科学实验观察和科学分析的理论基础。即便在以经济建设为中心、市场规则主导的当今世界，人们也都自觉不自觉地接受和运用着人文科学提供的思想、观念、价值、态度以及思维与生活方式，享受着人文科学所带来的实际成果。今天谁都不会否认，没有“实践是检验真理的唯一标准”这样的哲学讨论，就没有涉及理论、经济、社会发展乃至人的生活态度各个方面的思想解放和观念转变，也就不会有我国的改革开放以及由此带来的翻天覆地的变化。在一定意义上可以这样说，三十多年来，人文科学和其他社会科学一起，一次次将关系社会发展的重大问题提到时代和大众面前，持续地引领着人们的社会想象和公共论题，塑造了整个改革开放时代的公众话语模式和心理结构。

可是我们看到，无论在国内还是国外，人文学科在当今社会却受到明显的不同程度的误解、冷遇甚至排斥，人们越来越喜欢用直接可见的"有用"与"无用"作为衡量大学学科与专业之生存标准。对这种状况，我们无需怨天尤人。作为基础研究领域，人文学科具有自身的内在特征，诸如：它在根本目标上与直接的经济发展要求存在着正常的疏离，其研究一般需经历较长的过程，研究的结果也难以精确预见和预测，因而被挤到急切发展经济的当下社会的边缘，不在追求物质利益的人们的视野焦点之中，并不值得大惊小怪。它所面对的是人自身，人作为有思想的主体，在认识和改造世界的同时也在不断地认识和改变着自身，这一过程是无止境的，因而，最初的人文学者及其理论所讨论的问题，并不会随着时间的流逝全部消失，许多问题仍然会被后人们反复讨论，却不能获得确定无疑的结论；它研究的虽然都是人自身，但不同的研究者可以根据不同的观念和角度，采用不同的研究方法，从而得出不同的认识，不同时代对同一问题也可以得出不同的认识，甚至同一个人对自己研究的同一问题前后也可能会有不同的观点，而这许多认识和观点，并不一定有统一的评价标准，不能用实验的方法予以验证，一般也难以获得普遍的认可和最终的答案；这本来正是人文科学具有永恒魅力的原因之一，可是却与人们通常那种追求解决实在问题、获取具体认知与效益的愿望，显得格格不入，甚至会让人生出厌倦无聊的情绪。科学技术的价值表现是直接的，作用发挥是显性而当下可见的；人文科学与之不同，它的价值表现是间接的，作用发挥是隐性而缓慢延后的，人们往往容易看到科学技术直接带来社会经济的发展和人们生活的改善，却忘记或忽视了推动这种变化的思想观念的深层次作用，以及由此带来的生产关系的改革和调整的力量。从人文学科具有的诸如此类特征，我们也许可以找到理解人文学科当下遭际的一些理由。

理解这种遭际的现实，并不就是默认它的合理性，更不是让我们消极地抱怨与等待，而是要面对现实，通过自身的努力去逐渐改变这种现实。我认为这里有一点很重要，就是我们从事人文学科教学和研究者自身，包括青年学者在内，要以一种人文精神去对待所从事的职业与事业，把握人文学科的特征，相信人文学科对社会和人生的意义，恰当看待学科的冷与热，尽可能摆脱急功近利的浮躁心态，坚守人类自身不可离异的精神家园，以积极的态度延续与发展人文学科。

《人文学科青年学者文丛》的编辑出版，便是这种坚守和发展的一种承诺与措施，将为人文学科青年学者们提供发表研究成果、交流研究心得的可以信赖的阵地。本《文丛》将精心选编本校人文学科青年学者的研究著作，也包括其他学科青年学者属于人文学科的研究成果，人文学部将对有志于该学科研究的青年学者们给予研究和出版的经费支持。十多年前，曾担任过香港首届特别行政区行政长官的董建华先生以宏远的眼光，在原杭州大学设立内地高校第一个文史哲研究基金，扶持和培养了大批人文学科青年才俊，其中许多人已成为相应学科领域的知名专家。我们有理由对本《文丛》满怀同样的期待，愿与人文学科的青年朋友们共同耕耘这个阵地，一起分享收获的喜悦，与《文丛》相伴着成长。

庞学铨

2010 年 8 月于西子湖畔浙大

# 序

《玛格丽特·德拉布尔"光辉灿烂三部曲"的社群意识研究》是近年来并不多见的一部好书。

就观念史而言,"社群"和"共同体"同属一个范畴,虽然在具体涵义的覆盖范围上有所不同,但是它们的核心意义是相同的,而且常常可以互换,在英语中尤其如此——都可以翻译成 community。社群也好,共同体也好,它们与其说是"场所"(places),不如说是"集体认同的实践/惯例"(practices of collective identification),"其变动不居的秩序大体界定了任何实际社会形态的文化"(Francis Mulhern 语)。在这一意义上,它们是同义的。

优秀的文学家对社群的想象,实际上是对现实中共同体的塑造。共同体的建构,与其说依赖启蒙运动提倡的那种理性设计,不如说是一种文化实践和探索——艾略特(T. S. Eliot)和威廉斯(Raymond Williams)都认为文化探索在很大程度上是一种无意识或未知的体验,而未知的体验不可能有铁定的方案、计划和公式。"正因为如此,一个美好的共同体,一种鲜活的文化,都会促进人们在公共需求方面的意识,不仅会为此提供空间,而且会鼓励所有的人都为此努力。"(Williams, *Culture and Society*)。玛格丽特·德拉布尔也是为此不懈努力的一位优秀文学家。

对德拉布尔的研究,离不开对社群/共同体语境建设的关注,而这一语境的建设至少可以追溯到 19 世纪。由于工业革命和资本主义全球化的缘故,19 世纪的欧洲人突然发现周围的世界/社区变得陌生了:社会转型犹如快速的漩涡,人与人之间的关系不再稳定,彼此之间聚散离合的速度令人目不暇接,更不消说信仰的迷失、社会向心力的消失,以及贫富两极分化所导致的"两个民族"(the two nations——Benjamin Disraeli 语)现象,也就是卡莱尔所说的"纨绔子"和"劳作者"这"两大派别"(the two sects)之间的战争，或是马克思所说的"阶级战争"(class war)。反过来说，人类社会对共同体的需求已迫在眉睫。作为对这一需求的回应，欧洲各国相继涌现了一批探索并宣扬共同体观念的仁人志士。这些人中有英国的卡莱尔、狄更斯、罗斯金和莫里斯，有法国的杜尔凯姆，还有德国的韦伯和滕尼斯。他们从各自的角度，描绘出一幅幅理想的共同体图景，或者说共同营建了一个共同体语境，而这一语境一直延续到了今天。德拉布尔的小说，尤其是她的"光辉灿烂三部曲"，须要放在这一语境中考察，否则就很难捕捉它们的中心意义。

德拉布尔是当代英国文坛最具影响力和最多产的女作家之一，并因卓越的文学成就先后获得英国女王授予的 CBE 勋章和 DBE 勋章。自 20 世纪 60 年代德拉布尔开始文学创作以来，她的作品一直是国外英语文学研究的热点。我国对德拉布尔的研究起步于 20 世纪 90 年代，无论在数量上还是深度上都极为有限。"光辉灿烂三部曲"是德拉布尔最成熟最重要的小说创作，国内却至今无人对其做出任何全面而系统的研究。而且，在孙艳萍的这部著作之前，我国的研究几乎都局限于对小说做单纯的文本细节解读，鲜有与国外研究成果开展对话，更无人能从社群/共同体意识的角度来从事研究。即便在国外，也一直不见有人重视德拉布尔的社群/共同体意识，尽管半个世纪以来，国外德拉布尔研究的内容和形式都非常丰富，包含综合性辞典、评论集、专著、期刊论文、学位论文和访谈，等等。也就是说，"社群意识"这一关键词在现有德拉布尔研究中的缺席，是一个不争的事实。总之，国内外至今都没有任何完整成型的学术成果指明德拉布尔积极参与了当代英国社群文化的建构。这无疑是一个严重的缺憾。

《玛格丽特·德拉布尔"光辉灿烂三部曲"的社群意识研究》一书正好瞄准了上述缺陷。通过与当前德拉布尔研究的两大领域(即女性主义解读和道德伦理解读)展开对话，作者孙艳萍指出了德拉布尔的社群意识在过往研究中所受到的忽视和曲解。她令人信服地论证了如下观点：女性主义解读和道德伦理解读都有其合理性和局限性，若把社群意识研究作为沟通两者的契机，不仅能兼收并蓄已有的研究成果，而且能有效地解决研究中出现的各种矛盾和疑虑。本书的另一个核心观点也值得肯定："社群意识"独特的历史构成、丰富的理论内涵和现实的社会意蕴是全面理解德拉布尔的创作意图、作品精髓和道德情怀的金钥匙。

本书的研究策略也值得称道。“社群”是当今政治学、社会学、人类学等多门学科的研究热点，却极少在文学文本研究中受到直接而重点的讨论。本书借助上述学术领域的研究成果来探讨文学作品，是一次有益的尝试。同时，通过整理关键词“社群”在当代社会学和英国文化理论研究中的含义，追溯社群意识在希伯来圣经、西方哲学传统以及英国文化和文学进程中的演变和发展，作者论证了社群意识的渊源和历史文化价值，并指明德拉布尔的小说创作是对传统文化的继承和超越。在学术研究领域，学科的建立和划分总是处在嬗变之中，其间跨学科的研究导致新兴的学科在传统学科的基础上应运而生，这无疑是人类文化的进步。本书从选题到论证，都充分体现了跨学科的研究意识，这也是本书具有原创性的基本原因之一。

1994 年秋天，孙艳萍作为杭州外国语学校的保送生进入浙江大学(原杭州大学)外语学院念书，从此我们结下了师生之缘，更结下了深厚的友谊。看到她正在成为一名出色的学者，我打心眼里为她高兴。功夫不负有心人，经过长达六年的刻苦钻研和一年多的修改，她的这部专著终于可以面世了。我衷心地祝福她在学术道路上越走越远。相信这部力作能够推进国内的德拉布尔研究以及共同体观念史的研究，同时与国外德拉布尔研究形成学术对话。

是为序。

殷企平

2014 年 6 月

# 目 录

# 绪　论

玛格丽特·德拉布尔(Margaret Drabble,1939—)是当代英国文坛极具影响力和多产的女作家,[①]"一位世界级人物",作品"被翻译成十六国文字",[②]并因卓越的文学成就先后获得英国女王授予的CBE勋章和DBE勋章。[③]从创作初期至今,德拉布尔一直是国外英语文学研究的热点,而且研究和评论的内容和形式都非常丰富,包含综合性辞典、评论集、专著、期刊论文、学位论文和访谈等。然而,历时半个世纪,却一直不见有人重视德拉布尔在塑造英国社群文化方面的作用。

---

① 德拉布尔于1963年发表了第一部小说《夏日鸟笼》(*A Summer Bird-Cage*),一举成名。1967年,她的第四部小说《金色的耶路撒冷》(*Jerusalem the Golden*)问世,荣膺英国历史最悠久的文学奖——布莱克纪念奖(The James Tait Black Memorial Prize)。1973年,德拉布尔获得美国文艺学院(American Academy of Arts and Letters)设立的爱·摩·福斯特奖(E. M. Forster Award)。德拉布尔一直笔耕不辍,硕果累累,迄今已发表了十七部长篇小说,出版了《阿诺德·贝内特传》(*Arnold Bennett: A Biography*,1974)和《安格斯·威尔逊传》(*Angus Wilson: A Biography*,1996)两部人物传记,主编了华兹华斯、哈代、伍尔夫等大师的文集,发表过大量文学评论。"光辉灿烂三部曲"(*The Radiant Trilogy*)是德拉布尔创作的第十、十一、十二部小说,包括《光辉灿烂的道路》(*The Radiant Way*,1987)、《一种自然的好奇心》(*A Natural Curiosity*,1989)和《象牙门》(*The Gates of Ivory*,1991)。2006年,德拉布尔获剑桥大学荣誉文学博士学位(Honorary Doctorate in Letters)。2011年底,《一位微笑的女士生活中的一天:短篇小说全集》(*A Day in the Life of a Smiling Woman: Complete Short Stories*)出版,以纪念德拉布尔五十年来卓越的文学成就。

② Valerie Grosvenor Myer, *Margaret Drabble: A Reader's Guide* (London: Vision Press; New York: St. Martin's Press, 1991), p. 13. 本书中引用的所有外文文献,若无特殊说明,均由笔者翻译。

③ 德拉布尔于1980年获得英国女王颁发的司令勋章(CBE),全称为Commander of the Order of the British Empire。2008年,她又晋级获得爵级司令勋章(DBE),全称为Dame Commander of the Order of the British Empire。大英帝国勋章(Order of the British Empire)于1917年6月4日由英王乔治五世创立,是英国授勋及嘉奖制度中的一种骑士勋章,共设五种级别,分别为:爵级大十字勋章(Knight/Dame Grand Cross,男女皆简称GBE)、爵级司令勋章(Knight/Dame Commander,男性简称KBE,女性简称DBE)、司令勋章(Commander,简称CBE)、官佐勋章(Officer,简称OBE)和员佐勋章(Member,简称MBE)。在这五个等级中,获得最上两等的授勋英国或英联邦王国公民就算取得了骑士爵位,可以在他们的名称前加上"爵士/女爵士"(Sir/Dame)头衔。参见"360百科——大英帝国勋章"(http://baike.so.com/doc/5403936.html)。

国外学术界比较一致的看法是：德拉布尔于20世纪六七十年代创作的小说带有浓烈的"私人小说"的色彩，主要考察当代知识女性的经历和经验，致力于对女性理想生活道路的探寻；德拉布尔于80年代后期以来创作的小说则拓展了个人生活经验，融入广阔的社会历史时空，聚焦英国的社会时弊和现代人的精神危机，所显示的社会批判精神在某种程度上可以说是地方性新现实主义小说的延续。[①]笔者发现，在现有的德拉布尔研究中，"社群意识"研究的缺席是不争的事实。目前国内外都没有学术成果指明德拉布尔积极参与了当代英国社群文化的建构，她的小说阐释了现实可行的社群道德。而这正是本书旨在具体探讨的中心命题。

其实，早在1975年德拉布尔就明确表达了社群的重要性：

> 我们不能摆脱我们的过去，我们也从来不能摆脱他人的要求，……我们都是漫长的传统(a long inheritance)的一部分，人类社群(a human community)的一部分，我们必须承担我们恰当的角色。[②]

遗憾的是，评论界在引用或评述上面这段话时，都只注重讨论德拉布尔究竟是不是一个女权主义作家，而没有把她对社群的重视置入研究视野。

评论界的忽视恐怕与德拉布尔的创作偏好有关，因为她总是在小说中致力于塑造各种女性形象。在德拉布尔创作的十七部小说中，只有《冰封岁月》(*The Ice Age*，1977)的主人公是男性，其余的清一色由一个或多个女性担当主人公，而且小说中的男性形象总是不如女性形象具体而丰满。

谈到德拉布尔塑造的女性形象，不少有影响的学者往往首推她的女权

---

① 综合参见 Malcolm Bradbury, *The Modern British Novel* (London: Secker & Warburg, 1993); Steven Connor, *The English Novel in History* 1950—1995 (London: Routledge, 1996); Glenda Leeming, *Margaret Drabble* (Northcote: British Council, 2006); Abby H. P. Werlock ed., *British Women Writing Fiction* (Tuscaloosa: London: The University of Alabama Press, 2000); Joan S. Korenman, "The 'Liberation' of Margaret Drabble," in *Critique*, Vol. 21, No. 3 (1980), pp. 61-72.

② Margaret Drabble, "The Author Comments," in *Dutch Quarterly Review of Anglo-American Letters*, No. 5 (1975), p. 36.

思想。在凯斯特-谢尔顿(Pamela Kester-Shelton)主编的《女权主义作家》(*Feminist Writers*,1996)一书中,德拉布尔被描述为最早对20世纪60年代的女权运动作出反应的新一代女性小说家之一。[①]莉碧(Marion Vlastos Libby)的评价如出一辙:

> 因为主角总是女性,而且她生活的社会总是被精确地描绘成等级森严的父权统治,所以个体自我决定的能力问题不可避免地与女权主义观点联系在一起。[②]

由于细腻地刻画了现代知识女性处于孩子与事业之间两难的境况,德拉布尔还获得了"母爱小说家"(the novelist of maternity)的称号。[③]

然而,作家本人却表达了不同的看法,刻意与女权主义保持距离。德拉布尔多次公开表示自己"对女权运动没有兴趣"[④],作品没有与女权运动相适应的地方。[⑤]由此,也导致了女权主义研究者对德拉布尔的诟病。激进的女权主义评论家们逐渐对德拉布尔感到失望。埃伦·罗斯(Ellen Cronan Rose)认为德拉布尔的小说人物的女性意识"模棱两可",因而企望德拉布尔能承认和赞赏小说中表达的女权思想,并鼓励德拉布尔不要约束自己的女权意识的发展。[⑥]福克斯-吉诺维斯(Elizabeth Fox-Genovese)从马克思主义女权主义角度出发,批评德拉布尔的价值观含糊不清。[⑦]

当然,也有学者为德拉布尔辩护,针锋相对地批评女权主义评论家们没

---

① 参见 Pamela Kester-Shelton ed., *Feminist Writers*(Detroit: St. James Press, 1996).

② Marion Vlastos Libby, "Fate and Feminism in the Novels of Margaret Drabble," in *Contemporary Literature*, Vol. 16, No. 2(Spring, 1975), p. 176.

③ Elaine Showalter, *A Literature of Their Own: British Women Novelists from Brontë to Lessing*(Beijing: Foreign Language Teaching and Research Press, 2004), p. 305.

④ Barbara Milton,"Margaret Drabble: The Art of Fiction LXX," an interview, in *Paris Review*, Vol. 20 (Fall-Winter, 1978), p. 53.

⑤ 转引自 Martin Seymour Smith, *The Macmillan Guide to Modern World literature*(London: The Macmillan Press Ltd, 1985), p. 313.

⑥ 参见 Ellen Cronan Rose, *The Novels of Margaret Drabble: Equivocal Figures*(London: Basingstoke: Macmillan; Totowa, New Jersey: Barnes & Noble Books, 1980).

⑦ 参见 Elizabeth Fox-Genovese, "The Ambiguities of Female Identity: A Reading of the Novels of Margaret Drabble," in *Partisan Review*, Vol. 46, No. 2 (1979), pp. 234-248.

有真正全面地理解德拉布尔的人文情怀，认为德拉布尔关注的是人的普遍问题，表达的是人的共同情感。比较具有代表性的是加拿大学者斯多弗(Nora Foster Stovel)的观点。她认为德拉布尔与其说是一位女权主义者，不如说是一位人文主义者；德拉布尔小说的主题不是社会，而是道德。[①]不过对于德拉布尔作品中道德主题的具体内容和伦理意蕴，斯多弗却语焉不详。

事实上，德拉布尔之所以能"幸运地作为第一个表现60年代英国知识妇女心声的作家而成名"，[②]并且从处女作《夏日鸟笼》(*A Summer Bird-Cage*，1963)开始，每一部小说的出版都受到评论界和读者的重视，就是因为她准确而又细致地描绘了当代西方女性的各种境况，特别是新一代知识女性自我实现的愿望与困境，紧紧抓住了女权主义的潮流。同时我们又必须看到，作为一名女性，德拉布尔更愿意从自身的经历和感受出发，描绘女性生理和心理的特殊性，反映妇女们如何力图适应社会迅速的变化。然而，我们不能由此便简单地把德拉布尔的创作同女权主义画上等号。我们需要思考的是，通过女性经验这一载体，德拉布尔致力于呈现怎样的生活态度和文化结构？

斯多弗的态度代表了德拉布尔研究的另一个主要领域，即把研究重心放置于对作品中道德关怀的探讨。博赫(Gudrun Boch)认为德拉布尔是一位对严肃的道德问题具有强烈的兴趣的传统小说家。[③]即使到了世纪之交，还有评论家预见，德拉布尔作为"杰出的当代生活的编年史家"的声名早已得到普遍认可，而伴随着"创作准则和美学策略的不断明确化"，德拉布尔必然作为"道德家和艺术家"而日益得到赞赏。[④]那么，德拉布尔的道德要义的

---

① 参见 Nora Foster Stovel, *Margaret Drabble: Symbolic Moralist* (Mercer Island: Starmont House, Inc., 1989).

② Rosalind Miles, *The Fiction of Sex: Themes and Functions of Sex Difference in the Modern Novel*(London: Vision Press; New York: Barnes and Noble, 1974), p. 168.

③ 参见 Gudrun Boch, "Survival in a 'Dying Tradition': The Novels of Margaret Drabble," in *Essays on the Contemporary British Novel*, edited by Hedwig Bock and Albert Wertheim (Munich: Max Hueber, 1986), pp. 32-39.

④ Mary Rose Sullivan, "Margaret Drabble: Chronicler, Moralist, Artist," in *British Women Writing Fiction*, edited by Abby H. P. Werlock (Tuscaloosa: London: The University of Alabama Press, 2000), p. 205.

内涵是什么？她所关注的道德焦点又在何处？对此，大多数研究只谈抽象的“道德感”却不谈具体的“道德准则”，似乎德拉布尔的道德内涵是不言自明的，又似乎一旦点明具体的内容就会消减道德在德拉布尔小说中的神圣性和厚重感。可是笔者感到，无论是对英国社会人际关系疏离、信仰缺失和终极意义不确定等问题的揭示，还是对女性母爱本能、女性间深厚的友情以及英国自然风景热情洋溢的赞美，都反映出作家积极建构文化的赤子之心，而“社群意识”似乎是贯穿始终的主线。笔者意将研究中心放置在作品之中，采用文本细读的阅读立场，先以充分的理解去获取个人的印象和感受，然后通过反复梳理和鉴别，努力使它们呈现出完整的意义。当然，梳理和鉴别的过程绝不是一个简单拼凑的过程，而是通过博览群书，结合文学、哲学、社会学等领域的思想成果，借以厘清初步阅读带来的朦胧与混沌。

此外，学界在讨论德拉布尔的道德自觉性时，一般倾向于把她与英国著名文艺理论家、评论家利维斯（Frank Raymond Leavis，1895—1978）联系在一起，认为德拉布尔继承了利维斯重视文学道德要义的态度，并将他的主张融入创作实践中。这一研究成果对本书有很大的启发作用。众所周知，利维斯在 20 世纪 30 年代至 50 年代之间叱咤英国文坛，通过剑桥大学讲台和文学评论季刊《细察》（*Scrutiny*）主导了当时英国文学批评的趋向。德拉布尔于 20 世纪 50 年代后期在英国剑桥大学纽纳姆学院（Newnham College，University of Cambridge）攻读英国文学，师从利维斯，并深受“利维斯主义”（Leavisism）的影响。在文学上，利维斯的主要观点是“伟大的小说必须显示出深刻的道德关怀”；[①]在文化上，利维斯倡导“有机共同体”（Organic Community）的人际关系和生活艺术，以此抵制日益机械化的社会。德拉布尔与导师的不同之处在于，利维斯刻画的“有机共同体”主要存在于 17 世纪英国乡村，而她致力于详细记载 20 世纪后半叶以伦敦为代表的大城市生活，素有“英国编年史家”（Chronicler of Britain）[②]之称。此外，德拉布尔在中后期创作中越来越多地融合了各类实验手法和后现代技巧。因此，德拉

① 殷企平、高奋等：《英国小说批评史》，上海：上海外语教育出版社，2001 年，第 213 页。

② Phyllis Rose, "Our Chronicler of Britain," in *New York Times Book Review* (September 7, 1980), p. A1.

布尔不是单纯地继承利维斯的思想，而是主动自觉地去探讨新的时代新的道德维度。由此便激发了一连串的问题：德拉布尔究竟是如何在传统和创新之间保持平衡的呢？她是否在创新的同时坚持文学的道德关怀呢？如果是的话，那么德拉布尔的道德关怀的核心思想究竟又是什么呢？

笔者认为女权主义评论和道德伦理解读都有其合理性。前者抓住了德拉布尔小说的重要情节和创作偏好：德拉布尔关注女性身份认同，强调母爱对女性树立自我意识的重要作用。后者令人信服地指出德拉布尔推崇英国文学传统，坚持文学的社会影响力和教育功能。若把"社群意识"研究作为沟通两者的契机，不仅能兼收并蓄已有的研究成果，同时能有效回答以上提出的各种疑问。

也有一些学者看到了社群思想在德拉布尔作品中的闪现。比如，克赖顿(Joanne Creighton)在考察了德拉布尔的文学生涯和对她产生重大影响的作家后，总结说德拉布尔的创作兴趣从个体女性转向了社群问题，可惜她只是一笔带过，没有做深入的探讨。[1]迈尔(Valerie Grosvenor Myer)讨论了德拉布尔小说中运用的大量意象，并以此证明德拉布尔重视社群、关心人类群体的灵魂拯救，但是迈尔的研究主要是为了追寻德拉布尔的清教主义思想根源。[2]哈珀(Michael F. Harper)认为德拉布尔在前五部小说中告诉我们如何去建立脆弱却令人满意的社群，但是论文的中心是论证德拉布尔的小说不是过时的现实主义作品，而是表现出与现代主义价值观的断然决裂，具有后现代视野。[3]斯多弗通过仔细研读德拉布尔的前十部小说，总结说"每一部小说都探讨了女性与她的社群的一种可能的关系"，并认为"虽然女主人公们都力图明确她们的个体身份，但德拉布尔的真正目标不是个性而是社群"。[4] 坎宁安(Gail Cunningham)指出德拉布尔在《光辉灿烂的道路》(*The Radiant Way*，1987)中试图建构深层的图景，是对简·奥斯汀(Jane

---

① 参见 Joanne V. Creighton, *Margaret Drabble* (London: New York: Methuen, 1985).

② 参见 Valerie Grosvenor Myer, *Margaret Drabble: Puritanism and Permissiveness* (London: Vision Press, 1974).

③ 参见 Michael F. Harper, "Margaret Drabble and the Resurrection of the English Novel," in *Contemporary Literature*, Vol. 23, No. 2 (Spring, 1982), pp. 145-168.

④ Nora Foster Stovel, *Margaret Drabble: Symbolic Moralist*, p. 6.

Austin，1775—1817）笔下的小型社群社会的回应。[①] 这些思想虽然只是星星之火，却有力地启发了本书。

最后，补充说明两点：一是国内德拉布尔研究现状，二是选择“光辉灿烂三部曲”（*The Radiant Trilogy*）作为研究对象的缘由。

德拉布尔在英国文坛可谓举足轻重，但是我国对她的研究无论在数量上还是深度上都极为有限。

首先，德拉布尔的创作以及德拉布尔研究的学术成果的译介出版存在很大的空白。目前，德拉布尔的十七部长篇小说中有四部被翻译介绍到中国，分别为《磨砺》（*The Millstone*，1966）、《金色的耶路撒冷》（*Jerusalem the Golden*，1967）、《空床日记》（*Seven Sisters*，2002）和《红王妃》（*The Red Queen*，2004）。另外，在正式出版的二十余篇德拉布尔访谈录中，其中有两篇经过翻译发表在学术期刊上，分别为 2000 年 4 月 16 日在美国俄克拉何马洲接受《俄克拉何马评论》的采访，以及 2006 年 10 月 8 日在英国伦敦接受韩国教授李良玉的专访。德拉布尔创作的短篇小说、人物传记、文学评论、演讲等的译介均为空白。同时，也没有任何有关德拉布尔研究的学术专著或文章的译介。

其次，对德拉布尔作品的分析和解读近年来渐成热点，但是研究视角较为狭窄。对德拉布尔的研究，在国外始于 20 世纪 60 年代，而在我国则起步较晚。王佐良等主编的《英国二十世纪文学史》（1994）在国内最早介绍德拉布尔的生平和主要作品。[②] 1995 年 5 月，德拉布尔与英国著名女作家多丽丝·莱辛（Doris Lessing，1919—2013）一同访问我国。之后，瞿世镜在《外国文学评论》1995 年第 2 期撰文逐一介绍德拉布尔的前十二部小说，并将此文收录到他主编的《当代英国小说》（1998）一书中。[③]张中载收录在《当代

---

① 参见 Gail Cunningham, "Patchwork and Patterns: The Condition of England in Margaret Drabble's Later Novels," in *The British and Irish Novel Since* 1960, edited by James Acheson (New York: St. Martin's Press, 1991), pp. 112-123.

② 参见王佐良、周珏良主编：《英国二十世纪文学史》，北京：外语教学与研究出版社，1994 年，第 778—792 页。

③ 参见瞿世镜：《英国女作家德拉布尔的小说创作》，载《外国文学评论》1995 年第 2 期，第 27—33 页；或瞿世镜、任一鸣等：《当代英国小说》，北京：外语教学与研究出版社，1998 年，第 299—313 页。

英国文学论文集》(1997)的文章"看《瀑布》——德莱布尔的实验性小说"是国内第一篇分析德拉布尔小说的学术论文，揭示了小说中运用的意识流、作者闯入、互文性等实验技巧。[①]不过，国内的研究之后基本都回归女性主义研究。根据数据库统计，目前国内涉及德拉布尔作品研究的期刊论文大约百余篇，学位论文共有四十多篇，其中博士论文三篇。从时间上看，主要是在本世纪才陆续出现，大多数发表于近五年。概括起来说，这些论文主要通过借鉴相关的外文文献，探讨德拉布尔小说的主题思想，或分析小说中的各种意象，偏重解读德拉布尔小说的女性身份建构。[②]此外，2006 年出版的《英国小说发展史》和《英国小说名家名著评析》开辟专节介绍了德拉布尔的生平，并对她的主要小说做了内容概括和简单的评析。[③]

需要指出的是，我国现有的研究几乎都局限于对小说做单纯的文本细节解读，鲜有与国外研究成果开展对话，更未见任何文献涉及作家的"社群意识"研究。综上所述，德拉布尔研究在国内存有非常大的空白，希望本书能够为这一研究领域提供一些有益的借鉴。

至于为什么选择"光辉灿烂三部曲"作为研究对象，主要有以下几个考虑：

其一，"光辉灿烂三部曲"是德拉布尔最成熟最重要的小说创作。在内容上，三部曲更为关注社会意识形态的变迁，并首次把视野投向东方第三世界；在形式上，在整体保持传统现实主义创作手法的基础上融合了大量后现代叙事技巧。选择三部曲既能保证文本之间的连贯性，又能提供足够的内容和视野。

---

① 参见张中载：《看〈瀑布〉——德莱布尔的实验性小说》，载《当代英国文学论文集》，北京：外语教学与研究出版社，1997 年，第 208—220 页。

② 对本书有一定借鉴意义的为：姜宁：《意象在〈冰期〉中的运用》，载《西安外国语学院学报》2003 年第 4 期，第 69—72 页；戴琳：《解读玛格丽特·德拉布尔早期小说创作中的"自我指涉"现象》，载《当代外国文学》2006 年第 1 期，第 67—72 页；杨建玫：《被掩埋历史话语与生存本相的再现——评英国作家德拉布尔的〈红王妃〉》，载《世界华商经济年鉴》2009 年第 2 期，第 61—62 页；王桃花：《德拉布尔〈金光大道〉中的神话原型解读》，载《山东外语教学》2011 年第 3 期，第 67—71 页；林力丹："From Feminism to Postfeminism: Woolf, Drabble, and Carter"，载《英美文学研究论丛》2012 年第 1 期，第 15—27 页；孙志楠、郭晶：《〈光辉灿烂的道路〉的后女性主义透视》，载《学术交流》2013 年第 7 期，第 197—200 页。

③ 分别参见蒋承勇等：《英国小说发展史》，杭州：浙江大学出版社，2006 年；高继海主编：《英国小说名家名著评析》，北京：中国社会科学出版社，2006 年。

其二，在20世纪的英国，撒切尔政府统治时期的文学抗辩最为激烈。80年代的英国是一个新旧交替、消费意识膨胀的年代，传统的伦理标准和社会习俗受到了强烈的摇撼和冲击。在英国历史上，自从1979年5月撒切尔夫人入主唐宁街10号，整个80年代是英国保守主义当道的年代。保守党对内裁减政府机构，削减个人所得税，限制工会活动，削减教育经费，把大学推向市场；对外则进一步巩固和发展英美特殊关系，延缓欧洲一体化进程，主张对苏联采取强硬态度。这一系列举措被称为"撒切尔主义"，成为新左派影响下成长起来的知识分子群起反对的对象。他们"在自己的专业领域开展社会抗争"，把"失败后的挫折感"、"对现实的愤懑、对未来的悲观，尽情在文学批评中宣泄"。[①]"光辉灿烂三部曲"塑造了大量形形色色的人物，他们或多或少地卷入了这一系列的社会事件。

三部曲中的第一部《光辉灿烂的道路》从1980年的新年前夕开始叙述，记叙了曾为剑桥大学同窗好友的三位妇女莉兹·海德兰(Liz Headleand)、埃斯特·布鲁尔(Esther Breuer)和艾丽克斯·鲍温(Alix Bowen)的生活状况和道德理想。在第三部《象牙门》(*The Gates of Ivory*，1991)的结尾处，时间已经是八年半之后了。这样，通过三位妇女以及她们的家庭、事业、社交圈和生活环境，三部曲就全面而翔实地记录了20世纪80年代英国社会的方方面面。

其三，当代最有影响的西方政治思潮之一的社群主义(communitarianism)产生于20世纪80年代，这恰好也是德拉布尔创作"光辉灿烂三部曲"的时期以及小说详细记载的岁月。在80年代，社群主义是西方政治哲学的两大主流之一，源自对美国哈佛大学教授约翰·罗尔斯(John Rawls，1921—2002)《正义论》(*A Theory of Justice*，1971)一书背后的自由主义理论的批判和论争。社群主义的干将阿拉斯代尔·麦金太尔(Alasdair Macintyre，1929—)、查尔斯·泰勒(Charles Taylor，1931—)和迈克尔·桑德尔(Michael Sandel，1953—)等人对自由主义理论过分个人主义化的倾向、里根总统时代的美国政府以及撒切尔夫人时代的英国政府都提

① 赵一凡等主编：《西方文论关键词》，北京：外语教学与研究出版社，2006年，第551页。

出了犀利的批判。"光辉灿烂三部曲"对撒切尔政府放弃英国民族特性、投诚美国文化的直接嘲讽与社群主义思想不谋而合。同时,社群主义代表人物的真见卓识为本研究提供了宝贵的理论支撑。

本书将紧紧围绕"社群意识"这一中心命题来研究德拉布尔的"光辉灿烂三部曲"。首先,通过整理关键词"社群"在当代社会学和英国文化理论研究中的含义,追溯"社群意识"在"希伯来圣经"、西方哲学传统以及英国文学和文化进程中的演变和发展,本书意欲梳理"社群意识"的渊源和历史文化价值,指明德拉布尔小说创作对传统文化的继承和超越。其次,笔者带着崇敬的态度,以细察的自觉回归文本,审视德拉布尔的"光辉灿烂三部曲"捕捉到的20世纪80年代英国的各种社会症状,指出遭遇到各种危机之后的英国知识分子急切需要摆脱的种种窘境。然后,通过与女权主义批评和伦理道德解读展开对话,笔者力图证明德拉布尔的"社群意识"在过往的研究中受到了忽视和曲解。本书从自我身份认同、血缘社群建构和民族社群文化建构三个层次来论证德拉布尔秉承英国知识分子的使命,用书写的努力来探寻可能的出路,积极参与当代社群语境的建设。最后,综合论述德拉布尔在"光辉灿烂三部曲"中反映出的社群道德的两个主旨,即宣扬"爱"的普世价值,表达直面现实的担当。

在《漫长的革命》(*The Long Revolution*, 1961)里,雷蒙德·威廉斯(Raymond Williams,1921—1988)认为新时代所塑造出的对已经改变了的环境的反应,已经熔铸在了一代人变化了的"情感结构"(structures of feeling)之中。同时,威廉斯提倡把文化理论界定为对整体生活方式中各种因素之间的关系的研究,认为分析文化就是去发现作为这些关系复合体的组织的本质。[①]事实上,当"情感结构"这个概念被用于文学研究和文本解读之中,其意义已不止于威廉斯的文化唯物主义所阐明的含义,而常被用来考察特定社群的意识结构或心理结构。不过,需要加以区分的是,德拉布尔所重视的文化生活的主体,既不是以她的导师利维斯为代表的精英主义者认定的少数人,也不是威廉斯所关注的日常生活中普通的男男女女,尤其是普

① 参见 Raymond Williams, *The Long Revolution*(London: The Hogarth Press, 1992).

通的工人阶级。德拉布尔关注的主体是出生于北方普通工人阶级家庭、通过传统精英教育而得以进入英国主流社会、同时又深受大众文化影响的伦敦知识分子。

总之，通过“社群意识”这一研究视角，本书旨在更全面、更深入地发现德拉布尔作品的内涵和价值。

# 第一章 西方社群意识的传统和当代语境

德拉布尔的文学作品强有力地说明作家参与了"社群"当代语境的建设。然而,要充分地理解德拉布尔的社群意识,并令人信服地说明"光辉灿烂三部曲"在建构社群文化中的文学贡献,就要从西方社群意识的传统说起,同时结合英国文学中特有的社群文化语境。

本章的主要任务就是借助社会学、政治学等学术领域的研究成果来辨析"社群"一词的丰富含义,探讨西方哲学和英国文学中社群意识的传统,描述20世纪后期英国文化中的社群语境。笔者希望由此能够梳理出社群概念的脉络,挖掘出英国社会的社群意识背景,进而得以在后面的章节中探明德拉布尔的社群意识究竟如何显示其在传统和创新之间的平衡,以及德拉布尔的道德关怀的核心思想究竟是什么。

## 第一节 何为"社群"?为何"社群"?

本节旨在整理关键词"社群"在当代社会学和英国文化理论研究中的含义,并说明作者选择将"community"翻译为"社群"的缘由。

### 一、何为"社群"?

"community"一词是当今政治学、社会学、人类学等多门学科的热门词汇,在文化研究中也备受大家们的青睐,但是极少在文学文本研究中受到直接而重点的讨论。本书认为，“community”所具有的独特的历史构成、理论内涵和现实意蕴，是理解德拉布尔创作意图、小说实践和文学道德思想的关键词，是回答“绪论”中提出的诸多问题的核心线索，是解决德拉布尔研究中出现的各种矛盾和困惑的金钥匙。

首先，让我们通过借鉴当代社会学理论和英国文化研究的成果，来讨论“community”这个词语的含义。

说到“community”，德国社会学家斐迪南·滕尼斯（Ferdinand Tönnies，1855—1936）是首要人物，因为正是他最早把“community”当作一个学术术语加以研究，以此区别另一个表示人类共同生活的基本形态的词汇“civil society”。此外，滕尼斯还根据不同的人际关系区分了不同的“community”。更为关键的是，滕尼斯的理论思想在德拉布尔的写作实践中得到了不容忽视的回应。

1887年，滕尼斯著书《共同体与社会》（*Gemeinschaft und Gesellschaft*），发现并深刻阐明了在人类的群体生活中两种结合的类型，从此“community”这一概念进入社会学研究领域并成为当今社会学研究无法绕过的关键词。在书中，滕尼斯采用二分法的概念，从人类结合的现实中抽象地概括出两种类型，即“gemeinschaft”（英文译为“community”）与“gesellschaft”（英文译为“civil society”）。[①]滕尼斯还对这两个词作了经典的阐释：“共同体是持久的和真正的共同生活，（市民）社会不过是一种暂时的和表面的共同生活。因此，共同体本身应该被理解为一种生机勃勃的有机体，而（市民）社会应该被理解为一种机械的聚合和人工制品。”[②]时至今日，“真正的”、“持久的”、“生机勃勃的”和“有机体”[③]这些词依然是当代英国文化学家们研究“community”时的中心词汇。

滕尼斯用“共同体”与“市民社会”来表征人类群体生活的两种形式。他

---

① “gemeinschaft”和“gesellschaft”在中文里通常被对应地翻译为“共同体/社群”和“社会/市民社会”。

② 斐迪南·滕尼斯：《共同体与社会——纯粹社会学的基本概念》，林荣远译，北京：商务印书馆，1999年，第54页。该中文译本把“gesellschaft”翻译为“社会”，笔者认为翻译为“市民社会”更为贴切，因而在引用时用括号进行添加。

③ “真正的”、“持久的”、“生机勃勃的”和“有机体”这四个词在英语译文里分别为“genuine”、“enduring”、“living”和“organism”。

认为在近代社会整体变迁情况下，人际关系的特征发生了巨大的变化，传统的乡村社会已经过渡到现代的商业化社会。"共同体"主要存在于传统的乡村社会中，是人与人之间关系密切、相互信任、守望相助、富有人情味的社会团体；而"市民社会"是以个人意志、理性契约和法律为基础形成的社会团体。在"共同体"中，连接人们的是具有共同利益的血缘、情感和伦理团结纽带；而在"市民社会"中，人际交往的主导形式是契约关系和次级关系。[①]滕尼斯还进而区分了"血缘共同体"(community by blood)、"地缘共同体"(community of place)和"精神共同体"(community of spirit)三种共同体。[②]而对应于这三种共同体的具体人际关系就是"亲属"(kinship)、"邻里"(neighbourhood)和"友谊"(friendship or comradeship)。[③]

德拉布尔的小说创作与滕尼斯的"共同体"理论具有惊人的关联性。父母与子女间教育和赡养的问题、夫妻间的相处之道、兄弟姐妹间的亲疏关系、英国北方小镇和大都市伦敦居住地域的社会暗示以及英国中产阶级知识分子间的友谊，这些都是"光辉灿烂三部曲"重笔浓墨的内容，与滕尼斯关注的"亲属"、"邻里"和"友谊"这三种具体的人际关系完全契合。本书将在后面的章节中，通过对小说中上述内容的文本解读来探讨德拉布尔所刻画的社群意识式微的事实和建构社群文化的努力。

还有一个需要指出的事实是，滕尼斯深受英国政治哲学家托马斯·霍布斯(Thomas Hobbes，1588—1679)的影响，而德拉布尔也通过小说人物表达了对霍布斯思想的尊敬。[④]滕尼斯曾于1878年赴英国研究霍布斯，对霍布斯的生平和著作有重要发现。他还是德国社会学会和霍布斯协会的创始人之一，并曾任这两个学会的会长。霍布斯认为，人先天的享有生而平等的自然权利，同时又具有和平生活的共同渴望。按照他的理解，人出于理性，相互间订立契约，放弃部分自然权利，将其托付于某一个人或某一个集体，希望这个人或集体能把大家的意志转化为一个意志，而大家则服从他的意志

① 参见斐迪南·滕尼斯：《共同体与社会——纯粹社会学的基本概念》。

② 斐迪南·滕尼斯：《共同体与社会——纯粹社会学的基本概念》，第65—66页。

③ 斐迪南·滕尼斯：《共同体与社会——纯粹社会学的基本概念》，第65—66页。在具体阐述"血缘共同体"时，滕尼斯使用"家"(the home)的概念来分析"亲属"的共同体意义。

④ Margaret Drabble, *The Gates of Ivory* (London: New York: Viking, 1991), p. 175.

和判断。霍布斯借用"希伯来圣经"中力量巨大无比的邪恶海兽"利维坦"(Leviathan)[①]来比喻这样的人或集体,主张利用政府来管束人民,维护秩序。我们发现,霍布斯的"利维坦"保护人又吃人的双重品质被滕尼斯分割成"共同体"和"市民社会"两种集体生活形态,而把"利维坦"关进笼子的想法也是德拉布尔小说中伦敦知识精英们的理想。此外,霍布斯所描述的人类共同生活和守望相助的诉求则充分反映出共同体形塑是人类最本质的追求。

在滕尼斯之后,对"community"的定义和解释从未停止过。比较有借鉴意义的有以下这些。

根据雷蒙德·威廉斯的考证,"community"这个英文单词自从14世纪以来就存在,可追溯的最早词源为拉丁文"communis",意指"普遍"、"共同"。从17世纪开始,有些迹象显示出"community"与"society"的不同含义。自从19世纪以来,这些迹象则变得格外重要,"community"被认为比"society"与我们的关系更直接(immediate)。威廉斯评价说:"也许最重要的是:不像所有其他的社会组织的语汇(例如state、nation、society等这些表示群体的词语),community似乎从来没有负面的意涵,并且不会被赋予明确的反对意涵或具区别性的意涵。"[②]

黄平等主编的《当代西方社会学·人类学新词典》总结指出,在14世纪至17世纪的英文中,"community"这个词主要包括五个方面的意义,分别为:(1)相对有身份地位的人;(2)一个国家或有组织的社会;(3)同一个地区内的人;(4)指一种共同的性质;(5)指一种共同的身份认同和特质。[③]

美国著名社会学家丹尼尔·贝尔(Daniel Bell,1919—2011)在其对话体著作《社群主义及其批评者》(*Communitarianism and its Critics*,1993)中提出,有三种构成"西方人"属性的社群,即"地缘社群"(community of place)、"记忆社群"(community of memory)和"心理社群"(psychological

① 参见托马斯·霍布斯:《利维坦》,黎思复、黎廷弼译,北京:商务印书馆,1986年。

② 参见雷蒙德·威廉斯:《关键词:文化与社会的词汇》,刘建基译,北京:生活·读书·新知三联书店,2005年,第79—81页。

③ 参见黄平等主编:《当代西方社会学·人类学新词典》,长春:吉林人民出版社,2003年,第138页。

community)。"地缘社群"与某个具体的地理范围相联系,具有一定的具体地理形态特点,一般所说的"地缘社群"就是"家"。"记忆社群"的显著特点是它的成员们拥有可能会长达几个世代的共同理想,可能会产生某种共同的追求或历史,并由此将自己与先辈、同辈以及后代联系起来。"心理社群"则要求社群成员参与到公共活动中去,存在着某种能够成为人们共同追寻目标的心理归属感,其成员始终会考虑到整个社群的善,并试图实现整个社群利益。①

美国哈佛大学政治哲学教授桑德尔则划分了"手段型的共同体"(instrumental conception of community)、"感情型的共同体"(sentimental conception of community)和"构成型的共同体"(constitutive conception of community)三种不同类型。他极力提倡"构成型的共同体",认为这种共同体描述了"他们是什么"、"他们发现的依附"和"他们身份的构成成分"。②

笔者认为,从滕尼斯到桑德尔,虽然几经定义和区分,但种种观点都突出了"community"的以下几个特点:

1. 肯定个体的主体性,但更强调群体的归属感;

2. 考虑整个群体的道德准则,但准则的确立必须立命于自由平等和共同理解;

3. 关注地理疆域和群体形式,但视情感交流和共同的道德情怀为纽带;

4. 承认组织结构的必要性,但重视群体属性的多重性和变动性。

以上归纳的这些特点在德拉布尔的小说中几乎都得到了很好的体现,也为本书的谋篇布局提供了极其重要的思路。

## 二、为何"社群"?

在清楚了何为"community"之后,需要解释一下本书为何把它翻译为"社群"。

① 参见丹尼尔·贝尔:《社群主义及其批评者》,李琨译,北京:生活·读书·新知三联书店,2002年,第96—103页。

② 迈克尔·桑德尔:《自由主义与正义的局限》,万俊人译,南京:译林出版社,2001年,第182页。

目前,"community"一词在汉语里主要有"社群"、"社区"和"共同体"三种译法。在实际研究中,翻译成"共同体"或"社群"不分轩轾。比如,在滕尼斯的理论思想研究中学界基本都使用"共同体"的译法;本尼迪克·安德森(Benedict Anderson,1936—)的"imagined communities"一般翻译为"想象的共同体"。与此同时,"communitarianism"作为政治学的术语,在国内统一翻译为"社群主义",因而该理论流派的代表人物如麦金太尔、泰勒、贝尔等的学术文献及研究也相应地以"社群"的译法为主。此外,笔者发现,在具体学术论述中,与"community"密切相关的词汇如"共同"(common)作为形容词更利于表达同一性和相通性,而"群体"(group)作为名词则更善于描绘出形式上的特征。

汪民安主编的《文化研究关键词》对"社群"、"社区"和"共同体"这三个词的内涵做了仔细的区别,认为"社群"一词的着重点是具有"共同点"的人群(如居住在共同的区域,具有共同的语言、观念或信仰等),"社区"着重的是一群人共同居住的(地理上的)"区域"或"位置",而"共同体"着重的是某些具有"共同利益"的人群。[①]黄平等主编的《当代西方社会学·人类学新词典》中提到EU(European Union,"欧盟")的前身EEC(Europe Economic Community)一般翻译为"欧洲经济共同体",这是因为它是一个"跨越国家的地区经济—政治联盟","是一个有共同利益的实体"。[②]

鉴于本书的落脚点为道德和精神层面的探讨,笔者将主要采用"社群"这一译法。不过,考虑到在论述过程中多有借鉴社会学和政治学的研究成果,因而在具体行文中,也会根据表达的需要,在某些地方采用"共同体"的说法。笔者认为,这样的处理能使"社群意识"研究体现出其注重情感和精神层面的趋同特质。

---

① 汪民安主编:《文化研究关键词》,南京:江苏人民出版社,2007年,第281页。

② 黄平等主编:《当代西方社会学·人类学新词典》,第138页。

## 第二节 "希伯来圣经"中的社群意识

"希伯来圣经"(*The Hebrew Bible*)是希伯来民族的文化经典和智慧结晶。它不仅孕育了灿烂的希伯来文明,又与希腊文明结合,形成了作为欧洲文化基础的基督教文明。从希伯来文明开始追溯社群意识,可以发现自古以来社群就是人类最为本质的共同愿景和理想。

### 一、从"希伯来圣经"说起

本书从"希伯来圣经"开始追溯西方传统中的社群意识,主要基于三个方面的考虑,即德拉布尔的宗教教育背景、"希伯来圣经"的社群精神以及英格兰民族的希伯来特性。

首先,德拉布尔从小受到严格的宗教教育,熟读基督教典籍,其文学作品常常会自觉或不自觉地流露出宗教意识和宗教判断。

德拉布尔中学时期就读于英国约克蒙特学校(Mount School, York)。约克蒙特学校是一所古老的贵格会(Quakers)女子寄宿学校,她在那里受到严格的宗教教育和约束。德拉布尔的祖辈定居于约克,从事宗教工作,而她的父母一辈则通过接受大学教育的方式放弃了家族的宗教事业。虽然德拉布尔本人并非贵格会教徒,但贵格会信仰对她的影响是深远的。

贵格会反对任何形式的战争和暴力,主张任何人之间要像兄弟一样,主张和平主义和宗教自由。贵格会信条中"神就是爱"(God is love)、"上帝之光在众人里面"(the light of God is in every single person)、"被光带领,与神和好"(a person who lets their life be guided by that light will achieve a full relationship with God)、"救赎与天国可在现世经历"(redemption and the Kingdom of Heaven are to be experienced now, in this world)和"与上帝建立直接而私密的关系,而不凭借神职人员"(everyone can have a direct, personal relationship with God without involving a priest or minister)等教义都在德拉布尔的小说中得以明确表达。在小说《象牙门》中，海蒂·奥斯本(Hattie Osborne)认为她的朋友安格斯(Angus)与别的电影制片人有所不同，曾经热衷于拍摄有关房地产和饥荒等严肃问题的纪录片，“原因是安格斯上过贵格会学校。你必须知道这个事情。这说明了很多问题”。[1]在一次访谈中，德拉布尔也直接承认了这一点：

> 我认为我深受贵格会教徒的影响。……每个人的身上必定都有上帝之光，这在我看来确实如此。上帝不可能把某些人创造成邪恶的，而把另一些人创造成善良的。[2]

此外，德拉布尔的文学作品常常会在不经意间流露出宗教情怀，在评定行为和决策时也会部分地结合宗教判断。比如在“光辉灿烂三部曲”中，德拉布尔明确区分“罪”(guilt)在宗教意义和法律意义上的不同概念；用“古老的罪行”(ancient crime)和“原始的罪行”(primal crime)来指称人类自然的好奇心。主人公艾丽克斯在陷入困境时，总是会不自觉地哼唱赞美诗，以此来为自己鼓劲。德拉布尔多部小说的题目更是与《圣经》的“旧约”(也就是“希伯来圣经”)建立了明显的互文关联，如《针眼》(*The Needle's Eye*, 1972)、《磨砺》、《金色的耶路撒冷》和《黄金国度》(*The Realms of Gold*, 1975)等，似乎是与希伯来精神遥相呼应。

其次，作为希伯来民族的经典经卷和精神支柱，无论是成典的过程，还是宗教思想的表达与传递，“希伯来圣经”都渗透着浓厚的社群精神。

希伯来人是当今犹太人的祖先，原来是闪族的一支。闪族起源于阿拉伯沙漠的南部，起初是逐水草而居的游牧民族。他们曾经三次大规模地向漠北迁移，进入有名的新月沃地。就在这三次大北征中，希伯来人吸收了这个人类文明摇篮的各种文化，酿成了有自己特色的希伯来文化。希伯来文

---

① Margaret Drabble, *The Gates of Ivory*, p. 90.

② Nancy Hardin, "An Interview with Margaret Drabble," an interview, in *Contemporary Literature*, Vol. 14, No. 3 (Summer, 1973), p. 286.

明是"一个传统不断汇聚的集合。……对希伯来宗教而言,这些传统并非只是在观念中运行的精神,而是化身在具体的信仰群体(community of faith)之中的真实历史力量"。[①]"希伯来圣经"作为希伯来文化的经典,无论是它的生成过程、传承历史,还是它对身份的叙述、对生命的启示,无不彰显社群智慧。这些将在后面的文字中得到具体的阐述。

还须考虑的一个方面是,英格兰民族具有强烈的希伯来特性,希伯来精神左右了英国的历史进程。

约在公元前1200至公元前400年间,希伯来人创立了犹太教。犹太教对于早期的基督教和伊斯兰教的形成有着重大影响,人们因而把希伯来文明看作西欧文明的来源之一。马修·阿诺德(Matthew Arnold,1822—1888)的扛鼎之作《文化与无政府状态》(*Culture and Anarchy*,1869)在一个多世纪前就总结了希伯来文化对欧洲的重大意义:

> 希伯来精神和希腊精神,整个世界就在它们的影响下运转。[②]

他还进一步明确指出希伯来精神对英国历史的深刻影响:

> 英国人有卓越的印欧民族的特点……尽管如此,在实际生活和道德行为方面,我们的民族仍然具有强烈的希伯来特性(这正是其力量所在):自信、坚执、专注。清教精神便是这种倾向性的体现,二百年来,它大大地左右了我们的历史进程。[③]

由此可见,英国文化烙印着深深的希伯来精神的痕迹,是英国文化主将不断回归的文化源头。

---

① 游斌:《希伯来圣经的文本、历史与思想世界》,北京:宗教文化出版社,2007年,"前言"第1页。

② 马修·阿诺德:《文化与无政府状态》,韩敏中译,北京:生活·读书·新知三联书店,2002年,第111页。

③ 马修·阿诺德:《文化与无政府状态》,第122页。

## 二、正典语境中的社群经验

鉴于以上三个原因，笔者认为从“希伯来圣经”追述社群意识是十分必要的，而社群智慧的的确确在希伯来文明中熠熠生辉。

首先，“希伯来圣经”是承载犹太民族经验的载体，经卷的阅读是群体经验的流动和传承。

希伯来文明是人类历史上最悠久的几大文明之一，源远流长。在漫长的岁月中，希伯来人不断发展自己的文化，吸收四邻的古国文化并集其大成，在世界古文化中大放异彩。反观四周其他曾经赫赫有名的古文明大国，如今都已被湮没，只留下金字塔、空中花园、通天古塔的遗址以及断碣残碑供后人考古凭吊。笔者认为，希伯来文明能够一直传承的重要原因之一就是它拥有记录宗教历史经验的皇皇巨著——“希伯来圣经”。“希伯来圣经”是一部神学、伦理学、史学和文学典籍，在东西方文化体系中均具有重大而深远的影响。同时，作为犹太教的圣典，它是希伯来民族千百年来历经劫难却散而不亡的精神支柱。

“希伯来圣经”是犹太教的圣经，通常亦被认为是基督宗教的《旧约》部分。但是，它们之间的区别不仅仅是称呼的不同，其后面更蕴含着两种有着相当差异的宗教传统，并涉及非常复杂的西方宗教史和文化史的背景。当然，这些并非本书的研究范畴。笔者意在指出，当犹太人将他们的民族历史经验赋予这些经卷时，这些经卷便成为承载犹太民族经验的载体。后一代人正是在对这些经卷的阅读中感知民族历史经验的。因此，这些经卷的阅读，实际上就是经卷的社群形塑过程，是群体经验的流动和传承。

其次，“希伯来圣经”以言说的形式启示自我，并在对话过程中引领人类超越自我中心，走向社群。

启示宗教通常是以神灵与人类的交流和沟通为基础的。在“希伯来圣经”中，上帝说的比做的要多。这里暂且援引宗教研究学者的成果：

> 在希伯来人看来，所有文化成果都是话语的记录。话语可分为两大类，一类出自上帝，一类出自世人，前者多用神圣预言形式，

> 后者则诉诸于世俗智慧形式。圣经中的预言、教训、诫命、应许、祝福、诅咒一般由先知或祭司发布，被理解为上帝意志的传达；箴言、警句、格言、比喻、寓言、谜语等则由人间智者或长辈讲述，以教诲年轻人如何生活。希伯来人将其古代遗产明确分成律法书、先知书、故事书和诗歌书，诗歌书中又有赞美诗、祈祷诗、忏悔诗、哀悼诗、王室诗和智慧诗等。①

换言之，上帝更多的是以对话者的形象而不是行动者的形象出现，上帝通过言说向世人启示自我。同样，人也是通过言说来实现自我。混沌的生命情感在语言中得以表现，"就此而言，言说是人的一种本能，或者，它不只是表达，而是生命的直接行动"。②

也有研究者指出希伯来先知所独有的的言说方式是上帝与先知之间的直接交流。这种亲密的直接对话形式对当下时代的启示意义在于：

> 上帝作为无限和奥秘，是有限的人永远不可能完全把握的；……但是，正是在与这个"无限永恒者"的开放性对话和互动中，人类才有可能看清自己的自私和狭隘，才有可能将自己从各种狭隘的"人类中心主义"、"国家中心主义"、"民族中心主义"、"男权中心主义"、"种族中心主义"等形形色色的"自我中心主义"的桎梏中解放出来。向着超越这些中心主义的某种神圣永恒的层面开放。③

德拉布尔拒绝激进女权主义过度阐释的态度、对撒切尔夫人铁腕统治和亲美政策的谴责、思考东西方关系的努力等，都可以被看作是对希伯来对话方式的继承。

再者，"希伯来圣经"在历史中生成为经典，社群身份在"正典语境"

---

① 梁工：《圣经形式批评综论》，载《世界宗教研究》2011年第4期，第88页。

② 李炽昌、游斌：《生命言说与社群认同：希伯来圣经五小卷研究》，北京：中国社会科学出版社，2003年，"前言"第1页。

③ 姜宗强：《希伯来先知的伦理观与言说方式》，载《兰州大学学报》(社会科学版)2011年第4期，第42页。

(canonical context)[1]中得以建立和传承。

随着岁月的流逝，久而久之，“希伯来圣经”中的生命言说积淀成为一种文化，并进而生成为文化中的经典。

> 所谓经典，它既是过去一代人们生命的沉淀，又是未来一代人们经验生命的方式。它使人们以某种给定的方式来经验、反思自身以及他们周围的世界。在人们对那些永恒的意义的探寻中，它指引人们寻找答案的途径，开辟人们思考和想象的空间，甚至先在地影响人们对世界的经验，厘定人们提问的方式。总之，经典所具有的普遍的适应性，使它得以进入一代又一代人们的生命经验中。其直接结果就是，某个稳定的、具有独特身份的社群成为可能。[2]
>
> ……
>
> 在圣经与社群的身份意识之间有着密不可分的关系。希伯来圣经中不仅蕴含着普遍性的个体生命经验与神性实在的互动关系，而且本身亦是希伯来人讲述和树立社群身份意识的产物。[3]

这两段话很好地定义了经典，并点明了经典与社群密不可分的关联。

按照历史学的法则，人们讲述历史不只是为了保存过去，而更多地是为了应对现在和塑造未来。人们按照现在的需要和对未来的看法，在历史中挑选片断，当作社群共有的故事来讲述，希望可以从中找到解答问题的方法。对于一个民族而言，历史经验必定就是群体的。毋庸置疑，“希伯来圣经”不是写给一个人或者少数几个人看的，而是写给整体性的民族来阅读的。人们通过对经典的阅读，自觉地为社群寻找到一个空间与时间的坐标，从而形成明确的文化身份，并由此代代相传。

最后，宗教仪式决非仅仅一种形式，而是集体记忆和经验传承的必要途径。

---

① 游斌：《希伯来圣经的文本、历史与思想世界》，“前言”第2页。

② 李炽昌、游斌：《生命言说与社群认同：希伯来圣经五小卷研究》，“前言”第1页。

③ 李炽昌、游斌：《生命言说与社群认同：希伯来圣经五小卷研究》，第16页。

但凡宗教，都注重仪式。仪式无疑是群体性的公共活动，它为集体记忆的传承提供了一个公共参与的空间。人们在礼仪性的节日中，重新参与历史，感受历史，历史经验以活生生的形式再次回来。

> 将深层的生命言说转化为某个社群的身份认同，一个独特的桥梁就是公共的礼仪活动。希伯来圣经的写作意图，不只是为了给人看，更是为了给人读。它需要在公共的礼仪活动中，为群体所朗读，形成一种公共言说。在礼仪活动这个公共空间内，读者与听者共融在一起，集体地感受到经典中传递的生命经验。从而将一个个人或较小群体的生命经验传递给整个社群，在空间上延展；将某个人或某一代的经验传递给下一代，在时间上延续。由此，稳定的、群体性的集体意识得以形成，社群认同得以实现。[①]

的确，对历史事件的感受、对人生和世界的反思，可能是处境性的、局部性的，仅属于某一个时代的一个人或一小群人。然而，通过在公共仪式上的诵读和讲述，这些小部分人的经验或思想被转化成整个社群的经验或思想，集体意识从而得以形成。同时，这种集体意识反复通过仪式上的传递进而形成集体的记忆。如果说个人记忆是个人的心理过程，那么对于集体记忆而言，它的形成和传递必须借助于仪式。

根据麦金太尔的研究，到了中世纪，礼仪性的节日与美德的产生和发展联系在一起，其中友谊美德被认为是人类社群的纽带。

> 当有人问迈蒙尼德为什么上帝在《旧约·摩西五经》中制定了如此多的节日时，他回答说，这是因为节日为友谊的产生和发展提供了机会，而亚里士多德已经指出，友谊美德是人类共同体的纽带。无论从基督教还是犹太教以及伊斯兰教的角度来看，圣经历史的观点与亚里士多德的观点在美德理论中的这种联接正是中世

① 李炽昌、游斌：《生命言说与社群认同：希伯来圣经五小卷研究》，"前言"第1—2页。

纪独有的成就。[①]

社群的记忆需要一个公共的空间，需要言说者和聆听者的配合和互融，需要社群中的人们集体性地在一起感受。通过仪式，一个个较小群体的经验传递给更大的群体，在空间上得到延展；通过仪式，一代代积累的经验传递给新的一代，在时间中得到延续。通过仪式这一集体记忆和经验的传承空间，社群认同得以实现。

按照阿诺德的理解，“希腊精神最为重视的理念是如实看清事物之本相；希伯来精神中最重要的则是行为和服从”。[②]也就是说，希腊文化表达对真理的渴求，崇尚明晰的头脑、敏锐的洞察和深刻的判断；希伯来精神则追求公正，要求道德完善，坚持道德需求是人们的行动准则。如果说希腊文明影响了西方人的科学观念，那么希伯来文明则深刻地影响了西方人的伦理和道德观。然而，当人类社会从农业文明向工业文明转型，由田园文明向商业文明过渡，当“工业化”和“现代化”在当代延伸出“后工业时代”、“信息化时代”、“全球化时代”等一系列社会转型之时，原始的生命诉求变得那样艰难，传统的道德受到了前所未有的挑战。如何重建民族信心？如何排除现实焦虑？如何塑造新的社群关系？这一切成为德拉布尔小说创作的中心命题。

## 第三节　西方哲学传统中的社群意识

德拉布尔是一个注重传统的作家，她的小说总是散发出浓厚的历史感。笔者认为，德拉布尔的社群意识必定是建立在对过往伟大思想的借鉴和传

① 阿拉斯代尔·麦金太尔：《追寻美德：道德理论研究》，宋继杰译，南京：译林出版社，2008 年，第 203 页。

② 马修·阿诺德：《文化与无政府状态》，第 112 页。

承之上的。把对德拉布尔社群意识的研究放置在西方哲学传统中进行考量,必定可以获得更多的理解和感悟。

的确,对社群做系统的社会学研究,社群文化的建设成为文化研究的核心问题,这些都发生在近当代。不过,"社群意识"古已有之,自柏拉图以降一直活跃于西方思想中,而社群主义与新自由主义之间的论争更是当今西方政治哲学中最为重要的论争之一。通过梳理,笔者欣然发现"社群意识"的内涵和意义虽然历经变化,但其重要性却一直为历代思想家们所重视。

## 一、古希腊时期的社群观

西方哲学思想产生于古希腊时期,柏拉图(Plato,公元前 428/427 或 424/423—前 348/347 年)和亚里士多德(Aristotle,公元前 384—前 322 年)毫无疑问是这一时期哲学思想的最大代表。"社群意识"在古希腊主要体现为以城邦生活为中心的政治思想。柏拉图和亚里士多德把对哲学思辨的爱好与对城邦生活的关注加以融合,由此建构了西方哲学思想史宏阔博杂的哲学体系,影响力震烁古今。可以说,后世的思想家们无论对他们褒贬如何,都从他们的思想中汲取营养,进而发展出林林总总的观点和体系。因而,从柏拉图和亚里士多德开始探讨,可以有力论证"社群意识"的历史积淀和传统意蕴。

城邦制度是古代希腊社会的基本结构,形成于公元前 8 世纪至公元前 6 世纪。当时的古希腊社会是由包括本土及小亚细亚、南意大利、西西里岛等移民地区在内的一百多个城邦组成,其中最大的是雅典和斯巴达。因此,对古希腊的人来说,城邦就是实际社会,既包括政治生活,也包括经济生活和文化生活的各个方面。由于古代希腊社会特殊的城邦制度,也就自然形成了古代的政治思想以城邦问题为中心,或者说"如何过好城邦生活是古代希腊政治思想的主题",而每一个公民"都把自己的城邦看作实现共同幸福的唯一途径"。[①]

① 王彩波主编:《西方政治思想史:从柏拉图到约翰·密尔》,北京:中国社会科学出版社,2004 年,第 5 页。

柏拉图有关城邦的理论思想深受苏格拉底的影响。公元前5世纪，在雅典和其他希腊城邦中出现了一批智者，他们以传播修辞、演讲和辩论的技巧为职业，同时也对政治发表自己的见解。这些智者们分为民主派和贵族派。民主派认为每个人都有权按照个人信仰和经验来判断是非，拒绝承认有任何固定的、普遍的、绝对的评价标准。对此，苏格拉底用希腊特尔斐神庙的古老神谕来反驳："认识你自己。"在苏格拉底看来，贵族统治会赋予城邦生活以更多的理性精神。他开启了由个人价值尺度向客观理性尺度的转向。苏格拉底关心社会，反思并反对极端民主制，倡导政治理性，这些态度都为柏拉图所继承。

柏拉图对政治共同体的基本原理的探讨是《理想国》(*The Republic*，约公元前380年)的主要内容。首先，柏拉图认为，城邦是一个具有伦理目的的共同体，人们需要结群而居，彼此互相协作：

> 我们每个人为了各种需要，招来各种各样的人，由于需要许多东西，我们邀集许多人住在一起，作为伙伴和助手，这个公共住宅区，我们叫作城邦。①

其次，依照柏拉图的设想，最好由哲学家来担当治理城邦的重任，因为城邦的治理需要知识和智慧，统治者必须具有超凡脱俗的素质和能力，只有真正的哲学家才有永恒的智慧。此外，与"智慧"、"勇敢"和"节制"三种美德相对应，柏拉图把城邦中的人划分为三个等级，即统治者、武士和工匠。划分所遵循的原则既不是财富，也不是出身，而是天赋能力，善于思考的哲学家因而在第一等级。柏拉图认为当三者和谐有序时，就构成了城邦的德行——正义，也即至善。

《理想国》就是要寻找一个能实现正义的理想城邦，以至善为目的。城邦共同体的德性根源于理性，只有有智慧的人才能观照城邦的德行。柏拉图的思想直接影响了他的学生亚里士多德。有人说，"柏拉图虽然没有给任

① 柏拉图：《理想国》，郭斌和、张竹明译，北京：商务印书馆，1986年，第58页。

何一个城邦培养出任何一个像点儿样的君主，他在政治上的哲学王理想是彻底失败了”，然而他的伟大功绩是“给哲学本身培养出了一个真正的王，一个百科全书式的学者，一个古希腊哲学的集大成者——亚里士多德”。[①]

亚里士多德最主要的政治学论著《政治学》(*Politics*，公元前 326 年)明确而具体地阐述了群体生活的重要性，指出“人类生来就有合群的性情”，[②]“城邦出于自然的演化，而人类自然是趋向于城邦生活的动物”。[③]

《政治学》的基本前提是“从根本上讲，人天生就要生活在城邦中”，“城邦[虽在发生程序上后于个人和家庭]，在本性上则先于个人和家庭”。[④]据说，亚里士多德和他的学生们一起，曾经对希腊一百五十多个城邦的政治制度进行调查研究，并在此基础上得出这个重要的观点。

亚里士多德从“arête”出发，讨论城邦的重要性。希腊文“arête”指任何事物固有的天然本性，也指事物具有的特长、用处和功能。每一事物都具有自身独特的“arête”，若失去“arête”便不再是该事物。马的“arête”是其奔跑能力，鸟的“arête”是其飞翔能力，而人的“arête”则是在社会生活中的品德和优点。但是人的“arête”不是先天获得的，而是要靠后天的培养。亚里士多德认为人只有通过城邦的生活，参与公共事物的辩论与决策，才能培养出“arête”。[⑤]因而，孤立的个人是不能独存的，个人必然要同整体结合在一起。进一步说，城邦必定先于个人，因为：

> 每一个隔离的个人都不足以自给其生活，必须共同集合于城邦这个整体。……凡隔离而自外于城邦的人——或是为世俗所鄙弃而无法获得人类社会组合的便利或因高傲自满而鄙弃世俗的组合的人——他如果不是一只野兽，那就是一位神祇。[⑥]

① 苗力田主编：《古希腊哲学》，北京：中国人民大学出版社，1989 年，第 403 页。
② 亚里士多德：《政治学》，吴寿彭译，北京：商务印书馆，1965 年，第 9 页。
③ 亚里士多德：《政治学》，第 7 页。
④ 亚里士多德：《政治学》，第 8 页。
⑤ 参见王彩波主编：《西方政治思想史：从柏拉图到约翰·密尔》，第 42 页。
⑥ 亚里士多德：《政治学》，第 8—9 页。

在此基础上，亚里士多德进一步指出：

> 人类所不同于其他动物的特性就在他对善恶和是否合乎正义以及其他类似观念的辨认，……而家庭和城邦的结合正是这类义理的结合。①

以此为前提，亚里士多德自然地把城邦界定为为谋求某种共同的善的目的而组成的社群，他说：

> 我们见到每一个城邦（城市）各是某一种类的社会团体，一切社会团体的建立，其目的总是为了完成某些善业——所有人类的每一种作为，在他们自己看来，其本意总是在求取某一善果。既然一切社会团体都以善业为目的，那么我们也可以说社会团体中最高而包含最广的一种，它所求的善业一定是最高而最广的：这种至高而广涵的社会团体就是所谓"城邦"，即政治社团（城市社团）。②

亚里士多德所说的"社会团体"即"community"。

亚里士多德既通过城邦的存在说明了群体生活是人的本性，也通过人的本性论证了城邦的合理性。避世清修虽然也是一种人生态度，但这只是极少数思想家的生活方式。对于大多数的普通公民而言，积极地投入公共生活才能真正实现自我。虽然之后的伯罗奔尼撒战争不仅结束了雅典的霸权，而且使整个希腊城邦制度逐渐退出了历史舞台，但群体生活的重要性这一理念则一直流动于西方哲学思想之中。

## 二、中世纪神学中的社群观

中世纪神学的最大代表无疑是奥里留·奥古斯丁（Aurelius

---

① 亚里士多德：《政治学》，第8页。

② 亚里士多德：《政治学》，第2页。

Augustinus,354—430)和托马斯·阿奎那(Thoma Auinas,1225—1274)。他们独有的特点是一切哲学思想都以神学的形式表现出来,并为神学服务。即便如此,我们依然能探寻到他们的思想中对道德和社群的重视。

奥古斯丁是教父哲学的集大成者,他的著作是神学的百科全书。奥古斯丁将公民社会定义为"通过共同承认公道和利益的一致性而联合起来的人群"。[①]在《上帝之城》(*The City of God*,413)中,奥古斯丁表述了他对人类历史和社会生活的见解。"城"就是由人所组成的群体,是一群有理性的存在者就共同所爱的事物达成共同协议而结合在一起。依据"爱"这一伦理标准,不同的人组合为不同的"城"。"上帝之城"是人的精神生活群体,而"世俗之城"则是人的物质生活群体。"天上之城和地上之城在世间的进程自始至终交织在一起。"[②]区分两个"城"的标准只能是内在的态度,一个人究竟属于哪一个群体,是根据他追求的目标而定的。

阿奎那接受亚里士多德的城邦学说,不同的是阿奎那认为城邦只能实现人的尘世的快乐,最高的快乐必须借助于教会。阿奎那生活在文艺复兴的前夜,基督教产生危机的年代,他是中世纪思想的代表,经院哲学的权威。有人认为阿奎那的最大成就是他区分了神学和哲学,但又坚持神学高于哲学的基督教立场。阿奎那套用亚里士多德的话,说一个离群索居的人如不是像动物一样缺乏人的完善,就是已经超越人之完善而达到神的状态。"朋辈共处对于人类来说是十分自然的和必需的。"[③]"一个人的德行由他的同胞通过舆论来加以证实。"[④]

奥古斯丁和阿奎那的社群思想的特点是把伦理目标从人间搬到了天国,把道德活动所要达到的最高的善说成是上帝。中世纪的基督教追求的是全人类在基督教内的合一,从而建立一个全人类的宗教共同体。

## 三、黑格尔的社群观

现代哲学的集大成者黑格尔(Georg Wilhelm Friedrich Hegel,1770—

① 转引自王彩波主编:《西方政治思想史:从柏拉图到约翰·密尔》,第88页。
② 转引自王彩波主编:《西方政治思想史:从柏拉图到约翰·密尔》,第93页。
③ 唐特雷佛选编:《阿奎那政治著作选》,马清槐译,北京:商务印书馆,2007年,第45页。
④ 唐特雷佛选编:《阿奎那政治著作选》,第65页。

1831)通过对西方两千多年的历史和哲学思想的总结和反思,旗帜鲜明地提出了社群观。

在黑格尔之前,从文艺复兴时期开始,西方思想界诸子百家蜂起,理论大师辈出。新兴的资产阶级以抽象人性为出发点,把人的自然权利作为社会和国家的基础。个人主义观念的产生引起了哲学划时代的变革。数百年来,无数哲学家从维护个人自由的角度出发去定义道德,以寻找国家及社会秩序。

法国启蒙思想家、唯物主义哲学家、百科全书派的代表德尼·狄德罗(Denis Diderot,1713—1784)认为可以诉诸欲望和激情来证明道德规则的合理性。但是他无从回答哪些欲望应该被承认并成为行为的合理指导,哪些欲望应受到禁止或约束。

苏格兰哲学家、经济学家、历史学家大卫·休谟(David Hume,1711—1776)认为道德是激情的产物。不过,他同时也意识到普遍道德原则与特殊环境下的欲望情感及判断之间存在着鸿沟。为了建立从特殊道德境况到普遍道德原则之间的桥梁,休谟强调同情的作用。按照他的推论,在一个天性自私的人类社会之所以还能实行普遍的道德原则,原因在于人性中除了自爱自私之外,还有利他和同情的情感。然而问题是,休谟在本质上认同利己心是人的道德之源,德性的原始动机是自私的动机。休谟的同情显得有些软弱无力。

德国古典哲学创始人伊曼努尔·康德(Immanuel Kant,1724—1804)转而诉诸理性。康德认为,实践理性不适用任何外在于自身的标准,理性的本质就在于制订普遍的、无条件的、具有内在一致性的原则,从而合乎理性的道德所规定的原则能够也应该为所有人遵循。也就是说,康德的判断标准是:是否可以普遍化,成为人人愿意遵守的原则。康德无法解决的问题是,不道德的准则在某个特定时间和空间内也可能被普遍化。

19世纪英国的道德哲学家如杰里米·边沁(Jeremy Bentham,1748—1832)、约翰·斯图亚特·密尔(John Stuart Mill,1806—1873)等人的功利主义把道德原则确立在趋乐避苦的心理学基础上,试图为社会道德寻找某种新的合理权威。可惜,趋乐避苦的心理并不能为我们指明,在众多的幸福和快乐之间，哪种是我们应当选择的。此外，功利主义既看重个人的幸福和快乐，同时又强调大多数人的最大幸福，但是这两者之间并没有必然的逻辑联系。在功利主义者眼里，功利概念可以概括全部人类的完满的经验和活动，可是不同的人的欲求可能大相径庭，甚至针锋相对，因而为所有人总结概括的概念只能让人雾里看花。[①]

不可否认，自从启蒙运动以来，西方理论学术界空前繁荣，为人类留下丰富的思想遗产的同时，也留下了亡羊歧路的记录。有意思的是，在个人主义占据主导位置的时期，启蒙运动与大革命在摧毁神谕的、阶层制的合法性的同时，树立了主权观念。主权国家是脱胎于宗教共同体的一种新的自由的象征。民族国家兴起，在政治行为上的表现就是对外排除教廷的影响，对内努力营造出一体感，“民族被想象为一个共同体。尽管在每个民族内部存在着不公与剥削，民族总是被想象为一种深刻的、平等的同志之爱”。[②]

黑格尔通过对英法革命时期的个人主义的彻底考察，摒弃了个人自由主义思想，并在《法哲学原理》(*Grundlinien Der Philosophie Des Rechts*, 1821)中重笔阐述了他的社群观。黑格尔的社群观包括他对自由主义个人先于社会的观点的批判，以及对个人与社会、个人与历史传统的关系的论述。

黑格尔对自由主义的个人主义基础的批判十分彻底：

> 在考察伦理时永远只有两种观点可能：或者从实体性出发，或者原子式地进行探讨，即以单个的人为基础而逐渐提高。后一种观点是没有精神的，因为它只能做到集合并列，但是精神不是单一的东西，而是单一物和普遍物的统一。[③]

黑格尔认为自由主义的自由理论撇开了具体的社会关系与现实的历史条

---

① 参见王彩波主编：《西方政治思想史：从柏拉图到约翰·密尔》。

② 本尼迪克特·安德森：《想象的共同体：民族主义的起源与散布》，吴叡人译，上海：上海人民出版社，2003年，第7页。

③ 黑格尔：《法哲学原理》，范扬、张企泰译，北京：商务印书馆，1996年，第204页。

件,是一种抽象的观点;自由主义以原子式的个人为基础来讨论所谓的原初状态,是一种幻想式的方法。那么,在这种理想化的或虚幻的状态中探讨人的自由问题,自然是缺乏理论上的说服力和现实中的意义。

针对康德的权利概念,黑格尔指出它是缺乏内容的、是空虚的:

> 康德所说人格权,是根据契约产生的权利,……任何一种权利都只能属于人的,从客观说,根据契约产生的权利并不是对人的权利,而只是对在他外部的某种东西或者他可以转让的某种东西的权利,即始终是对物的权利。①

康德认为权利的源泉在于理论推论出来的绝对命令之中,而黑格尔深刻地认识到权利的源泉在于广泛的社群伦理生活之中。

再者,按照黑格尔理解,个体的自我意识最初绝对不可能从作为一个个体的感受中去获得,个体必定不可能先于集体而存在,而社会也不仅仅是个体简单的集合体。在黑格尔心目中,家庭享受不可替代的地位。他认为国家是社群的联合,而不是个人的联合,而第一个这种社群就是家庭。

> 伦理的最初定在又是某种自然的东西,它采取爱和感觉的形式;这就是家庭。在这里个人把他冷酷无情的人格扬弃了,他连同他的意识是处于一个整体之中。②

由此可见,任何个人都不可能脱离社群而独自存在。反过来说,个体所归属的各个社群在一定程度上合力构成了个人的自我认同。

最后,黑格尔认为,人类的实践活动的显著特征就是人的群体性,人类理性实现的根本标志就是人的社会性。西方社会自文艺复兴以来,自由主义思想强调人的理性的个体价值和特征,带来了变革和生机。然而,黑格尔

---

① 黑格尔:《法哲学原理》,第 58 页。
② 黑格尔:《法哲学原理》,第 50 页。

认为个体状态只能说是理性自我实现的一个准备阶段，理性最终需要通过外化为社会伦理实体的方式来实现自身，促使人的自由意识逐渐超越个体的界限，进而融入社会整体的关系层面，这才是理性活动的最高目的。

在黑格尔看来，人与人之间各种各样的社会关系其实都是某种客观伦理精神发展的环节：

> 因为伦理性的规定构成自由的概念，所以这些伦理性的规定就是个人的实体性或普遍本质，个人只是作为一种偶性的东西同它发生关系。个人存在与否，对客观伦理说来是无所谓的，唯有客观伦理才是永恒的，并且是调整个人生活的力量。因此，人类把伦理看作是永恒的正义，是自在自为地存在的神，在这些神面前，个人的忙忙碌碌不过是玩跷跷板的游戏罢了。①

一个人只有融入各种社群之中，并在自己各种社群成员的身份里，才能找到他真正的自我意识和身份认同感。引用泰勒的总结：

> 黑格尔说，对个体而言，共同体也是"本质"，也是"终极目的"。隐藏于"实体"和"本质"背后的观念是，个体只是他们内在于共同体中的东西。②

## 四、上升为社群主义的社群观

最为明确强调社群意识的当属20世纪社群主义，其代表性人物有麦金太尔、泰勒、桑德尔等。就西方政治哲学史而言，20世纪80年代蔚为壮观的社群主义与自由主义之争，业已构成了一段不可磨灭的学术记忆。

个人与社会之间的关系是社群主义与自由主义共同关注的最关键的基

① 黑格尔：《法哲学原理》，第194—195页。

② 查尔斯·泰勒：《黑格尔》，张国清、朱进东译，南京：译林出版社，2002年，第580页。

础性问题，二者都以对个人与社会之间关系问题的理解为基点来建构其整个理论体系。当代自由主义主张权利对善的优先性，因此本质是一种权利自由主义。同时，权利的这种优先性是与自由主义的个人概念密不可分的。罗尔斯等人从一种孤立的、脱离社会历史情景的个人概念出发，以此来构建自由主义正义论的理论体系。也就是说，在新自由主义那里，个人是本位的，社群则是从属的；个人的个体性、多样性先于人的统一性、社会性。社群主义主要就是抓住个人主义的基础来批判新自由主义的。

社群主义主张以社会为本原的整体本体论，与自由主义主张的以个人为本原的原子本体论势不俱栖。桑德尔认为：

> 没有任何理由认为一个有序社会应当首先鼓励个人主义价值，如果个人主义意味着这样一种生活方式：使个人只追寻自己的路而对他人的利益毫不关心的话（尽管也尊重他们的权利和自由）。一般来说，人们期望大多数人都属于一个或多个的联合体，而且至少在此意义上有一些集体的目的。①

泰勒用“原子主义”来刻画权利自由主义的根本特征：

> 个人主义的阴暗面是把自我放在中心位置，这挫平并限制了我们的生活，使之缺少意义，并对他人和社会漠不关心。②

麦金太尔则在《追寻美德：道德理论研究》(*After Virtue*: *A Study of Moral Theory*, 1981)一书中秉要执本，集中论述了社群意识的历史意义和当代价值。

在麦金太尔看来，当代人类的道德实践处于深刻的危机之中。他还指出了这一危机在三个方面的具体表现：(1)在社会生活中，道德判断的运用

---

① 迈克尔·桑德尔：《自由主义与正义的局限》，第76页。

② Charles Taylor, *The Ethics of Authenticity* (Cambridge, Mass.: Harvard University Press, 1991), p.4.

是纯主观的和情感性的;(2)个人的道德立场、道德原则以及道德价值的选择是一种没有客观依据的主观选择;(3)从传统的意义上来看,德性已经发生了质的改变,并且从以往在社会生活中所占据的中心位置退居到生活的边缘。[①]概括起来说,在当代的伦理道德文化中,已经找不到绝对的、合理的权威;一切所谓的权威都是主观的、相对的。这也就是当代的伦理道德理论纷争无法得到有效而合理的解决的根本原因所在。

针对现实,麦金太尔特别强调传统的重要性:

> 我发现自己是一个历史的一部分,并且一般而言,无论我是否喜欢它,无论我是否承认它,我都是一个传统的承载者之一。[②]

同时,麦金太尔认为道德必须落实到具体的社群:

> ……但这不仅仅是因为不同的个体生活在不同的社会环境中,而且,我们都是作为特定社会身份的承担者与我们自己的环境打交道的。我是某个人的儿子或女儿,又是另外某个人的表兄或叔叔;我是这个城邦或那个城邦的公民,又是这个或那个行会的成员;我属于这个家族、那个部落、这个民族。因此,对我来说善的东西必然对占据这些角色的人来说也是善的。这样,我就从我的家庭、我的城邦、我的部落、我的民族的过去中继承了多种多样的债务、遗产、正当的期望与义务。这些构成了我的生活的既定部分、我的道德的起点。这在一定程度上赋予我的生活以其自身的道德特殊性。[③]

1992年2月,贝尔向牛津大学提交的博士论文《社群主义及其批评者》以别具一格的对话体形式对这段学术记忆做出了阐发与归纳,为社群主义

① 参见阿拉斯代尔·麦金太尔:《追寻美德:道德理论研究》。
② 阿拉斯代尔·麦金太尔:《追寻美德:道德理论研究》,第250页。
③ 阿拉斯代尔·麦金太尔:《追寻美德:道德理论研究》,第249页。

的基本立场、观点和方法做了坚决而细致的辩护。贝尔肯定罗尔斯正义理论的社会意义，同时驳斥其初始立场的反社群意识形态，并进一步阐明了社群共识强大的道德规范力量。贝尔认为，不论是地缘社群、记忆社群，还是心理社群，都是普通人感情依附和道德判断的基本认同框架。正是由于具有构成特性的社群的存在，才使得人们的思考和行动变得有意义。社群既是人类同呼吸共命运的感情纽带，习俗与实践的动力机制，更是个人正义的有效保障。①

总体说来，社群主义认为每一个个人都必定是某一社群的成员，一个人必定是在社会环境中成长的，社会环境的各种差异能够直接导致个人行为、认识、地位和价值的差异，因此普遍的、无差别的权利在现实的社会中不可能真正地存在的。社群是一个有机的整体，它既具有共同的传统和文化，也需要有统一的情感和认同。个人的权利只能也只有在社群中才能真正实现。社群主义者心目中的社群，也就是亚里士多德所说的为了达到最大和最高的“善”而组成的人类团体或人类关系。社群的内涵包罗万象，在西方社会无所不在，可以说社群是当今西方社会的基本结构。

不过需要辨别的是，作为当代最有影响的西方政治思潮之一的社群主义，其目的是希望修正自由主义对个人和社群的错误假设，并重申社群对个人的必要性，从而恢复社群价值的重要性，而并非想取代自由主义在当今社会中的重要地位。

综上所述，西方对于社群和群己关系的重视是承袭公民共和主义的传统而来，可以追溯到柏拉图的《理想国》，以及亚里士多德对人类是社会性动物的强调。黑格尔认为西方文明是两大力量的产物：其一是希腊自由思想的智慧，其二是来自基督教的深刻的道德与宗教的悟性。社群意识既然在这两大力量中都得到充分的叙述，它在当下的价值和影响力自然不言而喻。德拉布尔的小说所反映出来的社群意识在很多地方与上述各种思想有着本质的契合，而她的重点是具有英国特色的民族社群文化的分析和建构。

---

① 参见丹尼尔·贝尔：《社群主义及其批评者》。

## 第四节　英国文学和文化中的社群意识

德拉布尔对英国文学伟大传统的眷恋是众所周知的事实。同时，作为《牛津英国文学词典》(*The Oxford Companion to English Literature*)第五版(1985)和第六版(2000)的主编，德拉布尔对整个英国文学史可谓了如指掌。再加上德拉布尔与利维斯、威廉斯等人深厚的渊源关系，笔者认为挖掘英国文学历史和文化理论中所表达的种种社群意识，必定有助于把握德拉布尔作品的深刻内涵和历史价值，深入了解英国特定的社群文化语境。

从中世纪后期开始，英国文学伴随着近代社会的转型而演变。几个世纪以来，英国文学既是这一社会转型进程的产物，又积极地影响着这个进程。从《坎特伯雷故事》(*The Canterbury Tales*，1387—1400)到乌托邦文学，再到文化研究，英国文学不断对侧重物质文明的现代价值体系发出质疑，通过展望理想的社群生活，逐渐形成了一个强大的文化传统。大量的文学典籍在争论与创新中以丰富多彩的文学意象不断地影响着不列颠民族的想像，打造着英国的公共文化，成为民族核心价值体系的建设者与守望者。

### 一、群体的宗教叙述，共同的生命诉求——《坎特伯雷故事》

杰弗雷·乔叟(Geoffrey Chaucer，1343—1400)是英语文学传统的奠基者，被尊称为"英国诗歌之父"(The Father of English Poetry)。他的长篇朝圣叙事诗《坎特伯雷故事》被誉为英语文学传统的奠基之作，并对英语文学的发展产生了重大而深远的影响。从乔叟开始讨论，更能凸显社群意识在英国文学中的渊源和地位。笔者认为，《坎特伯雷故事》是朝圣旅途上由众多香客组成的一个动态社会群体共同叙述的成果，深刻表达出乔叟以及那个时期英国社会对社群的渴求和重视。

首先，故事的主框架是群体性的宗教生活。《坎特伯雷故事》被认为是英国文艺复兴的开山之作，开了英国人文主义的先河，但是“这部丰富多彩的诗作集欧洲中世纪文化、文学之大成，自然深受在中世纪占统治地位的基督教意识形态的影响”。[①]反映社会生活的朝圣文学在宗教文化尤为鼎盛的中世纪几乎是人人皆知的文学样板。麦金太尔在梳理西方美德观的演变过程时也特别提及朝圣文学，他说：

> 每一种特殊的美德观都与某种特殊的有关叙事结构或人的生活结构的观念紧密相连。在成熟的中世纪框架中，有关远征或旅行的故事是其主要的叙事样式。人本质上是在旅途中。[②]

《坎特伯雷故事》的主框架就是有关复活节期间的一次朝圣旅行。作为一种宗教活动，朝圣在宗教信仰至上的中世纪欧洲具有普遍而深刻的象征意义。朝圣既是人存在的一种基本方式，又是宗教群体性生活的主题。进一步说，中世纪封建社会等级森严，要把几乎所有不同阶层、不同教养、不同背景的人聚集在一起，朝圣旅程也许是唯一能够实现的场合。乔叟笔下的香客们职业不同，经历迥异，思想意识和价值观念也大相径庭。他们来自各个社会阶层，有骑士、修士、托钵僧、商人、医生、海员、农夫、律师、地主、磨坊主、管家、厨师、差役等等。他们来自当时英国几乎所有的主要行业，从而形成了中世纪后期英国社会极具代表性的缩影。

其次，《坎特伯雷故事》的主旨是基督教文化中人们共同的生命诉求。作品中，朝圣发生的时间是在复活节期间。基督教的朝圣象征着悔罪，尤其是在复活节节前大斋期的朝圣，都是以悔罪为目的的，所以“悔罪和通过悔罪实现和解事实上是乔叟整部作品的主旨”。[③]这一观点持之有故，言之成理。从基督教的观点看，人类是失去了家园而在尘世上接受惩罚的罪人。为了重返人类最初的家园，人就必须赎罪。通过朝拜圣徒可以实现赎罪的

① 肖明翰：《〈坎特伯雷故事〉的朝圣旅程和基督教传统》，载《外国文学》2004年第6期，第93页。

② 阿拉斯代尔·麦金太尔：《追寻美德：道德理论研究》，第196页。

③ 谢大卫：《圣书的子民——基督教的特质与文本传统》，李毅译，北京：中国人民大学出版社，2005年，第185页。

目的,因为在基督徒的眼中,人们可以向圣徒祈求,而圣徒能将人们的祈祷转呈在神的面前。基督教的这种教义无疑是把人群体性的视为向上帝回归的香客,回到伊甸园成为朝圣者共同的生命诉求。朝圣是表达《圣经》思想的精神旅程,乔叟以此为框架,巧妙地把各个故事串联起来,组成一个有机的整体。更重要的是,人类集体地寻找精神归宿的神圣历程这一主题也成为后世文学创作永恒的主题。

再者,《坎特伯雷故事》不是独白式的统一,而是有机的艺术整体。从现有的研究资料来看,乔叟没能完成全书的撰写,也没有文献表明乔叟最终确定了各个故事的顺序。不过,从大体敲定的分组和顺序来看,《坎特伯雷故事》绝对不是一部松散的故事集。乔叟按照主题和人物间的关系,注重对故事讲述者的塑造,通过精心设计,在朝圣的大框架之下,把众多脍炙人口的故事结合成一个关系密切的艺术整体。实际上,乔叟正是要把英国社会浓缩在书中,把各阶层的人一一展现,全方位反映英国社会和思想意识。《坎特伯雷故事》也因此被公认为一部中世纪后期英国社会百科全书式的文学杰作。

最后,朝圣群体是动态的,朝圣个体间是平等的。《坎特伯雷故事》的朝圣队伍是在旅途中不断壮大起来的。同时,香客们讲的故事是有要求的,必须既有趣又有教育意义。香客们有两个目标:精神目标是前往坎特伯雷大教堂朝圣,世俗目标是为在归途中获得一顿饭的奖赏而竞争。坎特伯雷和伦敦则分别象征着精神世界和世俗世界。这样,世俗生活和精神旅途的矛盾、人文追求和宗教意义的冲突从一开始就跃然纸上,并贯穿全书。更为重要的是,由于朝圣旅程所特有的宗教意义,不同阶层的人能够或多或少地把身份和等级观念暂放一旁。乔叟笔下的叙述者们是个性化的人物群,既代表各自的阶级或阶层的利益,又拥有充分独立的主体意识。香客们在朝圣旅途上各抒己见,用故事表达他们不同甚至相互对立的思想意识。正是在朝圣这个动态的群体中,乔叟的香客们拥有了在其他场合所没有的相对平等的话语权。

乔叟无疑是德拉布尔眼中伟大文学传统的开端。笔者认为两位作家间具有某些不可忽视的共通之处:

其一,《坎特伯雷故事》是一部独具不列颠民族特色的作品,而德拉布尔的"光辉灿烂三部曲"则努力反映两次世界大战以后业已式微的英国特性。乔叟的创作"使英国社会状况和民情民风得到了极其权威的阐释。从此,英国有了正式的民族书面文学语言。它使英国文学以崭新的独具民族特色的风貌伫立于世界文学经典文化之林"。[①]德拉布尔则以"英国编年史家"的担当笔耕不辍。

其二,乔叟开辟的文学传统正是德拉布尔文学努力的落脚点。乔叟在创作中自觉地摒弃了中世纪重视梦幻象征的文学手法,取而代之的是具体现实的描述,逼真形象的刻画,在描述丰富多彩广阔的社会生活的同时,创作了一系列生动的典型艺术形象,从而开辟了英国文学伟大的现实主义传统。肖明翰评价说:

> 但乔叟并不仅仅是对各阶层的人进行分类,他对香客们的言谈举止,他们的思想性格以及他们之间的大量冲突,都进行了生动细致、妙趣横生的描写,把他们塑造成既代表各社会阶层,又独具特征的个性化艺术人物。他们是英国文学史上第一组形象生动、个性鲜明的现实主义群像。[②]

德拉布尔最为评论界津津乐道的宣言是她于 1967 年接受英国广播公司(BBC)采访时表达的对传统的态度:

> 我不愿写一部给五十年以后的人们阅读的实验小说,他们会说,啊,好,是的,她预见到会发生什么。我对此毫无兴趣。我宁愿处于我所敬佩的日渐式微的传统的末端,也不要站在一个令我痛惜的传统的前沿。[③]

---

① 任岩:《论〈坎特伯雷故事〉对 14 世纪英国传统价值观念的突破》,载《通化师范学院学报》2006 年第 3 期,第 36 页。

② 肖明翰:《试论〈坎特伯雷故事〉的多元与复调》,载《外国文学研究》2006 年第 4 期,第 75 页。

③ 转引自 Elaine Showalter, *A Literature of Their Own: British Women Novelists from Brontë to Lessing*, pp. 304-305.

她这一宁为凤尾不做鸡头式的宣言毫无疑问是对英国现实主义传统的有力捍卫。

其三，乔叟和德拉布尔分别处于英国社会不同的转型期，他们都试图通过文学实践来为时代的焦虑开出一剂良方。《坎特伯雷故事》写于14世纪末期，正处于英国历史乃至欧洲史上的一个重要转型期。在英国，黑死病的肆虐、宫廷政变、英法百年战争以及教会的分裂导致社会处于极度动荡不安之中。文艺复兴运动提出以人为本的口号，极力主张摆脱中世纪以教会为中心的封建制度对人的约束和压迫。人文主义者们强调人与人之间平等、开放的对话，驱逐森严的等级制，张扬人性。乔叟正是在此思潮的影响下，从新的视角来表现和考察当时的英国社会。他借助民间诙谐文化，以平等对话的形式体现活生生的人的本性，彰显人性价值和追求，以此纾解转型期导致的焦虑。德拉布尔面对动荡不安、变化莫测、信仰缺失、人际关系疏离、一切都碎片化的后现代社会，承受上帝之死、小说之死的幻灭之痛，锲而不舍地通过小说创作努力探知当代的终极意义和道德要义，试图为新的转型期的焦虑指明一条光辉灿烂的道路。

最后要说的是，乔叟和德拉布尔都表达了对耶路撒冷的憧憬，反映了对精神家园的渴望。耶路撒冷身为三大宗教共同的圣城，自古以来接受着成千上万教徒的顶礼膜拜，神圣不可方物。对于基督教来说，耶路撒冷是耶稣诞生、传教、牺牲、复活的地方，是无可替代的圣地。《坎特伯雷故事》的结尾清楚地点明了作品所蕴含的宗教含义。“牧师的故事”中借牧师之口说，这是“一个完美光明的旅程，名叫耶路撒冷天国之游”。[①]宗教信仰是中世纪欧洲人的生活重心，人们虔诚地前往圣地朝圣，目的是为了获得某种精神的解脱。然而，具有象征意义的是，《坎特伯雷故事》结尾时，香客们还没有进入圣地，朝圣旅程并没有终结，故事以人们接近圣地而结束。诗人似乎在暗示我们，回归上帝的旅程仍然在继续之中，象征寻找精神家园的朝圣之路永远没有终点。

德拉布尔于1967年完成了她的第四部小说，取名为《金色的耶路撒

---

① 杰弗雷·乔叟：《坎特伯雷故事》，方重译，上海：上海译文出版社，1983年，第374页。

冷》。尽管小说的女主人公克拉拉·毛姆(Clara Maugham)没有太大的宗教热情,但是她觉得圣地能够唤起她那狂热的情感并让她全身充满强烈的欲望,变得雄心勃勃。克拉拉心中所追求的"耶路撒冷"自然已经不再是上帝,不再是那个梦幻般的天国城市,带有镶满珍珠的大门、水晶般的墙壁和金色的塔楼。克拉拉心心念念的是真正的人间尘世里的天堂,那里的人物英俊漂亮、谈吐高雅;那里的房舍华贵美丽。[①]二十年后,在"光辉灿烂三部曲"的开篇,德拉布尔就为读者展现了这样的人间天堂——伦敦高档住宅区哈里大街(Harley Street)豪宅内的迎新聚会。德拉布尔的小说的魅力在于,作者随即勇敢地、自觉地解构了这个尘世的天堂。在肯定20世纪后半叶英国知识女性对美好生活的向往之余,德拉布尔指出女性对自由的追求并不必然是对传统的彻底反叛,而对精神家园的追求始终是人们最高的期望与最深的忧虑,并且始终是文学的基本主题。

## 二、英国文学的乌托邦情结

德拉布尔的"光辉灿烂三部曲"深深地印刻着乌托邦情结。无论是《光辉灿烂的道路》中伦敦知识精英们对光辉大道的追寻,《一种自然的好奇心》(*A Natural Curiosity*,1989)中对人性善恶、"先天"还是"后天"的追问,还是《象牙门》中深入东南亚对政治理想的探究,都体现出作者对当代社会道德伦理乌托邦式的思考和追求。

纵观英国文学史,描绘理想社会的生活蓝图、表达乌托邦思想,是一种持久而自觉的文学现象。这不仅反映出英国作家特定的运思方式与审美倾向,而且包孕着一个重要的文化现象,即英国文学的乌托邦情结。乌托邦的建构总是从群体的生活层面来设计和想象的,总是流露出对和谐安宁的有机社群的无限向往,可以说乌托邦思想与社群意识总是如影随形的。为说明两者之间的关系,笔者借用德拉布尔在《牛津英国文学词典》里对乌托邦(Utopia)、嘲讽式乌托邦(Satirical Utopia)和反乌托邦(dystopia)的划分先做个简单的梳理。

---

① 参见 Margaret Drabble, *Jerusalem the Golden* (New York: Penguin Books, 1969).

如果从整体来看，那么文学领域中的乌托邦思想可谓源远流长。学界一般认为，柏拉图的《蒂迈欧篇》(*Timaeus*，约 360BC)可以说是最早的乌托邦文学，而乌托邦思想在其《理想国》中亦得到了较为详尽的阐述；乌托邦文学的早期形象也见于古希腊诗人赫西俄德(Hesiod，公元前 8 世纪)和普卢塔克(Plutarchus，约 46—125)的作品。不过总的来说，这些早期的乌托邦文学大多比较零散，还谈不上乌托邦文学的自觉，在创作技巧、表现手法和审美特征等方面既不够丰富，也不成序列。

真正意义上的乌托邦文学起源于英国。16 世纪上半叶，英国才华横溢的人文主义学者、阅历丰富的政治家托马斯·莫尔爵士(Sir Thomas More，1478—1535)创造性地把乌托邦文学作为一种叙事文体来运用，以其名著《乌托邦》(*Utopias*，1516)[①]而名垂史册。莫尔的《乌托邦》标志着西方近代乌托邦小说的兴起，奠定了现代乌托邦小说的范式，对于西方乌托邦文学发展史具有极为重要的意义。根据德拉布尔的考证，正是莫尔创造了“乌托邦”一词，人们才得以“回顾性地”用它去描述柏拉图的《理想国》，并指称“随后而来的有关未来的小说、空想和蓝图”。[②]继莫尔之后，英国相继出现了各种乌托邦式的文学作品，其中比较具有代表性的有：弗朗西斯·培根(Francis Bacon，1561—1626)的《新大西岛》(*The New Atlantis*，1624)[③]、詹姆斯·哈林顿(James Harrington，1611—1677)的《大洋国》(*The Commonwealth of Oceana*，1656)、威廉·莫里斯(William Morris，1834—1896)的《来自乌有乡的消息》(*News from Nowhere*，1890)，等等。

早期人文主义作家们所幻想的理想共和国并未在英国得到实现。轰轰烈烈的英国资产阶级革命虽然建立起了君主立宪制共和国，但是它远非人文主义者们所希冀的人间天堂。工业革命的确给资本主义带来了空前的繁荣，但是与此相伴的是劳动人民受到的剥削和压迫日益加重。同时，大英帝国为了在世界范围内掠夺更多的土地和财富，战事不断，穷兵黩武，致使民

---

① 《乌托邦》成书于 1516 年，用拉丁文撰写出版，1551 年被翻译成英文。

② Margaret Drabble ed., *The Oxford Companion to English Literature*, 5th edition (Oxford: Oxford University Press, 1985), p. 1019.

③ 《新大西岛》拉丁文版 1624 年出版，英文版 1627 年出版。

不聊生。嘲讽式乌托邦文学正是在这样的大背景下应运而生。一方面，嘲讽式乌托邦文学继承了乌托邦文学的传统，继续诗意地想象和设计着人类美好的未来；另一方面，嘲讽式乌托邦文学对人类可能遭遇的梦魇或地狱般的生活给予无情的讽刺和揭露。在这一历史时期，具有代表性的嘲讽式乌托邦文学作品有：乔纳森·斯威夫特（Jonathan Swift，1667—1745）的《格列佛游记》（*Gulliver's Travels*，1728）、塞缪尔·约翰逊博士（Samuel Johnson，1709—1784）的《幸福谷》（*The History of Rasselas，Prince of Abissinia*，1759）、塞缪尔·巴特勒（Samuel Butler，1835—1902）的《埃瑞璜》（*Erewhon*，1872），等等。

对于现、当代的英国作家来说，他们面临着一个新的充满危机的时代。20世纪是一个信仰遭遇全面质疑的时代，日益发展的科学技术在为人类带来便利的同时，也使人类逐渐异化为商品和机器的附属品。20世纪上半叶两次惨绝人寰的世界大战更是给人们带来了深重的灾难。生活于腥风血雨，理想遭遇到重大挫折，人们无力期望未来。他们甚至不断地联想到世界的末日，终日生活在极度的恐惧之中。反乌托邦思想因而成为英国作家们文学实践的主要内容。与传统的乌托邦文学那寄情于美好未来的情怀相反，反乌托邦文学把读者带进万劫不复的地狱；与传统的乌托邦文学给人类带来对美好明天的憧憬和追求相对，反乌托邦文学带给人类的是极度恐怖和绝望。在英国，具有代表性的反乌托邦文学作品有：奥尔德斯·赫胥黎（Aldous Huxley，1894—1963）的《美妙的新世界》（*Brave New World*，1932）、威廉·戈尔丁（William Golding，1911—1993）的《蝇王》（*Lord of the Flies*，1954）以及乔治·奥威尔（George Orwell，1903—1950）的《动物庄园》（*Animal Farm*，1945）和《一九八四》（*1984*，1946）等。

由此可见，对完美、和谐、幸福、大同的理想境界的追求一直是人类生活的精神支柱。人们试图逃避痛苦的尘世生活，向往美好的未来社会，这也是英国文学家们一直以来向往和讴歌的对象。

浏览英国的乌托邦文学，我们不难发现其鲜明的社群特征和独特的社群内涵。首先，英国的乌托邦小说关注的焦点主要是作为整体的民族和人类全体。张隆溪先生在《乌托邦、世俗理念与中国传统》一文中说，中国式的

《桃花源记》与西方的乌托邦文学传统很不一样，它不是社会的、集体的，而是游仙式的、个人的、逃避的。[①]张隆溪先生指出了中国式的乌托邦的一个特点，即较为关注现实生活中的个体。他的观点反过来也说明了另一个现象，即英国乌托邦小说的艺术理想和价值诉求不仅仅是针对现实生活中的个体，而且同时针对个体置身其中的整个社群的建构。社会的公正、民族的未来、国家的前途、全体的幸福、人类的进步、自然的演变、和谐的人际关系等等，英国乌托邦小说对这些问题抱有更加浓厚的兴趣和明确的思考趋向。英国的人文知识分子们着力展望的是对经济生活、家庭结构乃至社会制度的变革全景。

再者，乌托邦文学崇尚和谐的社群空间，推崇集体性活动。在小说《乌托邦》中，乌托邦城中每条街均有一个公共食堂，全街居民自愿就餐。到了吃饭的时候，男女老幼各有各规定好的座位。先由年长者致词，内容是鼓励大家提高风俗礼节，然后大家一起在焚香和动听的音乐伴随下愉快地就餐。此外，乌托邦城里街道整齐清洁，绿草香花遍地，居民们都非常热爱自己美丽的家园，而劳动已然成为自然的兴趣，而不再是一种牵强的谋生手段。同时，这里盛行的是一种平等、互助、融洽、友爱的新型人际关系，"他们认为主要的精神之乐来自德行的实践以及高尚生活的自我意识。至于身体的快乐，他们首推健康"。[②]

不可否认，英国式的乌托邦都立身于相对稳定的群体结构，反映出保守的岛国心态。莫尔的《乌托邦》开篇之初即交代乌托邦并非是对整个世界的想象，它是有着独特自然环境的岛国，"港口出入处甚是险要，布满浅滩和暗礁。……只有本国人熟知各条水道。外人不经乌托邦人领航，很难进入海湾"。[③]其实，包括培根的《新大西岛》在内的乌托邦名著，都将他们所设想的新世界想象成封闭的、与世人相隔绝的空间。在这些异质性的空间中，人们遵循着不同类型的法律和社会制度，过着"不知有汉，无论魏晋"的"洞穴"生

① 参见张隆溪：《乌托邦、世俗理念与中国传统》，载《永远的乌托邦：西方文学名著导读》，曹莉主编，北京：清华大学出版社，2002年，第169—190页。

② 托马斯·莫尔：《乌托邦》，戴镏龄译，北京：商务印书馆，1982年，第80页。

③ 托马斯·莫尔：《乌托邦》，第48页。

活。反观当代“跨国空间”、“超级空间”的发展，隐藏在背后的是霸权主义对自然空间的粗暴干涉。全球视界的融合在普世价值的名目下打破了人们想象的空间，使得乌托邦想象陷入困境。英国反乌托邦小说揭露出全球化时代的到来造成乌托邦续存空间被侵蚀的现状，使得人们在当下变得欠缺对未来的期待意识，难以开拓视角以一种乌托邦的方式来思考未来。

最后，共同的伦理思想是乌托邦国民的追求。乌托邦小说可以被看作是英国的知识分子们在历史重大时刻重新寻求精神乐园的产物，作家们试图以自己设想的终极价值来建构全民族乃至全人类精神的最终归宿。乌托邦小说关注的是人的现世生存，是一种研究当下存在的独特的艺术手法。小说家们用文学虚构的世界为现实世界里处于逆境和危机的人们提供理想和希望，鼓励人们对前途和未来要充满信心，从而在精神层面给予人最坚实的保障。在莫尔的王国里，助人为乐蔚然成风，重视培养人的品德，提倡公共道德、集体义务和正当娱乐。人们不仅在物质上是幸福的，而且在精神上也是幸福的。乌托邦是“追求理想、完满、自由境界的精神冲动”，“内在于人的生存结构中”，而这种精神冲动“正是人的存在的重要维度”，因此可以说乌托邦就是“对存在的研究与揭示”。①

德拉布尔在20世纪末依然坚信文学的力量，坚持塑造英国当代社群意识，极力维护英国民族特性。她的这种努力显而易见包含了一种可贵的乌托邦冲动，既表达一种愿景和理想，又隐含着对社会现实的批判。“光辉灿烂三部曲”可以被看作试图把“作为乌托邦批判的文化”(culture as utopian critique)、“作为生活方式的文化”(culture as way of life)和“作为艺术创造的文化”(culture as artistic creation)②三者结合起来的文学实践。借用英国作家奥斯卡·王尔德(Oscar Wilde，1854—1900)的话说，“不包含乌托邦在内的世界地图，是不值一瞥的，因为它缺少承载人性的地方。但如果人性在那里降临，它就会展望，并看到一个更加美好的国家。人类的进步就是乌

① 参见姚建斌：《乌托邦小说：作为研究存在的艺术》，载《北京师范大学学报》(社会科学版)，2003年第2期，第105—114页。

② 特瑞·伊格尔顿：《文化的观念》，方杰译，南京：南京大学出版社，2003年，第22页。

托邦的实现"。[①]

## 三、英国文化理论中的社群意识

在英国文化理论发展过程中，从伯克到科勒律治，从阿诺德到利维斯，从"有机社会"到"共同文化"，从作为一种绝对观念的文化到一种经验产生过程的文化，社群诉求是英国几代文人思想家从未抛弃的重要信念。德拉布尔的文学道德情怀无疑与此是一脉相承的。

19 世纪中叶的英国社会经历着工业革命所带来的激烈震荡，以及社会转型时期思想和文化所处于的迷茫和无政府状态。大英帝国全面扩张，物质文明空前发展。与此同时，马克思的剩余价值论、达尔文的进化论和弗洛伊德的精神分析学说，无不猛烈地冲击着旧的价值体系和社会秩序。现代文明突飞猛进的背后隐藏着现代性固有的精神和文化危机。这一危机集中表现在社会和人心的涣散、道德理想的沉沦、人文精神的缺失和拜金主义的盛行。从德拉布尔的小说中我们可以看到，在一百年后的英国这些症状有增无减，第二章将对此重点给予分析。

在英国，工业革命所塑造的工业资本主义文明一直以来遭到众多人文知识分子的口诛笔伐。这些批判性的思想和文字的核心观点是：英国社会在工业革命之前浑然一体，有机和谐；可是自工业革命以来，有机和谐的社会文化却遭到了工业文明的侵蚀，社会精神陷入危机之中。在工业革命以前，人们志趣高尚、品味高雅；可是工业资本主义文明却导致举国上下唯利是图、道德失序，人的心灵机械麻木。因此，以作家和批评家为主体的英国人文知识分子心系时局，笔走龙蛇，试图通过文化研究探求摆脱危机的出路。

根据威廉斯在《文化与社会》(*Culture and Society*, 1958)中的考证，埃德蒙·伯克(Edmund Burke, 1729—1797)最先创造了"有机社会"(an organic society)这一观念，用来描述过往英国的经验。伯克的观念强调"人

---

① 奥斯卡·王尔德：《谎言的衰落——王尔德艺术评论文选》，萧毅译，南京：江苏教育出版社，2004 年，第 240 页。

类活动的相互关系和延续性，而不是将人类活动离析为各种由各自的规律所支配的兴趣领域”。[①]塞缪尔·科勒律治（Samuel Coleridge，1772—1834）受德国思想的影响，将“文明”（civilization）从“文化”（culture）中分离出来。科勒律治认为文化是一切社会安排都要服从的上诉法庭，而文明只是平凡的社会进步。科勒律治所说的“文明”直接指向工业革命所带来的物质成果，这种成果极有可能对“有机社会”产生解体的危险，因此就要在“文明”之外另辟被称为“文化”的价值观念。他认为治理社会的应该是“知识阶层”（clerisy），其成员包括文理科学者和知识分子。这些人以普及教养为己任，对抗金钱势力横行的工业社会。[②]

历史哲学家托马斯·卡莱尔（Thomas Carlyle，1795—1881）提出“精神贵族”（spiritual aristocracy）概念作为回应。卡莱尔有一个著名的论断：资本主义工业生产致使生产方式机械化，更可怕的是还导致人的头脑与心灵同质化、机械化。按照卡莱尔的想法，“精神贵族”是一个文化学养深厚、社会责任感强烈的知识分子群落，他们虽然数量不多，但是有志于管理社会，因而有能力负责解说社会的最高价值观。

英国维多利亚时期的文化主将阿诺德的主要贡献是对英国社会阶级结构的文化分析。“在阿诺德那里，文化起到了意识形态的作用，成为统治者缓解阶级冲突、营造社会共识、羁縻民众的重要手段。”[③]在其著作《文化与无政府状态》中，阿诺德把英国社会分为三个阶层，即贵族、中产阶级和平民，并分别称之为“野蛮人”（barbarians）、“菲利士”（philistines）和“群氓”（populace）。阿诺德认为这三个阶层的表现都有缺陷，无力领导国家，幸亏在每个阶层内部有少数“异己分子”（aliens）可以拯救社会。他们胸藏良知，追求完善，知行合一，言传身教，寻求完美。他们利用诗歌以及文学批评等教育手段来感化世人，力图唤醒他们的理性和良知，指导和检验他们的思想和行动。在阿诺德看来，“异己分子”俨然就是现代社会的苏格拉底，时代的精神导师。

---

① 雷蒙德·威廉斯：《文化与社会》，吴松江、张文定译，北京：北京大学出版社，1991年，第33页。
② 参见雷蒙德·威廉斯：《文化与社会》，第95—98页。
③ 赵国新：《马修·阿诺德的“天人之策”》，载《学海》2011年第3期，第190页。

此外，以"文化"来指导人生的思想也始自于阿诺德。阿诺德的"文化"是包括文学、艺术在内的人类一切最优秀的思想的积淀，途径则是：

> 通过阅读、观察、思考等手段，得到当前世界上所能了解的最优秀的知识和思想，使我们能做到尽最大的可能接近事物之坚实的可知的规律，从而使我们的行动有根基，不至于那么混乱，使我们能达到比现在更全面的完美境界。①

阿诺德把宽阔深厚的思想文化根基看作为变革时代和凝聚人心的力量，希冀通过传承人类优秀思想遗产来整合社会的文化价值体系。这些思想在德拉布尔的作品也得到了充分的表达。不同的是，德拉布尔更愿意在现实社会的共同经验中去寻求出路。

在 20 世纪 30 年代的剑桥大学，形成了一个以利维斯为代表的知识分子团体，他们的主要论坛是一本名叫《细察》的文学评论季刊。这个团体内的学者们发展了一种结合民族意识、道德主义、历史主义和侧重文学自身美感的有机审美论。他们的核心思想是：文学要有社会使命感，能够解决 20 世纪的社会危机；面对 20 世纪的现代大众文明，知识分子的首要任务是培养出一种异常的灵敏感，努力维持文化的连续性。有机论贯穿利维斯的文学批评和文化研究理论，文学批评方面表现为将文学文本视为一个整体，而文化研究的核心理论则体现为追寻文化共同体。

利维斯反复强调文学文本是一个整体，作品应该崇敬生活、关注人性、显示深刻的道德关怀。在利维斯生活的时代，后现代思潮并未盛行。难能可贵的是，利维斯敏锐地感知到令人困惑的、形式多样的符号群。通过《英诗新方向》(*New Bearings in English Poetry*，1932)、《重新评价：英诗的传统与发展》(*Revaluation: Tradition and Development in English Poetry*，1936)和《伟大的传统》(*The Great Tradition*，1948)这三本书，利维斯试图确定文学非个人化的批评标准，确立文学的道德要义，谨慎对待语言与内容

① 马修·阿诺德：《文化与无政府状态》，第 147 页。

的关系，以此来阻止边界的消失，挽救当时英国文学面临的危机。

从文化理论方面来讲，利维斯认为“有机共同体”中良好的人际关系和高雅的生活艺术能为人类提供更好的文化培养条件，从而使人能够有效抵制日益机械化的当代社会。利维斯心目中的“有机共同体”存在于工业革命之前的英国。在《大众文明与少数人文化》(*Mass Civilization and Minority Culture*,1930)中，利维斯谈到自己和阿诺德的不同境遇：在工业革命不断推进中，“大众文明”已经全面登陆，传统的伦理价值分崩瓦解，少数的文化精英们发现自己正处于一个敌对的环境之中，“文明”和“文化”成为两个截然对立的概念。利维斯认为，工业革命之前的英国有一种生机勃勃的共同文化，高雅的品味和大众的趣味完好结合，是一个有机社会；这样一个完整的文化却被工业革命一分为二，一方面是少数人文化，一方面是大众文明。在利维斯看来，商业化的大众文明是低劣和庸俗的代名词。广播、电影、流行小说、广告等等被缺欠教育的大众不假思索地大量消费，这是文化的堕落，是工业化的恶果。

利维斯对“大众文明”的忧虑主要见于三部著作：《大众文明与少数人文化》、与夫人 Q. D. 利维斯合著的《小说和阅读公众》(*Fiction and Reading Public*,1932)，以及与丹尼斯·汤普森(Denys Thompson,1907—1988)合著的《文化与环境》(*Culture and Environment*,1933)。利维斯在英国开启了批判大众文化的传统。虽然经由威廉斯的努力，取消了文化等级，大众文化不再被视为洪水猛兽，理解大众文化成为当下文化研究的主导思想，但是英国人文知识分子一直以来对大众文化保持警惕和谨慎的态度是利维斯主义影响力的最好说明。到 20 世纪末，伴随电视业、报业等大众媒体的极速发展，娱乐至上、真实世界与模拟世界交叉重叠等新现象成为德拉布尔重点刻画的场景。

此外，利维斯对有机共同体的无比眷恋并不表示他希望回到过去，而是希图以此为应对现代社会文化危机的策略，正如利维斯所说：“对旧社会的怀念,必须主要地促进走向一个新秩序。"[①]同样,德拉布尔也把未来寄托在社群之上,希望能够在当代社会形成新的社群生活,重新建立适合当代生活的价值规范和道德立场。

威廉斯是20世纪西方英语世界中著名的马克思主义文化批评家、文化研究的重要奠基人之一。笔者发现,"community"在威廉斯的文化理论中占有举足轻重的地位。无论是在《文化与社会》中建设"共同文化"(common culture)的设想,还是在《英国小说:从狄更斯到劳伦斯》(*The English Novel: from Dickens to Lawrence*, 1973)中提出小说刻画"可知社群"(knowable community)的命题,还是在其辞书性论集《关键词:文化与社会的词汇》中对"community"做词源学的梳理,"community"一直是威廉斯文化研究视域中的关键词,具有不可替代的位置。

虽然没有文字记录德拉布尔与威廉斯的直接交往和影响,但是他们的生活背景、学术渊源和文学表达却显示出两人之间存在着某种共通的思想和追求。威廉斯于二战之前就读于剑桥大学三一学院(Trinity College, University of Cambridge),并于1961年受邀重返剑桥大学执教。他起先深得利维斯真传,而后与其形成对话。威廉斯在《文化分析》(*The Analysis of Culture*, 1961)一文中讲到了文化的三种定义:第一,文化是人类完善的一种状态或过程,即永恒的秩序和价值;第二,文化是知性和想象作品的整体,即各种记载人类思想和经验的文本;第三,文化是社会的定义,文化是对一种特殊生活方式的描述,不仅表现艺术和学问中的某些价值和意义,而且也表现制度和日常行为中的意义和价值。威廉斯自己所支持的就是第三种定义。[②]一方面,威廉斯敏锐地察觉到,因为利维斯对大众文明的批评,象牙塔里的学者们开始用正规的、严肃的学术批评手段去研究分析以前被他们所忽视或蔑视的大众文化,并且不得不把媒介文本放在社会的、历史的语境中去考量。另一方面,威廉斯判断出利维斯主义者们在研究过程中所涉及的生活只是理论上的概念,缺乏活生生的社区生活经验和现实时代感。德拉

① F. R. Leavis, Denys Thompson, *Culture and Environment: The Training of Critical Awareness* (Greenwood Press, 1977), p. 97.

② 参见罗钢、刘象愚主编:《文化研究读本》,北京:中国社会科学出版社,2000年,第125—137页。

布尔在创作后期表达出抗拒利维斯的准则的想法，也暗示出她对具体生活的感受和对大众文化有选择的接受。[①]

此外，威廉斯和德拉布尔都受到西方马克思主义的影响。威廉斯在剑桥大学求学时期加入英国共产党是不争的事实。在“光辉灿烂三部曲”中，有思想、富有同情心的小说人物多半都是左派知识分子，他们对撒切尔夫人的保守党政策进行直接而犀利的批评。女主人公之一艾丽克斯更是对社会主义充满好奇。她从小就对马克思主义抱有朦胧的好感；在剑桥大学读书时如愿得以充分接触社会主义思想；进入社会之后，一直保持着这一情怀在现实生活中探索着人性。小说家史蒂芬·柯克斯（Stephen Cox）则带着他的社会主义理想前往东南亚寻求现实的证据。

在德拉布尔主编的《牛津英国文学词典》中，“威廉斯”词条下有这样一句话：“他的批评作品日益趋向从马克思主义视角探知文学与社会的关系。”[②]这一评价非常到位。威廉斯高度评价马克思对生产力与生产关系、经济基础与上层建筑之间关系的论述，认为马克思的思想对文化理论来说是一个极为重要的贡献。同时，威廉斯本人的理论建构也不是形而上的，而是深深植根于对具体生活的发掘和剖析之中。威廉斯从现实社会的共同经验当中去寻找文化，看到了阿诺德无法看到的工人阶级文化的积极面。

最后要说的是，威廉斯记录和考察了近代以来英国社会中文化观念的演变，进而把文化观念和社会的整体生活方式联系在了一起。威廉斯辩证地发现，在工业文明的不同发展阶段，同一个表述法的文化含义却可能是大相径庭的，而且不同时代的作家对他们各自生活环境的变迁也会做出不同的反应。威廉斯认为应该珍惜传统中英国人对“有机社会”的怀旧，并将其视为一种文化力量，督促当代英国各个阶级去共同创造一个新的文化社群。在小说理论上，威廉斯有关“大多数小说都是可知群体”，[③]小说家“仍然要通过创作来探索塑造可知群体的可能性”[④]的论断更是为当代小说生存和

---

① 关于德拉布尔对利维斯思想的接受与抗拒，本书将在第三章第三节具体进行论述。

② Margaret Drabble ed., *The Oxford Companion to English Literature*, 5th edition, p. 1070.

③ 转引自殷企平、高奋等：《英国小说批评史》，第 260 页。

④ 转引自殷企平、高奋等：《英国小说批评史》，第 262 页。

发展的必要性提供了新的角度。

文化观念制约着社群中的人们对生活的全面理解,而文学作品则是表达并交流这种理解的关键性媒介。文化观念的变化和发展直接影响着文学作品的生成方式,而文学作品又反过来对文化观念的走向施加重要影响。因此,我们必须结合英国文化传统来了解英国文学中的社群意识。

值得一提的是,国外文学评论界非常有兴趣将德拉布尔与其他文学名家进行比较研究。比较研究的作家包括简·奥斯汀、[①]索尔·贝娄(Saul Bellow,1915—2005)、约翰·厄普代克(John Updike,1932—2009)、[②]阿诺德·贝内特(Arnold Bennett,1867—1931)、[③]维吉尼亚·伍尔夫(Virginia Woolf,1882—1941)、[④]约瑟夫·康拉德(Joseph Conrad,1857—1924)、[⑤]爱丽丝·默多克(Iris Murdoch,1919—1999)和多丽丝·莱辛等。[⑥]这些研究从一个侧面强有力地印证出德拉布尔对英国文学传统的继承和借鉴,以及她在英国文学传统中的地位和成就。

---

① 参见 Gail Cunningham, "Patchwork and Patterns: The Condition of England in Margaret Drabble's Later Novels," pp. 112-123.

② 参见 Margaret Morganroth Gullette, *Safe at Last in the Middle Years: The Invention of the Midlife Progress Novel: Saul Bellow, Margaret Drabble, Anne Tyler, and John Updike* (Berkeley: Los Angeles: London: University of California Press, 1988).

③ 参见 Charles Burkhart, "Arnold Bennett and Margaret Drabble," in *Margaret Drabble: Golden Realms*, edited by Dorey Schmidt (Edinburg: Tex.: Pan American University, 1982), pp. 91-103.

④ 参见 Beth Madison, "Mr. Bennett, Mrs. Woolf, and Mrs. Drabble," in *West Virginia University Philological Papers*, 34 (1988), pp. 118-127.

⑤ 参见 David Leon Higdon, "Reinscribing Heart of Darkness: Margaret Drabble Confronts Joseph Conrad," in *Conradiana*, Vol. 34, Iss. 1/2 (Spring, 2002), pp. 31-42; Roger Bowen, "Investing in Conrad, Investing in the Orient: Margaret Drabble's *The Gates of Ivory*," in *Twentieth Century Literature*, Vol. 45, Iss. 3 (Autumn, 1999), pp. 278-298.

⑥ 参见 Carol Seiler-Franklin, *Boulder-pushers: Women in the Fiction of Margaret Drabble, Doris Lessing and Iris Murdoch* (Berne, Switzerland: Peter Lang, 1979).

## 小　结

虽然人类所面临的问题是普遍的，但是对这些问题的经验、感知、发问和反思的方式却受到具体的文化模式和传统的制约。一个独立的文化体系，总是对于世界、人生、历史和社会等基本事实有一整套的解释。在同一个文化群体内的人，总是或多或少地接受了这套解释体系，并能将之运用于各自人生所经历的事件之中。德拉布尔正是沿袭了英国人文知识分子的可贵传统，积极面对社会转型时期的焦虑和困惑，以探求社群意识、追求社群认同作为摆脱危机的尝试，积极加入英国当代文化的建设。

文化意义系统不仅决定了人们怎样去解释经历到的事件，而且决定了人们经历事件的方式本身。同一个事件，对于处于不同文化传统之中的人而言，就会产生不同的经验感受。苦难对于某一群人会被当成必须加以反抗的恶，对于另一群人则可能会被当成通往幸福的必经之途。文学说到底就是对人生的感悟和批评。当放眼于英国文学和文化的历史，我们欣然发现社群意识在各个时期的经典中熠熠闪光，把德拉布尔放置到这个大背景下研究，无疑有利于提升对其作品的理解深度。

# 第二章
# “光辉灿烂三部曲”中社群意识的式微

在梳理了社群概念的脉络，挖掘了英国社会的社群意识背景之后，本书回归小说文本，力图揭示德拉布尔的“光辉灿烂三部曲”为20世纪80年代英国把脉出的各种社会症状，指出英国知识分子急需摆脱的种种窘境。

“光辉灿烂三部曲”的主人公都是当代英国女性知识分子，这一点沿袭了德拉布尔历来创作的偏好。不过颇具特色的是，三部曲的主人公不止一位，而是有三位，即在50年代时曾为英国剑桥大学学友的中年妇女莉兹·海德兰、埃斯特·布鲁尔和艾丽克斯·鲍温。

耐人寻味的是，这三位中年女主人公既不是见识浅薄的家庭妇女，也不是受过高等教育却依然碌碌无为的职业女性。她们都不是英国社会的边缘人物，而是“她们那一代人中的精英分子(creme de la crème)”。[①]她们能成功跻身英国伦敦的文化名流圈，并不是依靠出身或财富，而是依靠自身的智慧和努力。莉兹、埃斯特和艾丽克斯都来自外省，出身于普通的家庭。她们“不是公主”，“她们不漂亮、不富裕，但是她们年轻，而且拥有相当的才智”。[②]凭借着智慧与努力，她们各自获得了丰厚的奖学金，从而敲开了剑桥大学的大门，步入了高等教育的天堂，接触了各种各样的思想和文化。通过剑桥大学的洗礼，三位女主人公在大学毕业后都成功地在伦敦安家落户。如今，这三位昔日的同窗都已五十多岁，她们都经济独立并各自在事业上小有成就：莉兹成为一名精神治疗师，拥有独立的诊所；埃斯特是研究意大利文艺复兴艺术的历史学家；艾丽克斯担任公职，并义务为女子教养所的犯人

---

① Margaret Drabble, *The Radiant Way*(New York: Ivy Books, 1990), p. 88.

② Margaret Drabble, *The Radiant Way*, p. 88.

教授文学课。她们都已经得到伦敦学术界和知识分子社交圈的接受，是新一代知识女性的典范，“她们的命运……从某种意义上来说，至少是示范性的”。[①]

这样的图景似乎是不少女性小说的美好结局，却是德拉布尔的三部曲的开场。小说的女主人公们似乎都已踏上光辉灿烂的道路，并已经进入知天命的人生阶段。然而，德拉布尔却以此为起点，揭开生活的层层表象，揭示完整人性的真正意义。布雷德伯里(Malcolm Bradbury)评价道：

> 三部曲阴郁地、批判性地描绘了一个几近混沌的世界。中产阶级的生活构成了小说的中心。在那个世界里，公共与私人分裂，现代城市预示着前所未有的大灾变，死亡、蔓延的全球危机和迫在眉睫的灾难感冲击着正派的、改革中的中产阶级。在社会和道德混乱中，他们分裂成碎片。[②]

在《一种自然的好奇心》中，德拉布尔通过元叙述的方式对读者说：

> 不，不是一部政治小说。更像是一部有关疾病的小说。一部有关精神病的小说。很抱歉。下不为例。对不起。[③]

“光辉灿烂三部曲”中的小说人物生活在一个异化的世界。在社群意识式微的英国，他们迷失了作为社会关系与自我实现的适当准则，找不到联系文化观念与生活方式的纽带，疏离感、虚无感、失序感、破碎感等各式离群情绪弥漫于英伦上空。

---

① Margaret Drabble, *The Radiant Way*, p. 88.

② Malcolm Bradbury, *The Modern British Novel*, pp. 400-401.

③ Margaret Drabble, *A Natural Curiosity*(London: Penguin Books, 1990), p. 194.

## 第一节　光辉灿烂的道路何在？

三部曲的第一部取题为《光辉灿烂的道路》，可是小说并没有为读者刻画并指明一条光辉灿烂的道路，而是"描写了一个英国都市荒原"。[①]在当代英国人的心目中，总是或多或少地存留着帝国情结。在某种程度上，日不落帝国可以说是英国人最大最深的社群认同。然而到20世纪80年代，这个旧式殖民帝国业已萎缩成一个影子，重回曾经的"光辉灿烂的道路"已然是妄想。与此同时，面对后工业化时代所产生的各种各样的社会问题，面对后现代理论思潮解构一切的强大气势，英国传统文化中的伦理道德不可避免地受到了前所未有的强烈冲击。德拉布尔以塑造新的可知社群为己任，通过全景式的详细记叙，深刻反映了英国社会从个体孤独的悲痛到群体梦想的失落。

在《光辉灿烂的道路》中，莉兹、艾丽克斯和埃斯特这三位昔日的剑桥大学同窗都已年届五十，步入了人生相对较为稳定的阶段，但是她们却在不同层面经历着不同程度的危机。莉兹是一名事业成功的精神分析师。她摆脱了北方小城的贫寒出生，过着大都市中产阶级的优裕生活，自以为洞悉了生活的规律与目标，能够自如驾驭生活的进程。可是，结婚二十年的丈夫毫无预兆地提出离婚，使得她曾经拥有的圆满和舒适皆化为泡影，家庭生活也由此脱离轨道。埃斯特是犹太后裔，一位特立独行的艺术史学者。她不寻求生活的物质和规律，只满足于学科范围内研究的自得其乐。然而，面对情人兼精神导师日趋荒诞的凭空想象和解构一切的学术热情，埃斯特茫然失落。艾丽克斯热爱英国文学，拥有完整而和睦的家庭，坚信传统的道德价值，但

---

① Marilynne Robinson, "Growing up Thankless," in *New York Times* (November 1, 1987), p. A12.

是现实生活的拮据和凌乱，各个党派间针锋相对而又模糊不清的政见，迫使艾丽克斯质疑各种价值取向。三位女主人公一时的手足无措和对“光辉灿烂道路”的追寻正是社群意识式微的典型症状，暗合了泰勒的忧虑：

> 一种严重的无方向感的形式，人们常用不知他们是谁来表达它，但也可被看作是对他们站在何处的极端的不确定性。他们缺乏这样的框架或视界，在其中事物可获得稳定意义，在其中某些生活的可能性可被看作是好的或有意义的，而另一些则是坏的或浅薄的。所有这些可能性的意义都是不固定的、易变的或非决定性的。这是痛苦的和可怕的经验。[①]
>
> ……
>
> 对我们来说，问题不只是我们在何处，而且是我们正走向何处。[②]

具体说来，无方向感的失群症状在物理空间之中表现为人际关系疏离，在道德空间之中体现为道德失序。

## 一、人际关系疏离

一个社群是由具有共同的自我认知的参与者组成的，但是现代化进程否定了传统道德的权威，而道德统一性丧失的结果是造成道德的个体言说的自主性和随意性。现代道德依据朴素、真切和个体化的感受，自然有其积极的一面，不过其致命的缺陷在于，鲜活的个体经验并不能维持对经验、体验、情感等的普遍而真诚的认同。失却了社会内容和规定性的人际关系是虚伪、脆弱或易变的。小说中，人际关系的疏离现象在莉兹·海德兰身上得到了集中的体现。

《光辉灿烂的道路》以莉兹家的迎新聚会开场。1979 年 12 月 31 日晚

① 查尔斯·泰勒：《自我的根源：现代认同的形成》，韩震等译，南京：译林出版社，2001 年，第 37 页。
② 查尔斯·泰勒：《自我的根源：现代认同的形成》，第 68 页。

上,也就是20世纪70年代的最后一夜,新的时代即将到来,"对于关注预兆的人来说,这是一个预示性的时刻"。[①]小说首先将时间定位于晚上八点十九分,十一分钟以后,盛大的新年宴会就要在莉兹位于伦敦哈里大街的豪宅内举行。年届五十的莉兹早已经度过了青春期的青涩和迷茫、踏入剑桥大学的激动和新奇、进入社会的失落和不安、初为人妇的争吵和谅解以及婚姻和生育所带来绊牵和挣扎。莉兹认为自己已经进入一个安稳、成熟、平静的时期。作为一个有知识、有地位、有思想、有品位的新时代的上帝选民,一切皆在她的掌控之中。

当然,莉兹的成就感不无道理。在事业上,莉兹在伦敦心理医学界已经颇有名气,能运用现代心理学知识,冷静理性地为病人疏导治疗,并受邀到电视台等媒体发表独到的见解。在家庭生活中,现任丈夫查尔斯·海德兰(Charles Headleand)是英国一家重要电视台的行政主管,在业内颇有地位,收入丰厚。莉兹很满意自己既能与丈夫和睦共处,又有独立的自我和自由。夫妻俩处于"一个平稳和理解、接纳与和谐的阶段,猜忌和对抗犹如枯叶般离他们而去"。[②]丈夫的前妻生有三个儿子,莉兹自己则与查尔斯生了两个女儿。五个孩子都已经长大,各有发展。莉兹与三个继子相处融洽,成功建立了亦母亦友的关系,受到他们的尊重和关爱。在经济上,在稳定而丰厚的收入之外,海德兰家拥有一套令人羡慕的坐落于哈里大街的大房子。"在许多年以后,报住址时,莉兹依然感到无比满足。每当店员或办事员或零售商写下'海德兰博士,哈里大街'时,同样的自我肯定、自我界定的兴奋感便再次油然而生。"[③]社交上,海德兰一家在伦敦的医学界、学术界、媒体圈、法律界、出版界、文艺界、政府机关、国际组织等各个重要领域都有朋友,并不时能在报纸、杂志、电台或电视台看到或听到有关他们的动态以及他们发表的高见。这一晚,海德兰家邀请了200多位伦敦的精英们前来参加宴会。

一切都非常的美满,莉兹俨然是现代独立女性的楷模,新时代后母的榜样;海德兰一家则是伦敦文化精英圈内的一个典范。第二天就是新的时代,

---

① Margaret Drabble, *The Radiant Way*, p. 1.
② Margaret Drabble, *The Radiant Way*, p. 9.
③ Margaret Drabble, *The Radiant Way*, p. 18.

莉兹信心满满地准备迎接80年代的到来。莉兹甚至认为自己完全可以想象在接下来的宴会上将发生的种种细节,“能够预测任何对话中的下一个词、下一个话题”。[①]想到一切都将按照自己的节奏来进行时,莉兹难抑自得和兴奋。不过,正如小说的叙述者发出的警告:“卓越的教育机构不仅为她们提供了空间,但也企图诱惑她们。”[②]财富、地位和教育并不构成真我的全部。

新年宴会的确依照莉兹的设想而顺利进行。作为女主人,莉兹穿梭于人群,享受着客人们的赞扬和道谢,品味着远离家乡和童年生活环境的庆幸和骄傲。当新年的钟声敲响,在场的全体来宾共同放声歌唱《友谊地久天长》,莉兹在自己召集起来的群体中感受到了无与伦比的满足。然而渐渐地,莉兹隐隐地感受到朋友们乃至孩子们的些许异样,而老朋友伊凡(Ivan)的赞扬则让她醍醐灌顶。原来除了她自己,在场的每一个人都知道她的丈夫即将要跟她离婚,然后同莉兹所厌恶的亨丽埃塔·兰切特爵士夫人(Lady Henrietta Latchett)结婚。

莉兹是伦敦小有名气的精神治疗师。她的工作是运用语言的交流方式,通过解释、说明、支持、同情、相互之间的理解等方法来改变患者的认知、信念、情感、态度、行为等,达到排忧解难,减轻或消除使患者痛苦的各种情绪、行为以及躯体症状。莉兹对自己的专业水平颇为自信,深信能自如应对各种人际交流难题。对自己的社会人际关系,莉兹更是得意洋洋:“他们要感谢半个伦敦对他们的热情款待……该是举办宴会的时候了,一块大石头击落众多鸟。”[③]“哈里大街海德兰家。响当当的,典范式的。……她和查尔斯感到他们过得顺风顺水,他们受到时代的青睐。”[④]举办聚会无疑具有炫耀个人成功和财富的目的。然而,极具讽刺意味的是,客人们都把莉兹举办的这次聚会看作是一种新一代女权主义式的宣告离异的方式,“当作庆祝”。[⑤]

① Margaret Drabble, *The Radiant Way*, p. 9.
② Margaret Drabble, *The Radiant Way*, p. 88.
③ Margaret Drabble, *The Radiant Way*, p. 7.
④ Margaret Drabble, *The Radiant Way*, p. 18.
⑤ Margaret Drabble, *The Radiant Way*, p. 118.

如此的开场颇有简·奥斯丁的风格,反灰姑娘式的开局立刻呈现出莉兹对社群和人际关系的理解的偏差。在20世纪80年代的第一个凌晨,年过半百的莉兹从顶峰重重地摔了下来。小说进而指出,与丈夫的离婚随之瓦解了一系列莉兹曾经引以为豪的人际关系,迫使她重新审视并思考真实的人际关系。

首先,婚姻关系的破裂意味着"典范婚姻"只是莉兹一厢情愿的自以为是。莉兹不再是海德兰夫人,与自己颇为不屑但又乐于依附的旗舰街[①]从此不再有太多的往来。丈夫的抉择也让莉兹猛然醒悟到自身的种种问题。她一方面瞧不起丈夫所从事的大众媒体文化,以文化精英自居;一方面却悠然享受着由此带来的富裕的经济收入。她一心关注个人事业发展,强调女性自立,却疏忽夫妻间的交流,导致丈夫另择新偶。夫妻俩"和平地分房而寝",只在周末早上"吃桔子酱时碰面"。[②]而且,莉兹总是以"现代婚姻"为幌子,为自己开脱传统的妻子的责任。查尔斯前往美国谋求发展,莉兹压根儿就不考虑陪伴前往,还冷静地认为查尔斯的离开能使自己获得"安宁、隐私",[③]"他们不会思念对方。这是可以理解的。……现代的婚姻。……一对强大的夫妻,打破陈规,成为代表"。[④]

更具有反讽意味的是,莉兹向来对丈夫将要再婚的亨丽埃塔·兰切特爵士夫人不抱有好感,认为后者依靠多次婚姻而获得贵族的头衔和财富的继承,个性古板冷漠,对生活缺乏热情,简直是自己这样的新知识女性的对照面。丈夫的新选择一开始让莉兹感到羞辱和不可思议,但是莉兹之后反省到,自己对婚姻所赐予的社会影响和物质财物过于沾沾自喜,得意忘形的新时代文化"贵族"心理同样浅薄可笑。

其次,莉兹开始反思自己与家人的关系。莉兹与三个继子的关系也因婚姻的中断而中断。查尔斯的第一任妻子死于车祸,留下三个儿子。莉兹通过自己的智慧和努力博得了三个孩子的信任和接受。如今,他们都已长

---

① 伦敦媒体行业集中的街区。

② Margaret Drabble, *The Radiant Way*, p. 9.

③ Margaret Drabble, *The Radiant Way*, p. 10.

④ Margaret Drabble, *The Radiant Way*, p. 9.

大成人，并开始在各自的领域崭露头角。莉兹对自己优秀的后母形象感到骄傲。不过，新的境况让莉兹察觉到，自己疏于同两个亲生女儿交流沟通。由于过多地在意别人的眼光和评价，莉兹反而忽略了对与自己有血缘关系的女儿们的关爱。

由此，莉兹进一步意识到，在过往的生活中，自己与有血缘关系的每一个家庭成员都没有建立起良好的关系。父亲在莉兹年幼时就去世，她在潜意识里一直拒绝回忆童年时与父亲的交流。莉兹也瞧不起自己的姐姐，认为她没有出息，只能一辈子窝在北方小镇，无力改变生活环境和状况。而莉兹与母亲则完全处于异化状态。莉兹打小就认为自己的母亲个性扭曲奇异，甚至希望她早点过世。青少年时期，莉兹奋发学习的动力之一就是远离母亲、远离家乡。来到伦敦后，莉兹总是找种种借口，尽量减少与母亲的交流，把照顾母亲的责任全部交给在当地出嫁的姐姐。

事实上，德拉布尔在小说的一开头便有精彩形象的刻画，暗示莉兹与母亲疏离的关系，只是主人公不自觉罢了。新年聚会之前，莉兹“还有十一分钟时间”，“她知道自己应该给母亲打一个电话，她知道存在着给母亲打电话的微弱的可能性，但是这种可能性已经慢慢地在消失，当时钟涨红着脸，带着责备的怒视，悄然走到八点二十分时，这一可能性叹息着，消失了。她不会给母亲打电话了。她没时间了”。[①]不过在接下来的时间里，莉兹也就是坐在那里“盘想着聚会的景象、客人的到来。……吃个阿月浑子果，扣紧纪念品盒”，[②]“不必要地、心不在焉地梳理着头发”。[③]而因为这个聚会，莉兹的母亲一个人在诺瑟姆孤独地坐着，“沉默而漠然地倾听着屋子里的寂静”。[④]紧接着，德拉布尔按分钟计量，逐步推进叙事，让莉兹的万般推脱和决然排斥的心理跃然纸上。时钟的怒视也是德拉布尔的批评，而由法律维系的人际关系的断裂迫使莉兹重新审视和反思由血缘维持的亲属关系。

再则，地理空间优势的消失迫使莉兹重新定位群体归属。离婚后查尔

① Margaret Drabble, *The Radiant Way*, p. 4.
② Margaret Drabble, *The Radiant Way*, p. 4.
③ Margaret Drabble, *The Radiant Way*, p. 10.
④ Margaret Drabble, *The Radiant Way*, p. 6.

斯便要携同新婚夫人前往美国发展事业，哈里大街的房子将转卖给他人，因此莉兹必须另择公寓偏居。事实上，莉兹的私人心理诊所就在这座房子的一楼。引以为豪的地理空间也消失了，莉兹一时感到自己不知归属何处。莉兹来自英国北部小镇，但是对自己的家乡却毫无好感。在莉兹的脑海里，家乡是枯燥、单调、没有爱、没有欢乐的荒原之地，伦敦这个大都市才是光辉灿烂的大道。当年购买并修缮哈里大街的房子是莉兹引以为豪的成就，证明海德兰一家是"有抱负、富于想象、自命的先锋"。[①]让莉兹感到惊讶的是，两位好朋友都未对自己的遭遇表示太多的同情和安慰，甚至认为这对她未尝不是一件好事。哈里大街的豪宅及其所带来的社交关系大部分都缺乏实质性的思想交流。正因为如此，查尔斯和莉兹才会把他们举办的新年晚会看作是"社交报复"。[②]

作为心理治疗师，莉兹知道人类所具有的一切亲密关系都能起到心理治疗作用，理解、同情、支持等心理反应就是生活中最值得提倡的心理治疗方法。于是，梳理和建立新的人际关系，从家庭开始，成为莉兹的出路。

聚会是典型的普遍的群体性活动形式，是人们互相交流的重要场所，德拉布尔却通过这一场新年前夕的聚会，折射出当代英国社会人际关系的疏离。人与人之间的关系和相互判断鲜有道德衡量和情感交流，更多地是由物质财富、社会地位等决定的。晚会的女主人莉兹在这一夜的经历就是这种症状的典型反映。

## 二、道德失序

一个社群之中必然存在着所有成员共同认可的道德准则。反过来，缺失共同的道德规范，也就得不到社群的归属感。正如麦金太尔所说：

> 角色将个人缚系在各种共同体中，而且惟有在这些共同体中并通过这些共同体，才能够获得人所特有的那种善；我是作为这个

① Margaret Drabble, *The Radiant Way*, p. 18.

② Margaret Drabble, *The Radiant Way*, p. 7.

> 家庭、这个家族、这个氏族、这个部落、这个城邦、这个民族、这个王国的一名成员而面对世界的。除此之外，别无他“我”。[①]

道德准则的确认就是能够对什么是好的或坏的、什么值得做和什么不值得做、什么是有意义的和重要的，以及什么是浅薄的和次要的等问题做出正确的认知与判断。若非如此，人就会感到手足无措，失却道德空间内的方向感。人与人之间关系的疏离，表现出来的就是人际关系的冷漠，反映的是道德的沦丧。全社会普遍的冷漠，就是全社会普遍的道德失序。对此，麦金太尔也一针见血地指出：

> 当代道德话语最显著的特征乃是它如此多地被用于表达分歧；而这些分歧在其中得以表达之各种争论的最显著的特征则在于其无休无止性。我的意思是说这类争论不仅没完没了（尽管它们的确如此），而且显然不可能得出任何结论。在我们的文化中似乎没有任何理性的方法可以确保我们在道德问题上意见一致。[②]

在《光辉灿烂的道路》中，女主人公们也带着类似的担忧和困惑探寻着她们的光辉灿烂的道路。

通过60年代在剑桥大学的洗礼，女主人公们认为自己获得了确定的道德准则，“世界为她们而打开，向她们展现它的财富，一个勇敢的新世界：福利国家、郡县奖学金、妇女平等。她们是精英，她们是上帝的选民，她们戴上了伟大的社会梦想的花环”。[③]在80年代，这一种确定却不断地受到生活的新事件的挑战，也不断遭遇潜在的修正。20世纪80年代，英国政府面临严重的财政危机、管理危机、信任危机和合法性危机。一方面，工会成为英国最有权势的力量。在二战之后，英国工会组织了多次的罢工运动，并屡屡取得胜利，工会干部因而获得了极高的威望。然而，部分工会干部却逐渐脱离

① 阿拉斯代尔·麦金太尔：《追寻美德：道德理论研究》，第193页。

② 阿拉斯代尔·麦金太尔：《追寻美德：道德理论研究》，第6页。

③ Margaret Drabble, *The Radiant Way*, p. 88.

了工人阶级，晋升成为工人贵族，过着腐败的生活。国有垄断行业的工会更是凭借特权，动辄罢工，在争取加薪、福利和带薪休假的同时，也使得不少工人陷入了更大的生活困境。另一方面，英国现代史上最强势的首相撒切尔夫人登上权力宝座，全力改变英国战后全面推行的社会主义性质的福利国家政策。撒切尔夫人极力推崇自由主义经济学家弗里德里希·奥古斯特·哈耶克(Friedrich August von Hayek，1899—1992)的哲学思想，甚至在英国议会里直接推荐哈耶克的专著《通往奴役之路》(*The Road to Serfdom*，1944)。[①]劳资矛盾、党派之争、经济利益权衡等成为公共生活的主要内容，传统的英国民族社群认同感则日渐式微。正如麦基(James Miracky)所评价的："玛格丽特·德拉布尔的《光辉灿烂的道路》是一个荒凉的、全景式的记述，从群体的梦想到孤独的悲痛，三位中年妇女在撒切尔夫人当政时期经历了希望的失落。"[②]小说的结尾表现出"个体的失落感"，与"80年代的经济和政治力量直接相关"，小说"指责了撒切尔政策导致……那个时代的灾难"。[③]

泰勒曾不无忧虑地说：

> 当代哲学的趋势是给道德以非常狭窄的关注。道德只被单纯设想为行为的向导。人们认为，它与其说关心怎么样是善的，不如说只关心怎样做是正确的。相对说来，道德理论的任务与其说被当作规定着善良生活的本性，不如说规定着责任的内容。[④]

---

① 参见弗里德里希·奥古斯特·哈耶克：《通往奴役之路》，王明毅、冯兴元译，北京：中国社会科学出版社，2013年。《通往奴役之路》一书是对古典自由主义和自由意志主义理论的阐述中最著名又最受欢迎的书籍之一，被翻译成超过20种语言出版。哈耶克称要将这本书献给所有党派的社会主义者读一读。他认为所有的集体主义社会，从希特勒的国家社会主义到斯大林的共产主义，都无可避免地会迈向专制极权。

② James Miracky, "Hope Lost or Hyped Lust? Gendered Representations of 1980s Britain in Margaret Drabble's *The Radiant Way* and Martin Amis's *Money*," in *Critique*, Vol. 44, Iss. 2 (Winter, 2003), p. 136.

③ James Miracky, "Hope Lost or Hyped Lust? Gendered Representations of 1980s Britain in Margaret Drabble's *The Radiant Way* and Martin Amis's *Money*," p. 138.

④ 查尔斯·泰勒：《自我的根源：现代认同的形成》，第118页。

艾丽克斯在位于白厅的政府部门任公职，但是她更为喜爱的是每周一次横穿伦敦驱车15英里为加菲尔德中心(Garfield Centre)女子教养所的犯人们上文学课。15.6英镑的报酬甚至不够支付汽油费，丈夫布莱恩(Brian Bowen)称艾丽克斯为“圣人”。如果确如泰勒所指出的，现代道德理论的任务规定着责任的内容，那么艾丽克斯投身于女子教养所的教学行为就是对更为普遍的善的追求。

这样的个体努力和投入在社会现实面前却不堪一击，以财政削减为理由的简单解释轻易地就取消了女犯人们的文学课。与此同时，现代消费社会却不遗余力地刺激着大众消费。小说中有一个有趣的细节，艾丽克斯为了出席莉兹的宴会而涂抹弃置多年的粉底霜。艾丽克斯“愤怒地”往自己脸上涂抹之余，犀利地指出制造商刻意“计算”，粉底霜瓶子的设计“不诚实”，让消费者挤出远比他们实际需要多得多的产品，并质疑“整个国家一年的收入中，有多少钱是花在化妆品上的呢？”[①]艾丽克斯惊奇地发现粉底霜的效果很好，就如电视广告所宣扬的，但她又不无讽刺地哀叹“消失的是她健康红润的脸颊”，并怀疑到了半夜自己是否会变成凹凸不平、满是补丁、满是斑点的小丑。[②]美与丑的判断，在现代消费文化中被强制决定了。人到中年，艾丽克斯却感到她的生活和价值体系都完全被颠倒了，过着“乱七八糟、大杂烩的、随意组合的、拼缝的生活”，[③]“我们不是我们自己，我们是十字路口，是汇合的地方，是曲线上的点。我们不能独立生存，因为我们只是符号、接合点、聚集体”。[④]这些分明是对后现代社会道德价值的沦丧以及道德标准的灵活性提出的质疑。

德拉布尔在一次采访中承认说：

> 我注意到后现代式的讽刺不断潜入我自己的作品，更不用说有时会出现咄咄逼人的语气，这在利维斯主宰文学理论的时代当

① Margaret Drabble, *The Radiant Way*, p. 3.
② Margaret Drabble, *The Radiant Way*, p. 3.
③ Margaret Drabble, *The Radiant Way*, p. 71.
④ Margaret Drabble, *The Radiant Way*, p. 73.

> 然是不存在的。我认为,发生这一切,是因为我们都越来越意识到解构,我们能够解构几乎任何东西——结果是我们不再知道原来要强调的是什么。
>
> ……
>
> 我发现解构(主义)的出现令人不安,我的声音现在已经具有各种不同的层次,然而,幸运的是在这些其他声音、其他问题开始进入之前,我自己的声音已足够强大,而且我对自己正在写什么的意识也足够强大。而且,我已学会整合这些问题,然后,猜测可能的反应,因此,我还能写小说。我认为现在对有些人来说简直很难写小说了。[①]

德拉布尔确实是一个敏锐而成熟的作家,她也把她的担忧写进了小说。在《光辉灿烂的道路》中,在形形色色新的思想和价值观的冲击下,很多人都迷失了生活的准则和意义,找不到生存的实质。可是,在内心深处,人们又强烈地向往着群体的归属感,期盼着从社群中获得确认。尽管不少人认为"穿着拖鞋喝着汤在电视机前"要比西装革履地聚集在"拥挤的房间里"是"一个更加明智的选择",[②]大多数人依然选择前往参加各种聚会。因为,按照他们的理解,"这个夜晚聚会众多,社交越多越合群"。[③]"公共的庆祝会吸引着他们,他们需要团聚在一起告别 20 世纪 70 年代,他们需要通过见证别人的期望来加强他们自己的期望,观察谁蹿红了、谁出局了、谁升迁了、谁落寞了。他们需要彼此。"[④]于是,宾客们"拖着疲惫的脚掌、疼痛的脑袋、吃得过多的肚子、抱怨的肝脏、枯竭的主张、乏味的闲谈、专业的和个人的缺陷、他们的疑虑和敌视、他们混乱的图景和增厚的脚踝"顺从地前往,因为他们"期待一个奇迹,期待一个子夜的转变,期待崭新的自我、崭新的生活、崭新的被解救的时代"。[⑤]

---

① 玛格丽特·德拉布尔:《我是怎样成为作家的——德拉布尔访谈录》,《俄克拉何马评论》采访,屈晓丽译,载《当代外国文学》2002 年第 2 期,第 159 页。

② Margaret Drabble, *The Radiant Way*, p. 1.

③ Margaret Drabble, *The Radiant Way*, p. 1.

④ Margaret Drabble, *The Radiant Way*, p. 1.

⑤ Margaret Drabble, *The Radiant Way*, p. 1.

可是,这样的聚会是否是真正意义上的社群呢?参加聚会是否就能找到社群归属呢?社交越多是否就越快得到解救呢?答案显然是否定的。参加聚会的宾客们能够得到的确定答案,只能是小说人物迪尔德丽(Deirdre Kavanagh)[①]反复的宣告:

> 我来告诉你80年代的事,你记下我的话,你记下我的话,你们所有人——花椰菜将不再时兴,那就是80年代将发生的事,不会错的![②]

迪尔德丽的预见确实空洞而可笑,但是似乎除此以外,人们真的不知道什么是确定的了。

道德失序,没有群体归属感,自然无法定位自我。在经济和政治现状冲击之下,伦敦的知识分子们陷于迷茫和彷徨之中。在《光辉灿烂的道路》中,约瑟夫(Joseph O'Toole)这位曾经的牧师改行当起了经济分析师;忠诚的社会主义者布莱恩因为政府削减福利支出而失去成人教育学院人文部负责人之职,跑到街上募捐、抗议;讽刺家伊凡为了不让别人关注他丑陋的外表,在报纸专栏上竭尽挖苦嘲讽之所能;以查尔斯为代表的伦敦媒体不关心道德引导,只以收视率为指标……德拉布尔以反讽的笔法,给伦敦的中产阶级画了一幅肖像画:

> 没有职业的职员,没有信仰的牧师,期望发财而差点上吊的投资者,不能治愈自己的医生,没有方向的主管,否认历史存在的历史学家,研究早期文艺复兴基督教肖像的犹太学者,听得见声音的聋子,行将搞婚外私通的妇女。[③]

---

① 迪尔德丽是莉兹最年长的继子乔纳森(Jonathan Headleand)的前女友,一位性感而没有思想的爱尔兰美女。

② Margaret Drabble, *The Radiant Way*, p. 22.

③ Margaret Drabble, *The Radiant Way*, p. 34.

的确，80年代的英国是一个新旧交替、消费意识膨胀的年代，传统的伦理标准和社会习俗受到了强烈的摇撼和冲击。难能可贵的是，在这"噩梦似的风景"之中，在这个"有关都市天谴的戏仿"之中，在"极端的、世界末日似的、梦一般的"[①]感受中，书中的女主人公们顽强地在梦想与现实、爱情与婚姻、自我实现与自我奉献、女性的自我独立与对男性的依附、私人生活和公共道义等各个方面寻求自己内心的平衡。也许正如麦金太尔所说："这不就意味着我们文化中道德论辩的实践至少表达了我们对于道德生活领域的合理化的渴望吗？"[②]人类对光辉灿烂大道的向往和不懈追寻从未停止过，"从自相矛盾到自相矛盾，我们向前行进"。[③]

## 第二节　自然的好奇心还有吗？

本节试图从小说《一种自然的好奇心》的题眼"好奇心"入手，论述德拉布尔为英国诊断出的失群症状，以"自然的好奇心"反照当代信息世界里冷漠、麻木的离群情绪，反衬娱乐世界里唯利是图、追求感官刺激的失群现象。

小说《一种自然的好奇心》是"光辉灿烂三部曲"的第二部，主要通过艾丽克斯·鲍温对伦敦"哈罗大街的恐怖分子"保罗·惠特莫尔(Paul Whitmore)连续杀人砍头动机的追问而展开。艾丽克斯被评论界认为是三位女主人公中与德拉布尔本人最为接近的一位。她熟知英国文学，深受社会主义思想的影响，一直怀着"自然的好奇心"去探索具体的人性，感知周围的世界。在前一部《光辉灿烂的道路》临近结尾处，艾丽克斯、莉兹和埃斯特三位女主人公被困于埃斯特的小屋，因为警察正在抓捕伦敦多起杀人砍头事件的凶手。结果发现，惊动整个英国的凶手就是住在埃斯特楼上的男孩

① Margaret Drabble, *The Radiant Way*, p. 231.
② 阿拉斯代尔·麦金太尔:《追寻美德:道德理论研究》,第10页。
③ Margaret Drabble, *The Radiant Way*, p. 71.

保罗，而保罗的最后一个受害人就是把艾丽克斯视为精神导师的女犯人吉莉·福克斯(Jilly Fox)。吉莉从女子教养所释放后被保罗砍去头颅，并弃置于艾丽克斯抛锚在附近的汽车中。第二部小说《一种自然的好奇心》延续了这个情节，并将叙述的侧重点落在转而成为保罗保护人的艾丽克斯的身上。

德拉布尔在《一种自然的好奇心》的扉页写道：

> 我本不曾计划写一部续集，但是感到前一部小说在某种程度上并不完整。它提出了一些问题，但是没有得到解答，介绍了一些人物，但是几乎未准许他们说话。[①]

不过在实际写作中，德拉布尔并不仅仅试图回答已经提出的问题，而是进一步提出了更多的问题，其中最主要的诘问就是：面对铺天盖地的新闻和统计数据，在奉行娱乐至上和物质追求的英国，人们是否还有自然的好奇心？

目前，国内学界尚未有任何相关的学术成果；国外现有的研究着力于挖掘“砍掉的头”(severed heads)的希腊神话原型阐释，其中以鲁宾斯坦(Roberta Rubenstein)的研究最具代表性。[②]笔者发现，鲁宾斯坦的研究虽然指出了“德拉布尔的人物奋力去理解社会的病理和变异性”，[③]但未能具体指出小说所揭示的症状，并在研究中忽视了与小说的另一个多次着重提到的概念——“好奇心”——的结合。笔者认为，如果我们把德拉布尔建构社群的努力纳入研究的视野，就能清楚地看到，德拉布尔借用“砍掉的头”暗示现代人失却了“自然的好奇心”，反映了拒绝思考、排斥思辨的普遍娱乐现象，揭示了现代科学霸权和大众媒体合谋所虚拟的社群假象，斥责了英国政

---

① Margaret Drabble, “Author's Note”, in *A Natural Curiosity*.

② 综合参见 Roberta Rubenstein, “Severed Heads, Primal Crimes, Narrative Revisions: Margaret Drabble's *A Natural Curiosity*,” in *Critique*, Vol. 33, No. 2 (Winter, 1992), pp. 95-105; ——, “Fragmented Bodies/Selves/Narratives: Margaret Drabble's Postmodern Turn,” in *Contemporary Literature*, Vol. 35, No. 1 (Spring, 1994), pp. 136-155.

③ Roberta Rubenstein, “Severed Heads, Primal Crimes, Narrative Revisions: Margaret Drabble's *A Natural Curiosity*,” p. 95.

府抛弃本民族文化传统而盲目投入全球化进程的错误决策。

## 一、娱乐的世界

德拉布尔通过对比艾丽克斯与传媒及公众对待凶杀案截然不同的态度警告我们，大众传媒不可避免地具有功利性和商品属性，并总是用其内在尺度对人们进行暗示和规导，致使公众逐渐失去了"自然的好奇心"，在不经意中成为媒体的属者。

一般认为，后现代社会以对物质的享乐和消费为特点，以高效率的商品生产和满足消费为价值取向。在20世纪80年代的英美，娱乐已经被命名为一种产业。由此，所有的娱乐活动似乎都被赋予了一种公共性与合理性。在以报纸和电视为代表的大众媒体中，娱乐几乎成为主宰和统领其他一切话语的核心力量。正如哈罗德·布鲁姆(Harold Bloom，1930—)所说："也许阅读的时代，如贵族时代、民主时代和混乱时代，现在都已经到了尽头，再生的神权时代将会充斥着声像文化。"[①]

《一种自然的好奇心》以艾丽克斯驱车前往监狱探视保罗开场：

> 低沉、苍白、柠檬灰色的太阳挂在冬天的荒野上。它浸在灰蒙蒙的薄雾中，泛着光晕。道路平缓地向上延伸，朦胧不可见。两边影影绰绰的是一簇簇稻草灰色的长草、苍白的芦苇秆和一块块正逐渐退去却逗留拖延的雪。灰色的阴影、黄色的阴影、柔和潮湿的白光。艾丽克斯·鲍温凝视前方，意气风发。她前往探望她的谋杀犯。她的心在冰冷的风景中歌唱，开车驶向荒野的平坦的顶点。[②]

阴沉、昏暗的天气与此刻艾丽克斯雀跃的心情形成强烈的对比。那么，探望犯人为什么会使艾丽克斯有如此的好心情呢？

事实上，艾丽克斯也很困惑自己为何会对监狱、犯人等如此感兴趣？好

① 哈罗德·布鲁姆：《西方正典》，江宁康译，北京：译文出版社，2005年，第410页。
② Margaret Drabble, *A Natural Curiosity*, p. 1.

友莉兹直接评价艾丽克斯为“疯疯癫癫的”，[1]并称她是个“业余的管闲事的人”(an amateur meddler)。[2]德拉布尔的这一安排显然是别有用意的。对于职业心理治疗师莉兹来说，她所给予的是专业的科学分析和现代心理学的解释，而艾丽克斯对保罗的兴趣更多地体现出“一种自然的好奇心”，是对人性善恶是“先天的”还是“后天的”(nature or nurture)等道德问题的探讨。德拉布尔通过叙述者评论说，艾丽克斯的好心情部分是因为“她的被保护者为她不自然的、精力充沛的本性提供了心智上和心理上的刺激因素”，保罗“作为一个例证”，能使她从中“发现人的本性”。[3]艾丽克斯与保罗结对，定期探望他，与他交流，甚至探访保罗的父母，“似乎是在探寻自身的完整性，或是寻找对原罪概念的驳斥”。[4]因此可以说，灰色、寒冷而朦胧的风景是德拉布尔对英国社会整体思想氛围的刻画，而艾丽克斯兴奋激动的心情则表示，作家并未丧失信心，希望通过努力，最终能守得云开。就如艾丽克斯那样，“假想在一小片光亮中行进，她自己的小块的清晰”，尽管“惨淡的太阳朦朦胧胧，看不见地平线”，但是艾丽克斯知道“它们在那里，会在那里，她会再次看到它们”。[5]

与艾丽克斯“自然的好奇心”相对照，面对生命的杀戮，英国的媒体只有猎奇的欲望，毫无人性的关照。小说犀利地指出，曾被各大报纸取绰号为“哈罗大街的恐怖分子”的连环杀手保罗令媒体大失所望，因为他是个“枯燥的、单调的、勤学的年轻人，不是一个花哨夸张的魔鬼”。[6]保罗的系列谋杀与女权问题、种族歧视无关，跟性也沾不上边，“没有什么可以挖掘的”。[7]娱乐成为产业后，便滋生出一种逻辑：有娱乐才有观众有读者，有收视率有销量才有广告，有广告才能有资金，有资金才能够生存。娱乐的这种经济逻辑在电视、报纸这些大众媒体内通行不悖。可惜保罗什么都不是，根本不能形

---

① Margaret Drabble, *A Natural Curiosity*, p. 1.
② Margaret Drabble, *A Natural Curiosity*, p. 2.
③ Margaret Drabble, *A Natural Curiosity*, p. 5.
④ Margaret Drabble, *A Natural Curiosity*, p. 5.
⑤ Margaret Drabble, *A Natural Curiosity*, p. 2.
⑥ Margaret Drabble, *A Natural Curiosity*, p. 6.
⑦ Margaret Drabble, *A Natural Curiosity*, p. 6.

成话题,不吸引眼球。叙述者嘲讽地说,这个"令人扫兴的人"(something of a disappointment)几乎不能激起任何"轰动",他是"无人要的,不被需要的"(unclaimed, unwanted)。[①]艾丽克斯也感慨自己对保罗的兴趣更加"合法"(legitimate),而公众对保罗的兴趣"仅仅是空闲时的观光,或是为了刺探并散布丑闻,或是出于孜孜赚钱的好奇心"。[②]事件能否激发大众的兴趣,新闻是否具有经济效益是大众媒体不二的准则。

德拉布尔进一步指出,传统的社群伦理关怀日渐式微。大众传媒的商业取向导致价值判断被个体的趣味判断所取代,没有任何美学依据的个人随感随处可见。相反,不论是严肃的思考还是有理的辨别,无论是缜密的逻辑还是严谨的推理,都会因为与娱乐的主旨背道而驰被排斥在媒体的视野之外。小说通过艾丽克斯断断续续地报道了保罗事件的后续发展:伦敦的媒体乐于给保罗取刺激神经的绰号,却丝毫不关心受害者家庭的痛苦;法官律师们连续多日开庭审理,为一些无关痛痒的细枝末节而纠缠不清,对于保罗声明另外至少还有一个受害者的供认却置若罔闻;公众热切希望保罗被"绞死、淹死、分尸四块而腐烂在伦敦塔桥",[③]而不是无聊的终身监禁;人们不去追问,为什么性格腼腆的素食者保罗会连续杀害多个跟他没有任何纠葛的陌生人,并把他们的头颅一一砍掉,却给他做了一具惟妙惟肖的蜡像,陈列于杜莎夫人蜡像馆的"名人馆"里。莉兹毫不客气地评价道:"整个人类历史只不过是日渐加重的精神病史。"[④]

娱乐成了时代最通行的文化尺度,但是娱乐所提供的只是表面的群体性的文化假象。娱乐的世界缺乏道德关怀和人文思想的交流,感官刺激带来的趋同性模糊了社群的边界,消解了社群生活的精神维度。

## 二、模拟的世界

在谴责大众媒体一心追逐经济效益之余,德拉布尔进一步揭示出一个

① Margaret Drabble, *A Natural Curiosity*, p. 6.
② Margaret Drabble, *A Natural Curiosity*, p. 66.
③ Margaret Drabble, *A Natural Curiosity*, p. 7.
④ Margaret Drabble, *A Natural Curiosity*, p. 24.

事实:通过大众媒体而展现在我们面前的世界,很可能仅仅是一个不确定的模拟世界,它所显示的群体生活往往是虚幻的。

当代的大众媒体总是按照自身的功利尺度,有目的地对各种信息加以取舍修饰、过滤改装。各个媒体机构为了保障自身的利益,甚至不惜造假新闻、哗众取宠。正如小说中所说:“我们所看到的是奇怪的公共建构的东西,是我们认为我们乐于见到的东西,是新闻主持人决定适合我们看的东西。”[①]摄影师德克·戴维斯(Dirk Davis)为了获取新闻,身陷中东,被扣为人质,生死未卜。在媒体的报道中,他的妻子卡拉(Carla Davis)“穿一袭简单朴素的黑衣,一张瘀紫苍白的脸,……一个悲痛的女人,一个受害者,因持久的痛苦和无望的守夜精疲力竭”。[②]在实际生活中,卡拉却完全判若两人,是“活跃的、酗酒的、碎嘴的、尖刻的、危险的家伙”。[③]艾丽克斯一方面愤怒地发现,“英国人仍然在编造他(保罗)、创造他的过程中”,[④]另一方面惊讶于约克郡的文化名人、诗人比佛(Beaver)主动构造自己的历史和形象,以符合媒体对工人阶级出生的北部诗人的想象。艾丽克斯质疑比佛究竟是“复本”还是“原型”,[⑤]或者根本就是“辟尔唐人”(Piltdown man)。[⑥]

在《一种自然的好奇心》中,大众媒体已经发展出一派全球文化交融的势头,貌似全面翔实的新闻大有让人身居一室便能知天下的能力,但其实在这样的模拟世界里,人们失去了辨别和阅读的能力。出于道义,查尔斯理应前往营救摄影师德克·戴维斯。具有讽刺意味的是,查尔斯却发觉尽管自己“一直是新闻特许的接受者和热情的传播者”,[⑦]对那个真实的世界却毫不了解。于是,他尝试阅读《可兰经》,以此来熟悉中东阿拉伯地区的文化。可是,查尔斯又马上发现自己“不习惯阅读”,他只适应“简短的新闻报道、电

---

① Margaret Drabble, *A Natural Curiosity*, p. 28.

② Margaret Drabble, *A Natural Curiosity*, p. 29.

③ Margaret Drabble, *A Natural Curiosity*, p. 29.

④ Margaret Drabble, *A Natural Curiosity*, p. 70.

⑤ Margaret Drabble, *A Natural Curiosity*, p. 43.

⑥ 辟尔唐人指 1912 年在英国辟尔唐地区发现的头盖骨,当时认为是史前人类的化石,1953 年经鉴定为伪造的原始人类化石。

⑦ Margaret Drabble, *A Natural Curiosity*, p. 26.

视广播公告、电传报告和备忘录"。[①]自以为是的英国文化精英如此怯懦可笑的行为固然让人一声叹息，但自食其果的社会现实却更加发人深思。查尔斯的不会阅读正是他自己所经营的产业一手造成的。德拉布尔借查尔斯的朋友梅尔文(Melvyn)发出了谴责：

> 背地里，梅尔文认为如果查尔斯·海德兰被绑架的话，那才叫善有善报恶有恶报。查尔斯和他的同类该对这新的人质产业负责：他们狂热于任何直播新闻，不加区别，越肮脏越好，把各种各样不健康的想法植入人们的脑子。[②]

与此同时，愉悦不再是景色和审美的一种显现，而是一种纯粹的物质和地位追求。德拉布尔通过两代人对花等自然景物的漠视和麻木反映了这一症状。在艾丽克斯心目中，儿子萨姆(Sam Bowen)"本质上是一个乡村男孩，喜爱雪莲花，会仔细观察池塘，热衷于斯伯林格斯班尼犬(springer spaniel)"。[③]然而，萨姆实际上对春天的景象"一点儿都不在意"，甚至"没有看到它们"，他"太大了也太小了，看不到树木和雪莲花"。[④]

如果说孩子的无视是坦率的，成年人则显得更为伪善。小说中有一处提到：

> 查尔斯对鲜花没什么兴趣，但是部分地由于莉兹的原因，无论是室内还是室外，他都已经习惯有花了。他自己独住的公寓则是没有花的。有的时候，他会给自己买一束黄水仙，放在罐子里，但是它们看上去一点都不让人信服(convincing)。[⑤]

美已非心灵与情感的诉求，而是简单化为生活中一种机械的景观。查尔斯

---

① Margaret Drabble, *A Natural Curiosity*, p. 27.
② Margaret Drabble, *A Natural Curiosity*, p. 143.
③ Margaret Drabble, *A Natural Curiosity*, p. 33.
④ Margaret Drabble, *A Natural Curiosity*, p. 33.
⑤ Margaret Drabble, *A Natural Curiosity*, p. 37.

是媒体时代的宠儿，年轻时制作了一部名为《光辉灿烂的道路》纪录片，以此暴露英国阶级制度的弊端，推进英国教育改革。纪录片大获成功，成为60年代的经典之作，查尔斯也由此在业内站住了脚跟。然而，生活磨平了梦想的棱角，对经济效益的追求，使查尔斯为代表的媒体业日趋商业化，越来越远离对“光辉灿烂道路”的追求。按照詹姆逊的话说：“美感的生产已经完全被吸纳在商品生产的总体过程中。”[①]

本雅明曾经断言，当代是一个艺术裂变的时代。在工业革命前，人们处于手工劳动关系中，人与人之间的交往方式主要取决于时间性叙说，而传统文学典籍正是这种时间性叙说方式的产物。到了工业社会，尤其是进入信息时代之后，“瞬间性”成为人际交往方式的特点。与此相应的是，传统的叙事性艺术陷入危机，取而代之的是既可用机械高效生产和复制，又可被人们瞬间接受的艺术，如摄影、电影等。本雅明的论断在小说中得到呼应。查尔斯害怕自己无法读懂《可兰经》，特意买了“圣书”的最新英文版本，只因其章节都重新编辑过，“传统的次序被抛弃了”。[②]出乎意料的是，查尔斯发现新版《可兰经》的章节“不是按照时间顺序而是依照篇幅长短来编排”，读起来犹如“一部实验小说”。[③]查尔斯向莉兹抱怨：“你如何能够了解那些不尊重时间顺序的人的想法呢？”[④]如果说新闻的狂轰滥炸还只是语言的狂欢和语言的暴力，那么对经典的肆意改编则已经升级到语言的杀戮。查尔斯的解救行动因为阅读《可兰经》的失败而无限拖延，媒体打造的虚拟的世界让人失去判断力，也就失去了行动的能力。

更为深刻的是，在多如牛毛却又转瞬即逝的媒体信息面前，人们只能机械地接受，冷漠地认同，却无暇通过独立的思考来把握世界、获取知识。小说的叙述者对英国社会的现实情况发起了一连串的提问：失业率究竟是在增长还是在减少？医疗保险的资金投入是下降5%还是上升24%？英国经济是繁荣还是萧条？可是所有的问题都没有确定的答案，因为“每天都有新

① 费雷德里克·詹姆逊：《晚期资本主义的文化逻辑：詹明信批评理论文选》，张旭东编，陈清侨等译，北京：生活·读书·新知三联书店，1997年，第429页。

② Margaret Drabble, *A Natural Curiosity*, p. 27.

③ Margaret Drabble, *A Natural Curiosity*, p. 27.

④ Margaret Drabble, *A Natural Curiosity*, p. 27.

的数据、新的分析、新的评价、新的解释、最新的伪造的有关事实的截然相反的信息,根本无从比较"。[①]叙述者哀叹道:"这个国家已经恋上了这些统计数字,尽管它不知道它们意味着什么。"[②]对于以亲身经历来讲述生活的人,却因"讲述残暴的故事、沉迷于道德败坏的色情描写"而被斥责。[③]人类成为大众传媒的附属品。

## 三、失却的好奇心

今时今日,大众媒体已经彻底地改变了当代人的生存方式和认知方式。在德拉布尔的小说世界中,以电视和报纸为代表的大众传媒几乎成为20世纪80年代大多数英国人获取信息、认识世界的主要渠道。面对各种印刷物和声像产品的合围,人们几乎无法逃逸。大众传媒让人们失却了对世界的自然的好奇心,把人从思想的动物改变成了储存信息的动物。

日裔美国评论家角谷美智子(Michiko Kakutani,1955—)曾批评说:

> 德拉布尔女士告诉我们成堆的巴尔扎克式的细节,都是关于她的女主人公们的日常生活,……但是我们极少能知道她们的心灵或思想。取而代之的是她们的房子的装修清单,参加她们的宴会的宾客的名单,甚至是这些宾客的着装的清单。[④]

笔者认为,角谷美智子指出了事实,却未能体会作家的良苦用心。德拉布尔在多处刻意模仿新闻写作风格来交代众多细节,宛如罗列一个个数据库。通过大量名词的并置,我们可以深深体会到这是一个信息并置的时代,单调而又机械。同时,所有的信息又是瞬间的、与历史割裂的。

小说人物艾丽克斯并不轻易地接受大众对保罗"人面兽心"(La Bete Humaine)的斥责,而是力图探知保罗砍头杀人背后的真正缘由。她甚至认

---

① Margaret Drabble, *A Natural Curiosity*, p. 54.
② Margaret Drabble, *A Natural Curiosity*, p. 54.
③ Margaret Drabble, *A Natural Curiosity*, p. 54.
④ Michiko Kakutani, "Books of the Times," in *New York Times* (October 21, 1987), p. C25.

为如果能在心理上找到赦免保罗的解释，也就能彻底赦免所有的人，赦免全人类的罪孽。[1]经过交流与观察，艾丽克斯发现保罗喜欢思考，关注英国古代历史，对“死亡”、“人的献祭”尤其着迷。于是，艾丽克斯试图从英国古代历史中去寻求答案，努力阅读塔西佗(Publius Cornelius Tacitus，约55—120)和卢坎(Marcus Annaeus Lucanus，39—65)[2]的历史文献。一次偶然的机会，她惊奇地得知，“砍掉的头之于凯尔特宗教，正如十字架之于基督教”，因为“对凯尔特人来说，灵魂寄居于头脑”。[3]客观地说，艾丽克斯的解释带有一定的神秘主义色彩。莉兹认为：“人们想要一个适应所有场合的理论。一个全新的定理。然而不存在这样的定理。生活带给我们不公正的拼图。缺块的拼图。”[4]艾丽克斯也承认：“我并没有证明任何东西。我只是确认自己对人类的本性的偏见。我绕着封闭的圈子兜了一周。封闭的系统。我和我的杀人犯一起。这不是定理，这是巡回。”[5]不过德拉布尔显然希望借用“砍掉的头”这一意象，暗指现代人失去了独立思考的能力，就如被砍掉头的躯体。

现代的个体失落了自然的好奇心，那么英国这个国家呢？德拉布尔尖锐地指出，英国在撒切尔夫人的领导下，对美国卑躬屈膝，一头扎进美国引领的全球化潮流，抛弃了英国的文化传统和民族特性。

艾丽克斯在探望保罗时，有过对监狱的特殊设计的一番描写：

> 一旦置身其中，……就看不到包围四周的围墙和瞭望台。让人产生一种享有自由、空间的幻觉，幻觉在荒原上的孤岛。不是被监禁，而是遭搁浅，所有的景象都敞开着，无能为力地、空大宽旷

---

① Margaret Drabble, *A Natural Curiosity*, p. 21.

② 德拉布尔在小说中对罗马统治时期的英国的描写和理解主要借鉴于塔西佗和卢坎的著作。普布里乌斯·克奈里乌斯·塔西佗是古罗马伟大的历史学家，继承并发展了李维的史学传统和成就。塔西佗尤以揭露批判暴君专制而出名，普希金曾把塔西佗的著作称作为“惩罚暴君们的鞭子”，伏尔泰、孟德斯鸠等人都把塔西佗当作反对专制制度和暴君的楷模。卢坎是罗马诗人。他最著名的著作是史诗《法沙利亚》(*Pharsalia*)，描述凯撒与庞培之间的内战。这部史诗虽是未完成作品，却被誉为是维吉尔《埃涅阿斯》之外最伟大的拉丁文史诗。德拉布尔同时借此表达对撒切尔夫人铁腕政治的反对。

③ Margaret Drabble, *A Natural Curiosity*, p. 166.

④ Margaret Drabble, *A Natural Curiosity*, p. 304.

⑤ Margaret Drabble, *A Natural Curiosity*, p. 303.

地、毫无人情地、毫无意义地,直到永远。[①]

这也正是英国社会的写照。在外交事务上,撒切尔夫人与美国里根总统密切的政治与个人关系是众所周知的。德拉布尔借用凯尔特女王坎迪美杜亚(Cartimandua)向罗马投诚的历史事件,矛头直指撒切尔夫人的亲美政策,凯尔特女王与罗马人的政治交易则直接指向英国与美国的政治交易。艾丽克斯探视保罗时带的礼物是"一本新的、配插图的、有关罗马人统治时期的英国(Roman Britain)以及布里甘特人(Brigantes)的反抗"。[②]小说还多次指责凯尔特女王"背信弃义"(treacherous),为了罗马的"文明和舒适"(civilization and comforts)而背叛了人民。[③]叙述者进而又指出什么是所谓的"文明和舒适":

> 逐渐地,英国人被便利设施所吸引,恶习变成了令人愉快的事:拱廊、[④]浴场和奢华的盛宴。他们把这些新奇的事物称为"文明",但是实际上这些只是他们被奴役的特征。[⑤]

德拉布尔在小说中明确点出对坎迪美杜亚的刻画就是在暗示当今的首相(两者连"僵硬的发型"都是如此相似),甚至直接称呼撒切尔夫人为"两面三刀的布里塔尼亚"(duplicitous Britannia),[⑥]责备她"与强大的美国引人注目的交易,抛弃了她的民族古老的文化"。[⑦]

英国这个民族失去了独立判断,"放映的都是美国电影",[⑧]对美国文化不加删选地接受,沦为美国文化全球化的跟班,这些让德拉布尔痛心疾首。

---

① Margaret Drabble, *A Natural Curiosity*, p. 8.

② Margaret Drabble, *A Natural Curiosity*, p. 2. 布里甘特人是凯尔特部落的爱尔兰分支。

③ Margaret Drabble, *A Natural Curiosity*, p. 3.

④ 原文为"arcade",是双关语,即可指具有罗马建筑特色的拱廊,也可指现代的商场、游乐中心。

⑤ Margaret Drabble, *A Natural Curiosity*, p. 3.

⑥ 布里塔尼亚(Britannia)为大不列颠之古拉丁文名,是英国的拟人化称呼,指头戴钢盔手持盾牌及三叉戟的女人形象。

⑦ Margaret Drabble, *A Natural Curiosity*, p. 3.

⑧ Margaret Drabble, *A Natural Curiosity*, p. 130.

借用小说，德拉布尔愤慨地指出，执政党的行径与保罗的凶杀没有两样，都是“暴行故事”(atrocity stories)。

德拉布尔用“古老的罪行”(ancient crime)和“原始的罪行”(primal crime)来指称人类自然的好奇心，与亚当夏娃的圣经故事建立互文，表明正是好奇心促使人类得到启蒙，认识世界，并得以发展。是奉行“好奇害死猫”(curiosity killed the cat)的信条？还是勇敢地做一个“爱管闲事的人”(Nosy Parker)？[①]德拉布尔的选择无疑是充满勇气的。拥有好奇心的人通过心灵的感悟和智慧的思考去获取知识和认识世界，没有好奇心的人则被动接受和依赖传媒信息；拥有好奇心的人从多维度来把握世界，没有好奇心的人则只能单向识别世界。然而，在数字化和信息化成为当今社会评估、整合知识系统的决定性力量之际，对大众传媒的依赖颠覆了人的思辨推理和心灵审视的价值，流行文化在极大地满足了人的物欲窥视和物欲陶醉之后，正在销蚀人类宝贵的“自然的好奇心”。信息的世界终究不能成为人类文化意识的替代，不能满足人文思想的多种价值关怀和情感诉求。没有好奇心的国家必定陷入“冰封岁月”。[②]德拉布尔以“自然的好奇心”来反照虚拟世界里冷漠、麻木的离群情绪，以“自然的好奇心”来反衬娱乐世界唯利是图、追求感官刺激的失群现象，深刻地把脉出上个世纪末英国社会的离群症状，也充分地表达了建构社群的愿景。

## 第三节　兽角门？象牙门？

在一如既往地关注英国社会的同时，德拉布尔的《象牙门》把视线投向

① Margaret Drabble, *A Natural Curiosity*, p. 203.

② Margaret Drabble, *A Natural Curiosity*, p. 127. “冰封岁月”(The Ice Age)恰好也是德拉布尔第八部小说的题目

更远的东南亚国家。《象牙门》被认为是"德拉布尔迄今为止最为雄心勃勃的一部小说,具有丰富的生活内容和百科全书般的视野"。[①]

小说依然围绕着莉兹、艾丽克斯和埃斯特三位女主人公来展开,但是在前两部小说中曾经出现过的史蒂芬·柯克斯成为第三部小说的中心人物。史蒂芬是伦敦一位获得过文学布克奖的小说家,他既深受康拉德小说的影响,又怀揣美好的社会主义理想。史蒂芬决心撰写一部有关东方世界的纪实体小说,因此离开英国,深入到柬埔寨和老挝边境的难民营地去采访,最后又冒着生命危险闯入红色高棉的领土。由此,小说的笔墨便延伸至柬埔寨、老挝、泰国等东南亚诸国。小说的第三人称叙述者更是以新闻报道的形式讲述了形形色色、大大小小的国际政治、经济和文化事件。

在新的视野下,折射出来的社会症状自然是不同于以往的。在批判地审视后现代思潮冲击下的社会现实的同时,德拉布尔精确地诊断出时代的病状,揭示出席卷东西方世界的离群现实,具体包含信仰缺失、碎片意识和终极意义的不确定三个方面。

## 一、信仰缺失

相比较于前两部小说,《象牙门》更明显地表现出一种反乌托邦叙述的特点。通过对物质主义、科技文明、机械文明,尤其是政治恐怖进行最深刻的揭示,小说刻画了思想混乱、信仰缺失的世间百态,从而达到警世与批判的目的。

《象牙门》以史蒂芬追寻乌托邦理想为主线,串联起整部小说。在 20 世纪 80 年代,英国的保守党大刀阔斧地推行右翼经济和社会政策。货币主义虽然缓和了通货膨胀,但也同时支配了经济和政治运作,并一时成了时代的文化主旋律。整个 80 年代"漫弥在一片金钱迷思之中。……货币主义顿时成了医治社会疾病的万灵药,……在新形势下,财经尺度已不限用于经济领域,而扩张到文化、艺术领域,大有代替其他评价准则、成为这些精神事物的

① 瞿世镜、任一鸣等:《当代英国小说》,第 310 页。

衡量标准的势头”。[①]史蒂芬正是出于对英国现实状况和既定秩序的失望，转而寻求理想中美好的“他者”，希冀在遥远的东方找到心灵的慰藉：

> 上一部小说才写了一半，史蒂芬突然感到一阵沮丧，就此弃笔。他寻找着新的主题，想着东方世界也许能唤起他日渐衰退的创造力。[②]

可是在全球化的大背景下，社群意识的式微是普遍而广泛的。德拉布尔巧妙地通过塑造一个深受西方物质文化影响的东方人，提出了对80年代的道德控诉。泰国美女普缇小姐(Miss Porntip)只“上了四年小学”，原因是她认为虽然“教育是有利的投资，但是赢利太慢”，“没有工夫等待”。[③]普缇小姐的捷径就是参加各种选美比赛，获得“亚洲小姐”的称号，从而得以享受到西方物质财富，投资任何可以赚钱的行业。这位“贪得无厌”的“东方新女性”甚至大言不惭地宣称：“我们创造了新的历史。”[④]普缇小姐拒绝承认史蒂芬描述的全球受难的图景：

> 不，不是这样的。现在好了。寿命长了，电多了，轿车多了，肥皂多了，米多了，漂亮的衣料多了，冰淇淋多了，枫糖酱多了，可口可乐多了，鸡尾酒多了，阿华田多了，香槟酒多了，录音机多了，传真多了，飞机多了，劳力士手表多了，香水多了，卫星多了，电视机多了，微波炉多了，文字处理器多了，淋浴设备多了，摩托车多了，冰箱多了，芯片多了，卫生棉塞多了，镊子多了，冷冻柜多了，空调多了，柜子多了，音乐多了，高级时装多了，手镯多了，对虾多了，水果品种多了，选择多了，自由多了，民主多了。[⑤]

---

① 阮炜：《社会语境中的文本——二战后英国小说研究》，北京：社会科学文献出版社，1998年，第191页。

② Margaret Drabble, *The Gates of Ivory*, p. 16.

③ Margaret Drabble, *The Gates of Ivory*, p. 60.

④ Margaret Drabble, *The Gates of Ivory*, p. 79.

⑤ Margaret Drabble, *The Gates of Ivory*, p. 106.

普缇小姐十足夸张的发言具有一种累进的咒语式的效果。作为物质主义的代言人,她诱惑人们远离现实,唆使人们对生活的恐怖置若罔闻。

在20世纪80年代,重实际效用、轻精神思维的现象在全球蔚然成风。笔者由此联想到当代波兰社会学家齐格蒙特·鲍曼(Zygmunt Bauman,1925—)曾在《共同体》一书中提到的萧伯纳(George Bernard Shaw,1856—1950)的"鳕鱼说":

> 萧伯纳这个同时还是一位热诚的业余摄影师的伟大哲人,曾经俏皮地说,像需要大量产卵以使少数后代能够活下来长成成熟的鳕鱼一样,一位摄影师也需要连续地拍下大量的镜头,以便有些照片能真正符合质量要求。现在看来,我们都在采用鳕鱼的生存办法。过剩成了一条合理的规矩。……在一种尝试性的生活中,过剩与浪费恰恰是不无益处的……人们可能会对被浪费的岁月和过度的精力与金钱支出感到悲伤,但在自己受到伤害和感到遗憾前,人们既不能把过剩与正确标准区分开,也不能把浪费与必需区分开。[①]

萧伯纳的类比生动有趣,鲍曼的分析入木三分。现代社会以现实效用和功利需要为价值核心,人类世界由精神与物质的二元对立演变为物质的一元主宰。

与此同时,英国的中产阶级知识分子不断受到后现代话语的冲击和多元文化的挑战,陷入思想混乱。按照小说中艾丽克斯所说:"我们历经了哥白尼,我们历经了伽利略,我们历经了达尔文,我们幸存于爱因斯坦、上帝之死、家庭之死和小说之死,而现在我们除了笑还能干什么呢?"[②]小说第三人称叙述者哀叹:"资本主义和竞争机制胜利了,而宗教则枯槁萎缩。在西方,自我牺牲、兄弟友爱、同情、社群都不再有立足之地。"[③]他更是尖锐地指出

---

① 齐格蒙特·鲍曼:《共同体》,欧阳景根译,南京:江苏人民出版社,2003年,第164—165页。
② Margaret Drabble, *The Gates of Ivory*, pp. 440-441.
③ Margaret Drabble, *The Gates of Ivory*, p. 24.

现代人侵入骨髓的冷漠：“如今死讯传得飞速。早餐时，就着土司和咖啡我们能吞下成千，晚间新闻时又有上万。”[①]德拉布尔的刻画与泰勒的谴责不谋而合：

> 北大西洋社会的公众仍然对媒体轮番轰炸给他们的残暴故事采取一种模糊的双重标准：一方面，某些社会中的鸡毛蒜皮的失误可能会让他们义愤填膺，另一方面，他们几乎对别处发生的滔天罪行无动于衷。[②]

小说还探讨了意识形态上的空想。古已有之的乌托邦之梦在《象牙门》中以马克思社会主义的形式出现。史蒂芬是一位沉湎于“意识形态之梦的梦幻者”，[③]“寻求一片土地，在那儿水往山上倒流”，“寻求简单纯朴”。[④] 他甚至天真地相信世界上的财富和资源可以被平均地分配给所有的民族。德拉布尔借用叙述者之口在文中质疑了这种乌托邦理想的欺骗性和不可实现性：

> 但是事实是他们好像都被误导了。他们执行的是错误的前提。因为事实说明并没有超级助熔剂。人的贪婪没有止境。他可以一直吃呀吃呀，不断膨胀，可是还要更多更多。这是 80 年代的教训。[⑤]

史蒂芬迫切地想知道社会主义梦想哪里出了问题，他怀疑听到的和读到的东西，拒绝书写“一个民族的死亡，共产主义的死亡，梦想的死亡”，[⑥]决定亲自前往柬埔寨去寻求真相。史蒂芬的梦想也是波尔布特(Pol Pot)的梦想：“波尔布特有一个伟大的计划。20 世纪最伟大的重建计划。他将要把柬埔

---

① Margaret Drabble, *The Gates of Ivory*, p. 4.
② 查尔斯·泰勒：《自我的根源：现代认同的形成》，第 614—615 页。
③ Margaret Drabble, *The Gates of Ivory*, p. 82.
④ Margaret Drabble, *The Gates of Ivory*, p. 105.
⑤ Margaret Drabble, *The Gates of Ivory*, pp. 124-125.
⑥ Margaret Drabble, *The Gates of Ivory*, p. 16.

寨带离历史，使其得以自给自足。”[①]可是，当“红色高棉”把梦想付诸实施时，结果却是灾难性的：

> 一百万人、两百万人死了。尸体、骸骨、屠场。这一切是怎么回事？一个受过法国巴黎大学教育的人怎么能使这个平静、遥远的小农民族变得如此疯狂？[②]

当东方变得比西方更加西方，并以此方式惨烈地颠覆了西方对东方浪漫的想象之际，英国知识分子的信仰和梦想也被彻底地粉碎。宣称自己已经一无所有，“除了生命，除了生命，除了生命”[③]的史蒂芬，最终也加入了统计柬埔寨死亡人数的数字——他在丛林中因受感染发高烧而去世。“这个故事没有英雄，没有救世主，只有牺牲者。”[④]德拉布尔源自对现实的深刻洞察而做出的近乎冷漠的批判和不动声色的针砭，无疑使人们对其置身其中的社会及其前景有较为真实、深刻的理解。

## 二、碎片意识

失去信仰之后的人们在现实世界中是何种感受呢？《象牙门》里的世界是碎片化的，用德拉布尔的话说，一切都是“破裂的”(disruptive)。德拉布尔通过史蒂芬直接表达了此种感受：

> 我不能把一切粘在一起。……性、政治、过去、自我。我已完全裂成碎片。……在我身上，裂缝是如此之大。我几乎不是同种人类原料做的。……我没有延续性。没有胶水。没有糨糊。我没有内聚性。我没有任何意义。我是真空。我是碎片。我是零星碎片。[⑤]

---

① Margaret Drabble, *The Gates of Ivory*, p. 83.
② Margaret Drabble, *The Gates of Ivory*, p. 369.
③ Margaret Drabble, *The Gates of Ivory*, p. 85.
④ Margaret Drabble, *The Gates of Ivory*, p. 17.
⑤ Margaret Drabble, *The Gates of Ivory*, p. 105.

这些高度感性化与极具象征性的语词真实地传达了人物内在的心灵感受。每一个语词都映射出人物失去社群归属感后,内在的焦灼、犹疑与挣扎。这是典型的后现代离群症状。

配合人物内在的破碎感,小说的文本还不时出现破碎的人体意象,如砍掉的脑袋,残肢瘸腿,骷髅头等等,并贯穿于故事的主要情节。在小说的开端,居住在伦敦的莉兹就收到一份匿名邮件,里面装着史蒂芬的残稿和两截手指骨。莉兹由此回想起学生时代在解剖课上学习的内容,小说的开篇也由此充斥着桡骨、尺骨、腕骨、掌骨、指骨等一大堆专业的人体名词。[①]最让人震撼的莫过于“骷髅头”在作品中的反复出现。莉兹在柬埔寨因卫生巾中毒而休克,恍惚中她梦见史蒂芬的头被砍下来并放在一只大浅盘上,[②]她甚至梦见自己被判斩首处死,一次又一次地低下头,等待斧头落下来。[③]史蒂芬与他在东南亚碰到的西方人也曾随意地谈起原始的文化,包括砍下敌人的头并将其保存下来作为战利品的风俗以及斩首仪式。[④]砍掉的头更多地腐烂为骷髅头,“成堆的骷髅头,憔悴的行尸走肉,我们这个时代的形象”。[⑤]史蒂芬反复梦见“一个男人把骷髅头装在一个小黑包里”,还拿出来给他看,并用手指扳动骷髅头的下颚,让它发笑。[⑥]更可怕的是,这个骷髅头只是成千上百万个中的一个。艾库夫人(Mme Savet Akrun)不断地梦见“铁锹重击骷髅头的声响。好像世界上不再有其他的声音。那声音一遍又一遍,一遍又一遍地重复。在涔涔冷汗中,在梦中,她强迫自己醒来”。[⑦]

席勒(Friedrich von Schiller,1759—1805)在《审美教育书简》(*Letters Upon The Aesthetic Education of Man*,1794)中曾经指出,现代文明的特点是:

---

① Margaret Drabble, *The Gates of Ivory*, p. 4.
② Margaret Drabble, *The Gates of Ivory*, p. 408.
③ Margaret Drabble, *The Gates of Ivory*, p. 409.
④ Margaret Drabble, *The Gates of Ivory*, p. 119.
⑤ Margaret Drabble, *The Gates of Ivory*, p. 164.
⑥ Margaret Drabble, *The Gates of Ivory*, p. 360.
⑦ Margaret Drabble, *The Gates of Ivory*, p. 79.

> 无限众多但都没有生命的部分拼凑在一起，从而构成了一个机械生活的整体。……人永远被束缚在整体的一个孤零零的小碎片上，人自己也只好把自己造就成一个碎片。……他永远不能发展他本质的和谐。[①]

西方人文主义和启蒙主义的中心思想是崇尚统一的自我，相信理性是区分人类和动物的特质，相信自我是一个稳定的、可靠的、完整的实体，能够触及人的内部世界和外部世界，能够被真实地感知。而到了20世纪后期，人的自我意识消退了，陌生化和破碎感严重地威胁着统一完整的自我。

与小说所刻画的碎片化世界相呼应的是碎片化的叙事形式。首先，小说的叙述时断时续，整部小说没有按章节来划分，只是用星号来分隔不同的情景和内容。小说的主体沿着两条平行的线索发展：一条是以时间顺序记叙莉兹在收到匿名邮件后如何揣测用意，打听消息，收集信息，直到亲自前往东南亚去寻找失踪的史蒂芬；另一条线索是以回闪、穿插的方式记录史蒂芬在东南亚的各种历险。两条线索融合在一起，从而不断地打破叙事结构的完整性。

再者，小说的叙述层次非常复杂，叙述焦点快速转换。为了寻找一年以来一直杳无音讯的史蒂芬，小说中的人物悉数登场。他们彼此衔接，交相呼应，像蜘蛛结网一般组成越来越繁密复杂的网络关系。书中每一段叙述采用一个人物的视点，视点不断地转换，产生一种令人眩晕的效果。

第三，小说具有浓重的元小说痕迹。比如小说的叙述者不时闯入，对文本进行评价，并自觉地对形式和内容进行反思："也许对于这个主题来说，应该采用最具分离性的、最破裂的、最令人不安的、最不能胜任的形式。一种让人一点都不舒服或不平静的形式。"[②]此外，小说混合各种文体，产生了大杂烩的效果。史蒂芬书写的无组织的注解和不完整的片段都分别独立构成

---

① 弗里德里希·席勒：《审美教育书简》，冯至等译，上海：上海人民出版社，2003年，第47—48页。
② Margaret Drabble, *The Gates of Ivory*, p. 138.

小节,穿插在主体情节中,如“新婚的妓院”、[①]“红色道路”、[②]“患麻风病的国王”、[③]“发热医院”等。[④]小说第三人称叙述者更是新闻报道式地概括 80 年代发生的各类事件。

在作者技术性的写作中,传统或新潮的文体都成为碎片,互相发生,又互相消解,共同构成了文本的华丽外观。破碎的形式贴切地反映了破碎的人物、破碎的生活、破碎的世界。

## 三、终极意义的不确定

信仰的缺失和强烈的碎片感导致《象牙门》揭示的另一个社会症状,即终极意义的不确定。德拉布尔通过借用典故,思考真实与虚构的辩证关系,进一步说明碎片并非是一个独立的局部,即使碎片也不一定是真实的。斯多弗在《玛格丽特·德拉布尔:象征主义道德家》一书中曾有极具启发意义的评论。她说:“德拉布尔的每一部小说都围绕一个主要的象征,通过巧妙的意象形式暗示了作品的关键主题。每一次,德拉布尔都选择中心象征作为小说的题目。”[⑤]我们不妨照此来解读《象牙门》。

书名《象牙门》意味深长,笔者认为至少隐含了两重意义。首先,书名与荷马的《奥德赛》建立了互文关系。小说的前言是《奥德赛》中的一段文字,介绍了主要象征“象牙门”以及与之关联的“兽角门”。奥德修斯(Odysseus)的妻子皮涅罗佩(Penelope)对站在她面前的陌生人说,梦境并不一定是事实真相的预兆,通过象牙门来到我们身边的梦,是虚幻的,只有通过兽角门出现在我们面前的梦,会告诉我们已经发生和将要发生的事情。再者,“兽角门”让人联想到德拉布尔同时代的著名学者哈里·莱文(Harry Levin, 1912—1994)[⑥]经典的现实主义专著《兽角门:五位法国现实主义者研究》

---

① Margaret Drabble, *The Gates of Ivory*, pp. 63-64.

② Margaret Drabble, *The Gates of Ivory*, pp. 121-122.

③ Margaret Drabble, *The Gates of Ivory*, p. 305.

④ Margaret Drabble, *The Gates of Ivory*, pp. 397-398.

⑤ Nora Foster Stovel, *Margaret Drabble: Symbolic Moralist*, p. 16.

⑥ 哈里·莱文是美国哈佛大学英美文学与比较文学教授,曾于 20 世纪 80 年代初按美中学术交流计划,应中国社会科学院邀请,来华访问讲学。

(*The Gates of Horn*: *A Study of Five French Realists*, 1963)。莱文在著作中追溯了两扇门的古老历史,并推断随着浪漫主义的衰退,"象牙门"正慢慢闭合起来;现实主义的降临使得"兽角门"越开越大。[①]双重互文反映了德拉布尔对文学的现实性质以及真实与虚构的辩证关系的深刻思考。

在传统意义上,"象牙门"和"兽角门"具有二元对立的特征。到了20世纪后期,这类关系成了后现代思想拥护者致力于颠覆的对象。德拉布尔则传神地描绘出这一图景:在两扇门的交叉路口险象环生,身处其间的人们迷茫而不知所措,"真假在这后殖民、后现代、后工业时代已无法辨别,在碎片化的信息蜂拥而来的时代,我们不能区分两扇门"。[②]史蒂芬前往泰国和柬埔寨边境,希望能亲身体验真实的东方世界,可是他"无法通过兽角门来穿越边境"。[③]似乎两扇门都象征着梦幻,没有传统所谓的真实,一切都是德里达式的非确定的编织,话语这个织品就如皮涅罗佩的毛衣,拆了又织,织了又拆。在后现代话语和思想冲击下,人们失去了识别差异的能力。

德拉布尔在《象牙门》中通过考察人物的名字和社会角色,揭示出去中心后的不确定现象。小说中的主要人物都有不止一个名字。史蒂芬写书的时候喜欢用笔名。他的文学代理海蒂·奥斯本则喜欢使用这个艺名,而不是原名凯瑟琳(Kathleen),理由是原名会让她想起不快乐的童。史蒂芬乘坐飞机前往泰国,机长的名字叫"Commandant Parodi",使他联想到"我们生活于戏仿的年代"。[④]普提小姐是泰国的第一美女,却喜欢朋友们叫她"O",[⑤]一个具有强烈互文性并暗含色情意味的名字。两度离婚的莉兹则交替使用三个姓氏:娘家姓"埃布尔怀特"(Ablewhite)、第一任丈夫的姓"林托特"(Lintot)和第二任丈夫的姓"海德兰"(Headleand)。为了探明史蒂芬的下落,莉兹还在护照上使用了史蒂芬的姓——柯克斯(Cox)。此外,小说中的

---

① 转引自 Karen Patrick Knutsen, "Leaving Dr. Leavis: A Farewell to the Great Tradition? Margaret Drabble's *The Gates of Ivory*," in *English Studies*, Vol. 77, No. 6 (November, 1996), p. 584.

② Gayle Greene, "The Horror," in *The Nation* (August 31/September 7, 1992), p. 217.

③ Margaret Drabble, *The Gates of Ivory*, p. 78.

④ Margaret Drabble, *The Gates of Ivory*, p. 40.

⑤ 法国作家 Anne Desclos 用笔名 Pauline Réage 于1954年创作了小说《O的故事》,该书被认为是虐恋文学的现代经典之作。

历史人物也玩起了换名的游戏：

> 波尔布特原名叫沙洛沙。他还有其他的化名，87个化名。有人说“87”就是化名之一。在巴黎，他的名字写作“原始高棉”。世人叫他波尔布特，押头韵，很好记。最后世界记住了这个名字。他的目的达到了。他被载入史册。战争的名字，笔名，胜利的名字。[①]

同时，许多柬埔寨难民与西方意识形态和生活方式有着这样或那样的关联。为了生存，他们不得不改变身份和角色，“很多人改变名字，为了安全，为了政策，为了忘却过去”。[②]失踪的难民麦彻(Mitra)梦想学习医学，但是为了逃避“红色高棉”的愤怒而假装成一位烟草商；他还劝告曾在巴黎受过教育的母亲假扮成面摊主。“各个世界不时地重叠着、交叉着”，史蒂芬·柯克斯遇到了一位柬埔寨难民，“他扮演着美国有关柬埔寨难民的半虚构性质的文献中所描述的柬埔寨难民的角色”，“‘象牙门’，‘兽角门’。这个幻影世界”。[③]这些身份和角色的改变让人感到处于不断的变动之中，找不到意义的所在。

最有意思的是，德拉布尔联系现实世界，在小说中指出，由于国家的外交政策，柬埔寨这个国家对于英国人来说就是“象牙门”，虽然它真真切切地存在。“柬埔寨不存在。依照官方的说法，它不存在。对英国来说，它已经不存在很多年了。”[④]德拉布尔在序言中说，这是一部写“好时代和坏时代的书”。“好时代”指繁华的西方世界中的物质享受，“坏时代”指越战之后极端贫困的柬埔寨。然而，在全球化的状态下，东西方世界不断交叉汇合，“好时代”与“坏时代”之间相互关联，相互渗透，根本无法明确加以区别和判断。真实与虚幻或混淆，或颠倒，无法确定意义所在。

最后，作品体裁的模糊性进一步加强了作品表达的不确定性。德拉布

---

① Margaret Drabble, *The Gates of Ivory*, pp. 130-131.
② Margaret Drabble, *The Gates of Ivory*, p. 23.
③ Margaret Drabble, *The Gates of Ivory*, p. 103.
④ Margaret Drabble, *The Gates of Ivory*, p. 66.

尔自觉地对所书写的体裁提出怀疑，小说的第一句话就是“这是一部小说——如果它是的话”。[①]此外，德拉布尔还在小说结尾附上两页有关柬埔寨和越南的参考文献。[②]我们可以从两个角度来解读：首先德拉布尔用这种方式来承认她的创作资源的来源。我们可以推断，对于并不熟悉的东南亚诸国，德拉布尔是在参考了二十多部关于越南战争和东南亚局势的著作，进行了大量的调查研究后，才着手写作的。其次，附录凸显出小说介于真实与虚构之间、历史性与文本性之间的张力。

小说中，普缇小姐使用各种方法，极力阻止史蒂芬为写小说而深入边境去了解真实的故事：

> 没有必要待在恐怖的地方。没有必要去看穷人和恐怖的地方。……人们不喜欢读到恐怖的事情和贫穷的人。人们喜欢美好的宾馆、珠宝和美好的事情。如果必须说到穷人，就捏造一下。……为什么不行？电影和小说都是凭空捏造的。[③]

詹明信也曾经说过：

> 面对未来，我们无法产生任何未来感，却沉迷于议论有关这个思想的完结和那个主义的消逝。……凡斯种种，总合起来，或许就构成了那日渐让人津津乐道的“后现代主义”了。[④]

而德拉布尔在《象牙门》中既冷静地摘下了后现代世界观的面具，同时又含蓄地揭开了幻想的面具。小说在现实与想象之间，可知与不可知之间形成张力。德拉布尔在题材上拓展疆域，目的是为了开拓视野，更全面、更精确地捕捉时代的脉搏。

---

① Margaret Drabble, *The Gates of Ivory*, p. 3.
② Margaret Drabble, *The Gates of Ivory*, pp. 463-464.
③ Margaret Drabble, *The Gates of Ivory*, p. 43.
④ 费雷德里克·詹姆逊：《晚期资本主义的文化逻辑：詹明信批评理论文选》，第420—421页。

《象牙门》的焦点是后现代思潮影响下的英国知识分子，并首次探讨了英国以外的东方世界。作家以成熟的艺术风格对20世纪80年代的英国以及东南亚各国的政治、经济以及文化诸方面进行了全面的观照和剖析。在多元分化又全球一体的复杂社会中，人们的存在方式和价值观发生了深刻的变革：人与自然界关系的变迁导致了道德基础的丧失；人与社会的关系的变迁导致了人的原子式存在；人与自身关系的变迁导致了自我处于一种无根漂泊的状态。在这样的情形下，深层的、充满道义关怀的社群情感显得尤为重要。人类急需在情感与理性之间、同情与戒慎之间、行动与认识之间寻求认同，建立起人与人之间那种更为亲密、更为温暖、更为和谐的纽带。

## 小结

1979年，“铁娘子”撒切尔夫人出任英国首相。她既是英国历史上第一位女首相，也是英国20世纪内任职时间最长的政府首脑。然而，正如研究者所指出的：

> 在20世纪的英国，也许没有哪个政治年代会比撒切尔政府统治时期生产出更多夸张的、辛辣的文学抗辩。在数量庞大的小说、戏剧和诗歌之中，80年代的英国文化和英国人以极端的形式被表现出来：富裕的和贫穷的、有权势的和被牺牲的、有见识的和愚昧的、热情的和怨恨的。[①]

德拉布尔的小说是这一时期的典型代表。需要说明的是，“光辉灿烂三部

① James Miracky, “Hope Lost or Hyped Lust? Gendered Representations of 1980s Britain in Margaret Drabble's *The Radiant Way* and Martin Amis's *Money*,” p. 136.

曲"的三位女主人公都拥有丰富的社会阅历和成熟的人生态度,洞察世态人情,因而她们的选择和判断是深思熟虑和周到全面的,她们的思考和批判是以专业学识和生活经历为基础的。正因为如此,我们可以说德拉布尔的主人公们所反映出的社群意识式微的现象绝不是由于个体的年轻无知或单纯莽撞而导致的,而是具有一种普遍人性意义和社会价值。

詹姆逊对后现代社会进行过四个方面的文化描述,即:深度模式削平、历史意识消失、主体性丧失、距离性消失。[①]在笔者看来,这四种特征在"光辉灿烂三部曲"中都得到了充分的体现:流行文化泛滥,经典支离破碎,传统价值观被消解。去中心后的后现代已经失去了精神信仰和价值基础,失去精神维度的后现代已无心灵沉思和思维积淀可言,因而也就找不到传统文化中社群的认同。德拉布尔似乎暗示我们:现代人以对个体感性的道德关怀开始,却在"进步"之中背弃了它。

难能可贵的是,德拉布尔并未对英国失去信心。在《光辉灿烂的道路》结尾处,艾丽克斯发出了苦涩而深情的心声:

> 英国不是一个不好的国家。它只是盖着聚苯乙烯汉堡包硬纸盒的坏脾气、冷淡、丑陋、分裂、疲惫、乱了节奏的后帝国的后工业的矿渣堆。它决不是一个不好的国家。我爱它。[②]

最后一句的告白令人动容。在《一种好奇的自然心》结尾处,艾丽克斯的丈夫布莱恩完成了一部有关英国的小说。虽然题目待定,但他希望是"与灾难中升起的希望有关"。[③]德拉布尔揭示社群式微的种种症状,为的是对症下药,积极参与当代英国社群文化的建构,解释现代性困境,设计现代性出路。

---

① 参见朱立元主编:《当代西方文艺理论》,上海:华东师范大学出版社,2002年,第376—378页。
② Margaret Drabble, *A Natural Curiosity*, p. 308.
③ Margaret Drabble, *A Natural Curiosity*, p. 305.

# 第三章
# “光辉灿烂三部曲”中社群意识的建构

德拉布尔认为小说家的作用就是“探索新的领域，扩展对世界的认识，并阐明自己的理解”。[①]面对社群危机的事实，不屑一顾或是扼腕长叹都是无济于事的。身为小说家的德拉布尔秉承英国知识分子的使命，用书写的努力来探寻可能的出路，用“治疗的故事”[②]来建构英国社会的社群意识，积极参与当代社群语境的建设。

关于社群的重要性和正面价值，我们不妨借鉴鲍曼的观点。他在专著中明确指出：

> 词都有其含义：然而，有些词，它还是一种“感觉”(feel)，“共同体”(community)这个词就是其中之一。“共同体”给人的感觉总是不错的：无论这个词可能具有什么含义，“有一个共同体”、“置身于共同体中”，这总是好事。[③]

鲍曼还娓娓道出理由，解释为什么“共同体”总是好东西：

> 首先，共同体是一个“温馨”的地方，一个温暖而又舒适的场所。它就像是一个家(roof)，在它的下面，可以遮风挡雨；它又像是一个壁炉，在严寒的日子里，靠近它，可以暖和我们的手。可是，

① Nancy Poland, “Margaret Drabble: ‘There Must Be a Lot of People Like Me,’” in *Midwest Quarterly*, Vol. 16, No. 3 (April, 1975), p. 264.

② Margaret Morganroth Gullette, *Safe at Last in the Middle Years: The Invention of the Midlife Progress Novel: Saul Bellow, Margaret Drabble, Anne Tyler, and John Updike*, p. 155.

③ 齐格蒙特·鲍曼:《共同体》,第1—2页。

在外面，在街上，却四处潜伏着种种危险；当我们出门时，要打量着我们正在交谈的对象和与我们搭讪的人，我们每时每刻都处于警惕和紧张之中。可是在"家"的里面，在这个共同体中，我们可以放松起来——因为我们是安全的，在那里，即使是在黑暗的角落里，也不会有任何危险(诚然，这里几乎没有任何"角落"是"黑暗"的)。在共同体中，我们相互都很了解，我们可以相信我们所听到的事情，在大多数的时间里我们是安全的，并且几乎从来不会感到困惑、迷茫或是震惊。对对方而言，我们相互之间从来都不是陌生人。我们可能也有争吵——但这些争吵都是友善的，争吵只是因为，我们都在试图使我们和睦友爱的关系比以往任何时候都变得更好，更加快乐，而且，它还只是在改善我们共同的生活这一共同心愿的指引下，在如何使这种生活变得最为美好的问题上，我们才可能有所分歧。我们相互之间从来都不希望对方遭遇厄运，而且我们可以肯定的一点是，我们周围的所有其他人，都会为我们祝福。

其次，在共同体中，我们能够互相依靠对方。如果我们跌倒了，其他人会帮助我们重新站立起来。没有人会取笑我们，也没有人会嘲笑我们的笨拙并幸灾乐祸。如果我们犯了错误，我们可以坦白、解释和道歉，若有必要的话，还可以忏悔；人们会满怀同情地倾听，并且原谅我们，这样就没有人会永远记恨在心。在我们悲伤失意的时候，总会有人紧紧地握住我们的手。当我们陷于困境而且确实需要帮助的时候，人们在决定帮助我们摆脱困境之前，并不会要求我们用东西来做抵押；除了问我们有什么需要，他们并不会问我们何时、如何来报答他们。他们几乎从来不会说，帮助我们并不是他们的义务，并且不会因为在我们之间没有迫使他们帮助我们的契约，或是因为我们没能恰当地理解这一小小的契约书而拒绝帮助我们。我们的责任，只不过是互相帮助，而且，我们的权利，也只不过是希望我们需要的帮助即将到来。[①]

鲍曼在专著“前言”中的描述可谓深情款款，令人向往。然而，更重要的是如何在当代找到有效的途径来实现美好的设想。威廉斯在探讨小说存在的意义时说：“小说比任何有关人类经验的记载都更深刻、更早地捕捉到了一种问题意识，即对社会社群、人的本质以及可知的人际关系所引起的问题的认识。”[②]创造可知社群的过程就是了解现实生活中人类的活动及其本质的过程，也是小说生存的重要理由。正是出于对当下变动不居的社会的深切关注，德拉布尔在小说中总是力图反映新的现实状况，探索新的人类经验，探讨新的问题和认识。这与威廉斯的观点不谋而合。德拉布尔在接受文化是物质、知识和精神所构成的特定社会整体生活方式的表现这一观点之余，她反映和探讨文化的目的是要重建特定的生活方式——社群。

## 第一节 社群意识观照下的自我身份认同

社群是由个体组成的，社群建构自然要从个体的身份认同开始。在德拉布尔看来，组成社群的理想个体应该是关注自我、努力追求身份认同的个体。事实上，在西方传统的认识论中，自笛卡尔（René Descartes，1596—1650）的“我思，故我在”（cogito ergo sum）开启对人的主体性的推崇以来，对个体身份认同的关注和探讨一直是哲学和文学的研究焦点。无论是在叔本华（Arthur Schopenhauer，1788—1860）作为意志和表象的世界里，还是在尼采（Friedrich Wilhelm Nietzsche，1844—1900）的“超人”说中，无论是在福柯（Michel Foucault，1926—1984）的知识考古学和权力谱系学里，还是在

---

① 齐格蒙特·鲍曼：《共同体》，第2—4页。

② 转引自殷企平、高奋等：《英国小说批评史》，第261页。

拉康(Jacques Lacan,1901—1981)的镜像理论中,生命自我始终是西方文化立命的根基。那么,在德拉布尔的眼中,在社群意识观照下的自我身份认同又有怎样的特质呢?生活于女权主义、解构主义、后殖民主义、新历史主义等后现代思潮蜂涌而至的20世纪后半叶,德拉布尔的小说人物在追寻自我身份认同过程中,又呈现出怎样的社群意识呢?本节试图通过与女权主义批评对话,从有机社群形塑过程中自我的完整性、平等的他者意识和认同的动态过程三方面对上述问题做出回答。

## 一、是性别对抗还是社群认同?

纵览中外研究,自20世纪60年代至今,对德拉布尔的作品做女权主义的解读似乎从未停歇过。本书意欲指出,女权主义的解读抓住了德拉布尔小说的重要情节和创作偏好,但是忽视了作品承载的道德情怀和建构社群意识的努力。

首先,我们必须承认,德拉布尔的成名的确受益于女权主义评论的积极回应。从1963年出版处女作《夏日鸟笼》开始,德拉布尔的文学表现和个人生活一直都受到英国评论界和读者的重视,而女性主义批评几乎覆盖她的每一部小说。批评的切入点非常丰富,比如对男性中心主义的控诉和反抗,女性生理特征的书写,母亲形象的塑造,母性本能对于知识妇女的影响,事业成就与女性自我实现、自我完善的密切关系,等等。即使到了20世纪90年代,依然有研究者认为德拉布尔是"尖锐的女权主义叫喊声和激烈的反抗"中的一员,认为她的小说"考察了社会中女性的发展和各种男性压迫的细微差别"。[①]德拉布尔刻画的一幅幅现代知识女性的生活景象,让女权主义批评者们既如愿地看到了想象中的美好图景,又轻易地找到了意识上攻击的目标。

德拉布尔无疑是幸运的,作品屡屡得到女权主义者的青睐,小说广泛受

---

① Sangeeta Jain, "'Women No Longer Swing in the Ancient Orbits': Margaret Drabble's *The Millstone* and *The Realms of Gold*," in *Feminism and Recent Fiction in English*, edited by Sushila Singh (New Delhi: Prestige Books, 1991), p. 189.

到女性读者的追捧。不过，对于迈尔斯(Rosalind Miles)所谓的“幸运”，[①]德拉布尔自己的解释是很幸运在女权主义出现之前自己的声音已经足够强大：

> 在我开始写作的时候还没有妇女运动，没有女性批评，确切地说，女性主义批评产生于1968年，而我出版第一部小说是在1963年，所以我能在单纯的前女性主义理论时期写作，那个时候没有人会因为我写了某种女性的书或写婚姻或服装来理解我。那时根本没有定型的女性小说，这使生活变得更简单。到了20世纪70年代，我不得不考虑女性主义的态度和批评。[②]

作为一位有独立思想、有明确创作目标的作家，德拉布尔始终保持着清醒的创作态度，刻意保持与女权主义的距离：

> 当我写作的时候，我并不认为自己完完全全地是一个女人，而是部分地是一个作家。实际上，在我的一些书中，我试图避免以一个女人来书写，因为那样会造成自身的狭隘。[③]

面对一些激进的女权主义者一厢情愿的解读和分析，德拉布尔表示自己并不介意被称为“女性主义作家”(a woman writer)，还解释说她认为这一称呼只是“描述性的”(descriptive)，而不是“歧视性的”(discriminative)。[④]不过，德拉布尔毫不客气地指出女权主义评论家们多半误读了她的作品，虽

---

① 详见本书第4页脚注②。

② 玛格丽特·德拉布尔：《我是怎样成为作家的——德拉布尔访谈录》，《俄克拉何马评论》采访，第169页。

③ Margaret Drabble, "Margaret Drabble: Cautious Feminist," interview with Diana Cooper-Clark, in *Critical Essays on Margaret Drabble*, edited by Ellen Cronan Rose (Boston, Massachusetts: G. K. Hall & Co., 1985), p. 19.

④ Margaret Drabble, "A Woman Writer," in *On Gender and Writing*, edited by Michelene Wandor (London; Boston; Melbourne; Henley: Pandora Press, 1983), p. 156.

然她的书"在美国卖得特别的好,却因为错误的原因而畅销"。[①]小说的女主人公们"不是寻求自由或解放",自由、解放等这些概念对她来说意义不大。[②]女权主义者欢呼雀跃的东西并不是德拉布尔真正想探索的东西。如果说女权主义者在德拉布尔的创作中找到了出路,那么作家本人却依然为她的文学道德要义之路而努力追寻着。

在当代文化研究和文学批评中,身份认同是绕不过的话题。[③]不容忽视的是,女权主义视野中的女性身份认同总是带着对父权社会的去中心化意图。在质疑男性对女性的整体压迫,关注女性身体、性别和社会地位的同时,女权主义式的判断往往抹杀了女性间的区别和差异。在 1979 年的《迎接女权主义诗学》(*Toward a Feminist Poetics*)一文中,伊莱恩·肖沃特(Elaine Showalter,1941— )首先用了"女作家批评"(genocriticism)这个词,意思是妇女创作的文学史。这个词的含义现在已经扩大到包括解读妇女创作的所有方法论。爱丽丝·贾丁(Alice Jardine)则创造了"女性文学批评"(gynesis)这个新术语,用来描述后结构主义女权主义对女性的解读,以打破西方文化主流权威叙事(master narratives)话语表现的效果。贾丁所用的"gynesis"不是指一种女权主义的批评实践,而是指社会性别在后结构主义对人文主义的批评中所占据的中心地位。然而,正如弗里德曼所分析的:"无论两者的关系是各自为政,还是相辅相成,它们都必然把性差异(sexual difference)当作重点,把社会性别(gender)作为社会身份(identity)的一个要素。"[④]肖沃特在 1989 年出版的《谈谈社会性别》(*Speaking of Gender*)中进一步宣称,"女人"对于认同来说是极为重要的范畴,一个可以根据种族、阶级、性倾向等加以修改的范畴,女性共同的设想应该是"女人所

---

① Valerie Grosvenor Myer, "Margaret Drabble in Conversation with Valerie Grosvenor Myer", an interview, Tape No. RI 2007 (London: British Council, 1977). [Transcript accompanies taped interview.]

② Margaret Drabble, "The Author Comments", p. 36.

③ 参见阎嘉:《身份/认同》,载《文化研究关键词》,汪民安主编,南京:江苏人民出版社,2007 年,第 285 页。

④ 转引自苏珊·斯坦福·弗里德曼:《超越女作家批评和女性文学批评》,谭大立译,康宏锦校,载马元曦、康宏锦主编:《西方女性主义文学文化译文集》,桂林:广西师范大学出版社,2008 年,第 84 页。

有的作品都以社会性别为标志”。[1]

对于女性身份认同就是性别认同的直接关联，德拉布尔是持明确的反对态度的。早在1974年罗森茨韦格(Iris Rozencwajg)的访谈中，德拉布尔被问及对妇女解放运动的看法，她就说：

> 我的确真的认为它很有趣，但我不想在这上面花太多的精力和时间。我觉得我是按照自己的方式在做——我只是不认为自己需要它。[2]

而后，德拉布尔中后期的创作开始招致不少女权主义评论家们的一些负面的评论。除了在本书“绪论”中提到过的埃伦·罗斯和福克斯-吉诺维斯的批评之外，比兹(Virginia Beards)[3]和库珀-克拉克(Diana Cooper-Clark)[4]不约而同地称德拉布尔是一位“小心翼翼的女权主义者”。比兹更是直截了当地指责德拉布尔“明显缺乏激进的女权政治思想所要求的观念”。[5]爱伦(Tuzyline Jita Allan)从妇女主义(womanism)的角度批评德拉布尔的女权思想，认为德拉布尔为弥合种族间和性别间的差距所付出的努力不能令人满意。[6]可是，德拉布尔的“模棱两可”、“小心翼翼”和“含糊不清”不正体现出她的审美判断中的人文情怀吗？

德拉布尔的作品确实具有较强的性别趋向，反映出浓厚的女性意识，但是她笔下的女性更多地着力于对完整人性的追求。德拉布尔小说的主人公几乎清一色为女性，而且她的女主人公们总是十分关注自己与姐妹、母亲、

---

① Elaine Showalter, "The Rise of Gender," in *Speaking of Gender*, edited by Elaine Showalter (New York: Routledge, 1989), p. 4.

② Iris Rozencwajg, "Interview with Margaret Drabble," an interview, in *Women's Studies*, Vol. 6 (1979), p. 347.

③ 参见 Virginia Beards, "Margaret Drabble: Novels of a Cautious Feminist," in *Critique*, Vol. 15 (1973), pp. 35-47.

④ 参见 Diana Cooper-Clark, "Margaret Drabble: Cautious Feminist," an interview, pp. 19-30.

⑤ Virginia Beards, "Margaret Drabble: Novels of a Cautious Feminist," p. 46.

⑥ 参见 Tuzyline Jita Allan, "*The Middle Ground*: Determinism in a Changing World," in *Womanist and Feminist Aesthetics: A Comparative Review* (Athens: Ohio University Press, 1995), pp. 76-83.

女儿、女性闺蜜等的关系。德拉布尔自己也曾撰文说：

> 许多人读小说是为可能的将来寻找模式或映像，以知道该如何表现、期望些什么。我们不想与过去的妇女们相像，但是我们的未来又在哪呢？这个问题恰恰是许多妇女创作的小说试图回答的。①

也许正是因为这样，德拉布尔的小说人物都被认定为自觉探讨女权主义的思想者，她们的行为则被认为是自觉发展姐妹情谊的努力，旨在鼓励女性认识社会中的性别歧视现象，是对性别不公的社会现实的一种有效对抗。②显然，这样的解读是有失偏颇的。德拉布尔塑造女性形象和刻画姐妹情谊，重点并不是要刻意突出男女之间的对抗，并不是要颠覆男权社会，而是力求探知当代英国人的身份认同、社群存在，是一种强调个性自我意识的表达方式。可以说，女权主义者的失望正是德拉布尔创作的生命力所在。

## 二、完整的自我意识

女性的自我身份认同并不必定与性别认同画上等号。驱逐了一种性别后而建构起来的单性世界只是一种狭义群体的存在形式，并不是社群文化承载的全部内容。当女权主义评论家们把男—女二元对立时，更多的是抹杀了女性个体的独特性。德拉布尔则以寻找人的可能出路为己任，关注人的普遍问题，表达人的共同情感。

进入德拉布尔的文本世界，我们不难发现，女性在认同过程中对完整性的追求这一思想从德拉布尔的第一部小说开始就一直得到明确的表述，只是评论界未曾给予足够的重视。而在"光辉灿烂三部曲"中，三位女主人公集体地表达了各自的追求和理解。

追求完整集合的自我这一想法在《夏日鸟笼》中通过女主人公萨拉

① Margaret Drabble, "A Woman Writer," p. 159.

② 参见 Marion Vlastos Libby, "Fate and Feminism in the Novels of Margaret Drabble," pp. 175-192.

(Sarah)之口以大树的形象首先出现。正如众多研究者所指出的，德拉布尔在开始文学创作之初就有意识地建构女性叙事权威。主人公萨拉就是一位有敏锐观察力的第一人称主动叙事聚焦者，女性成为了凝视者，从而解构了性别化的男性叙事传统。这与苏珊·兰瑟(Susan Lanser)和罗宾·沃霍尔(Robyn Warhol)的女性主义叙事学理论极为吻合。《夏日鸟笼》自然被众多女权主义研究者奉为女性独立宣言。笔者的观点是，《夏日鸟笼》的故事梗概并不复杂，人物涉及也不甚宽泛，它的特色在于女主人公萨拉的角色扮演。萨拉是小说的主角，但是在作家的安排下，她又仿佛成了一个旁观者。萨拉本人并没有太多的行动，更多的是通过对男性世界和女性世界的双重聚焦，通过观察芸芸众生，努力去领悟人生的真谛。萨拉目睹姐姐和好友们大学毕业后并不美满的婚姻和生活，表达了自己独特的梦想：“也许人们自然地选择他们自己的象征……我要长叶开花结果，我要整个世界。”[①]德拉布尔的第一个女性形象喊出了完整自我的期望。

《磨砺》是德拉布尔最受欢迎的一部道德寓言式的小说，曾被改编成电影《非常感谢你们大家》(*Thank You All Very Much*)。《磨砺》更多关注知识女性如何走出封闭的唯我的象牙塔的心路历程。小说的情节十分简单，依然运用第一人称的手法叙述了女博士生罗莎蒙德(Rosamund Stacey)因偶然的性关系，不期怀孕而成为单身母亲，历经独自养育孩子的种种艰辛和烦劳。

罗莎蒙德通过对霍桑的红字A自嘲式的重新定义，否定了两性对抗的思想。

> 作为时代的产物，我知道这是何等的错误，何等的误入歧途！我一直穿着胸前绣有醒目红字A的衣服东奔西走，不过我这个“A”作为第一个字母，代表的是禁欲(Abstinence)，而不是放荡(Adultery)，……就因为我面对性，曾经那么长久地迁延、迟疑、战栗！[②]

① Margaret Drabble, *A Summer Bird-Cage*(New York: Penguin Books, 1980), p. 73.

② Margaret Drabble, *The Millstone* (London: Longman, 1978), p. 17.

从字里行间，读者不难看出德拉布尔重视女性自身特质和母性职责，从而试图为"女性应该怎样生活"这一重要命题提供全新的注解，塑造现代女性的新形象，真正实现女性情怀的回归。

南希·哈丁(Nancy Hardin)曾评价德拉布尔的作品说：

> 对自知之明的追求既不是沉闷的道德说教，也不是乏味的郑重其事，每一部都具有一种温和的悲喜剧式的幽默，一种对世间自我的荒谬的觉察。[①]

在三部曲中，洗尽铅华的三位中年妇女无疑用更笃定的心境来探寻自我。德拉布尔并不否认性别带给女性的牵绊，但是摆脱性别束缚后的女性又该如何去实现自我认同呢？也许是刻意的回避，三部曲中步入中年的三位女主人公显然不必过多地纠结于两性关系。莉兹的感慨颇令人回味：

> 也许她永远与性交断绝了关系，也许正是这一可能性给予她对力量的独特坚信，这一不会受伤害、确定、有力的感觉。他们不能再攻击她，不能再打垮她。她已经关上了大门。[②]

可以说，在整个三部曲中，莉兹都处于单身的状态。德拉布尔选择中年女性作为她的小说的主人公，以便剔除女性生理特征带来的羁绊，从而可以更多地关注女性的心理特征。德拉布尔在小说中探讨的问题"与其说是女性的问题，不如说是人类共同的问题"，[③]她的小说是"注重女性特质的人性研究"。[④]

德国著名的图文书作家博尔曼(Stefan Bollmann，1958—)曾提到：

---

① Nancy Hardin, "An Interview with Margaret Drabble," an interview, p. 274.

② Margaret Drabble, *The Radiant Way*, p. 13.

③ Nora Foster Stovel, *Margaret Drabble: Symbolic Moralist*, p. 3.

④ Nancy Hardin, "An Interview with Margaret Drabble," an interview, p. 274.

> 西方社会中的人们，不管是女人，还是身心疲惫的精英人士、失业者，甚至作家，他们逐渐接受了一个事实：个人成为社会问题的牺牲者。社会心理学家将这种普遍心理称为合乎常规的“牺牲欲”，为了表现得跟别人一样、在不知不觉中损害了自己的权利。[①]

正是这种可怕的“牺牲欲”扼杀了现代人的自我。德拉布尔坚决反对这样的默许，“牺牲欲”与她所倡导的社群意识背道而驰。没有认同的个体的集合不是德拉布尔心目中的社群。她的文学努力就是把人从牺牲品的角色中解放出来，寻找真正的、完整的、独立的自我。

## 三、平等的他者意识

身份认同的另一个重要问题是“我”与“他”的关系问题。他者意识是群体融洽关系的前提，没有他者意识就不可能建构社群。

身份认同必定伴随对“他者”的叙述，没有“他者”的存在就无法实现自我的认同。“光辉灿烂三部曲”中莉兹、埃斯特和艾丽克斯三位女主人公的友谊长达三十多年。德拉布尔在小说中通过多次详细记叙三位妇女的聚会和畅谈来暗示读者：她们之所以能维持持久而又良好的朋友关系，关键是她们既各自拥有独立的生活洞见，又重视朋友的想法和观点，意识到“他者”的存在。的确，三位好友最重视也最享受的就是三个人定期地自觉地相聚在一起，交流各自的生活经历和人生感悟。有意思的是，虽然在聚会时，她们各抒己见，甚至会针锋相对地辩论，常常谁也说服不了谁，但是在聚会后，她们却经常发现各自会不自觉地用朋友的思考方式来重新审视周围的世界。更有意思的是在下一次聚会时，她们各自已经站在对方曾经的立场来阐释自己的想法，展开与自己旧想法的对话。正是在这样一次次的思想交汇中，小说的人物获得新的启示，新的认同。这样的场景无疑是德拉布尔所赞赏的。从笛卡尔开始，西方社会的哲学大师们大多推崇人的主体性，肯定人的理性意识，认为存在着一个自我内核，在人的一生中会保持不变，由此生发

---

① 斯特凡·博尔曼：《写作的女人危险》，宁宵宵译，北京：中央编译出版社，2010 年，第 153 页。

出连续感和自我认同。用拉康的镜像阶段理论来说,自我身份认同就好比孩子在镜中第一次照见并发现自己,主体和镜像的合一中形成了自我的身份。这样的自我观在后现代无疑遭到无情的冲击。孤独的自我是不存在的,自我是在"我—他者"的关系中形成的。

在无"他者"介入的封闭空间中形成的自我身份认同是稳定的、自足的,但也是脆弱的、静止的。一旦当个体在由多重"他者"所构成的视域中观照自身,错综复杂的参照物可能使个体陷入无所适从的"身份危机"之中。其实从早期作品开始,德拉布尔便表现出对此种情形的担忧。《磨砺》中的罗莎蒙德在其情感经历中,无论对父母、恋人,还是朋友,她都表现出一种近乎冷漠的理性,把人与人之间的关系归结为某种买卖:

> 迄今为止,我在生活中都非常成功地避开了那把人与人联系在一起的纽带,虽然有时也得说点好听的话。……我知道一个人总得有所付出,而且自认为我已经付出的那一份就是:我的机智的谈吐,我那继承来的某种声望,我那套可以举办派对的公寓,还有我那双漂亮的大腿!①

然而,这难道不是对精英教育的旁敲侧击吗?教育和知识竟然成了割断知识女性与他人之间纽带的手段。通过这种看似轻松冷漠的分析和玩世不恭的嘲讽,说话者内心深处的惶惑表露无遗。

事实上,哈丁于1972年采访德拉布尔时,就毫不客气地指出德拉布尔的小说人物的"特征是极端的主观主义和孤独感","禁锢于唯我论的宇宙空间"。②对此,德拉布尔坦承"的确是这样",同时也指出自己更看重小说人物如何"努力摆脱"这种境况,因为"其他的人真实地存在着。他们不是你的想象中的部分影像"。③

德拉布尔的他者观可以从罗莎蒙德成为母亲前后思想的变化中窥见一

---

① Margaret Drabble, *The Millstone*, p. 80.

② Nancy Hardin, "An Interview with Margaret Drabble," an interview, p. 290.

③ Nancy Hardin, "An Interview with Margaret Drabble," in interview, pp. 290-291.

斑。成为母亲前的罗莎蒙德不愿与别人有任何紧密的联系，也不愿依赖任何人或向任何人求助，生活独立却自闭；而成为母亲后，她渐渐认识到自己的渺小与软弱，注意到学术世界以外的天地，意识到自己与他人交流的需要，开始融入社会现实生活。怀孕向罗莎蒙德敞开了社会的大门，使她走出了自我中心。《磨砺》从新的视角检视女性，着重表现女主人公在对自我的本质世界进行探讨过程中的精神和心理状态，注重对女性感觉、思想和情感等内心世界的发掘，是一种文化性的探讨。

我们能够在罗莎蒙德身上找到莉兹母亲年轻时的影子。遗憾的是，丈夫早逝，外加与贵族恋人间契约的束缚，母亲始终生活在孤独的自我当中，拒绝与女儿们交流，拒绝与邻居们来往，放弃一切人际交往，对世界的兴趣只有收听收音机和裁剪报纸上的新闻。在莉兹的眼里，母亲一辈子孤独、寂寞、无聊，陷入自我封闭的境地，生活空间狭窄，精神上孤独无依。莉兹对母亲的疏离自然应该批评，但是母亲孤僻而扭曲的生活状态带给莉兹噩梦般的童年，部分地消解了读者对莉兹的不满。

此外，值得一提的是，女权主义者倾向于把男女关系视为唯一的“我—他者”的关系。男性的凝视固然重要，但是在德拉布尔的眼里，“他者”还包括社群环境中的其他形形色色的人物，如家长、孩子，以及来自不同地域和不同阶层的人。比如，艾丽克斯非常重视儿子的同学对她的评价，在乎女子教养所女犯们对她的感情，思考北方诗人比佛对自己的定位，等等。

一个人在主体确立的过程中，要有许多位“他者”的出现来帮助形成对自我的认识。人的主体性只能在主体间的关系中确立，即只能在与“他者”的互动关系中建立。如果脱离主体间的关系，那么任何身份认同都是一种疯狂。就如德拉布尔所指出的：“一个人所寻找的恰恰就是他人的各种生活模式。”[①]只有具有他者意识，社群才得以建构，同时社群才有生存的活力。身份作为被建构的过程，得到了“他者”的认可，自我身份最终才能得到社会的承认，成为社会身份，并由此获得相应的权利和利益。因此，社会个体的身份是由“自我”与“他者”在社会互动中合力建构的。

---

① Nancy Hardin, “An Interview with Margaret Drabble,” an interview, p. 278.

## 四、辩证的动态意识

在强调女性既要自我独立，又要注重主体间的交流之后，德拉布尔进一步深刻意识到，一个人的身份认同不是件一劳永逸的事，而是总是处于变动不居的状态。就如《一种自然的好奇心》的叙述者所感慨的那样："在历史的长河中，没有两个日子、两分钟是重复的。生活模式闪烁、更改、流淌，每一片刻都是独一无二的。"①

首先，从一个人的成长过程来看，不同阶段有不同的人生境遇和问题，自然要面临不同的认同危机。对于德拉布尔的创作生涯，我国学者程倩做过很好的归纳：

> 在长达四十年的创作生涯中，女作家一直在讲述同辈女性的人生故事。她笔下的女性人物在二战中出生，在20世纪60年代成年，在撒切尔时代进入中年，在世纪之交迈向老年。女作家顺应年龄的增长，先是反映年轻女性的婚恋困惑，继而描写中年女性的事业压力，最后表现老年女性的生存危机，自如地进行一个又一个阶段的生命书写，执着于女性生存困境的不懈探讨。②

由此可见，德拉布尔半个世纪来的笔耕不辍正是对生命书写的不懈探讨。德拉布尔本人于2006年在报纸上撰文写道：

> 我们这一代人日子特别不好过：人们期望你上大学，然后嫁人，其他什么都不要做。我的早期小说就是为了那些特定的问题而创作的。然后就有新的问题：如何做青少年的母亲？如何成为中年人？现在是如何变老？前几天，一个朋友说："在我20岁的时候，我想，等到我40岁的时候我会解决所有的问题。"我俩都笑了。

---

① Margaret Drabble, *A Natural Curiosity*, p. 175.

② 程倩：《寄梦神话——析德拉布尔小说〈七姐妹〉之互文戏仿》，载《外国文学》2011年第5期，第74页。

> 我依然希望，等到我80岁的时候，我会回答所有的问题。但是到了那时，又会有一个问题：80岁该怎么活？[①]

毫无疑问，人生不同阶段的认同危机和认同努力始终是德拉布尔创作和生活的焦点。由于现代社会从本质上是不断变化的、矛盾的和不确定的，因而认同危机已经是现代人的典型的传记性的危机。弗洛伊德（Sigmund Freud，1856—1939）认为人格发展是由其早期经历所决定的，而爱利克·埃里克森（Erik Homburger Erikson，1902—1994）则认为人格发展是终其一生的事情，人格发展的每个阶段是由认同危机来定义的，一个稳定的自我认同源自对这些认同危机的解决。[②]德拉布尔显然更接近埃克森的观点：“自由。一个让人心神不安的词汇，一个让人心神不安的概念，一种忏悔，一种让步。”[③]

其二，即便处于某一稳定的人生阶段，一个人总是同时隶属于多个群体，不同的群体有不同的认同。德拉布尔就“女性作家”的称呼，发表过以下的见解：

> 我想我的态度是，当一个女人本身并没有什么错，……同样，当一个女性作家本身也没有什么错。某个人可能反对被描述为一个女性小说家，但只是基于术语的层面。被称为女性小说家，并无贬损的意思，因为一直以来在这个职业中女性同男性一样成功。我从未想过去探究这一措辞中的侮辱成分，就如我从不认为被称为英格兰作家、或英国作家、甚或出生于约克郡的作家是一种侮辱。这是事实，就是这么回事。……在这样的语境下，带性别特征的形容词是描述性的，而不是歧视性的。[④]

---

① Margaret Drabble, “A Life in the Day,” in *The Sunday Times*(January 8, 2006), p. 58.

② 参见戴维·波普诺：《社会学》（第十版），李强等译，北京：中国人民大学出版社，1999年，第151页。

③ Margaret Drabble, *A Natural Curiosity*, p. 48.

④ Margaret Drabble, “A Woman Writer,” p. 156.

在笔者看来,德拉布尔的这番言辞,与其说是为了缓和与女权主义者的关系,更不如说指出了一个客观事实,即女性作家只是一位作家的一种社群身份,但绝不是她唯一的社群身份。如果说仅作家这一身份,就可以有英国作家,约克郡作家等多种社群身份,那么更何况一个人不可能仅仅只具有作家这样独一的身份呢?

一个人并不是固定不变地属于一个特定的社群,在一个时期一个人可以同时属于多个社群。在不同时期,更是处于不同的认同过程中。正因为这样,个体的认同过程也是活生生的动态过程。比如,莉兹曾经几乎把自己的身份认同跟伦敦哈里大街的豪宅完全等同起来。随着婚姻的破裂,莉兹搬入新的住所,并认为"新房子不对称,是一座有个性的房子,很有魅力",而原先的豪宅则是"傻瓜的天堂"。[①]"光辉灿烂三部曲"中的三位女性从年轻时开始都渴望了解"世界",对生活充满好奇,但是她们的认同需要各不相同。莉兹的"世界"特指人际关系,从小生活于没有父爱和畸形母爱的家庭,良好人际关系的纽带是莉兹所企望探知的。艾丽克斯的"世界"指向意识形态的追求。她的父母在意识形态上处于混乱,有时不切实际甚至荒唐,经常遭人耻笑,但有时又实际势利。艾丽克斯期望找到明确的思想来指导现实的生活。埃斯特具有犹太血统,民族的移民散居特性和战争的创伤让她一心在艺术中寻求人性的本源。三位女主人公的"关系模式在有些人看起来有点古怪,而另一些会觉得比较前卫,但在她们自己来说却是自然而然的"。[②]虽然经历不同的生命轨迹,踏上不同的认同旅程,但是联结三位女性的纽带是对社群的追求和被认可的渴求。

我们应当承认,小说体裁自诞生时起,就与女性阅读文化紧紧地联系在一起,小说的主要阅读人群是女性。作家亨利·詹姆斯(Henry James, 1843—1916)曾经说过:"小说在现代社会的出路取决于女性。"[③]因而,女作家书写女性题材可以是女性批评的文本,但绝对不应该被仅仅定义为女性

---

① Margaret Drabble, *The Radiant Way*, p. 243.

② Margaret Drabble, *The Radiant Way*, p. 101.

③ 转引自斯特凡·博尔曼:《写作的女人危险》,第 24 页。

写作。或者从某种意义上说，在当代，性别上的界限不再意味着奴隶般的服从，而是值得玩味的永恒主题，因而女权批评强硬贴标签的行为反而显得不够有人文关怀。

同时，通过上面的分析和论述不难看出，在德拉布尔的小说中自我认同是一个过程，并且是在同他人的交往或互动中产生的。“我”根据“他者”的看法认识“我”自己，“我”的自我认同就是“我”意识到的“他者”对“我”的看法的反映。每一个“他者”都是“我”的一面镜子，每一种群体关系都反映着“我”的归属。更进一步说，“我”不是一个存在于真空中的静止的原子式的个体，“我”的认同是一个动态的历史的过程，是在与其他的自我互动中合力建构起来的。个人只有投入到社群之中、在社群成员的身份里才能找到真正的自我认同。知识女性必须走出学术的象牙塔，通过他人的眼睛全面认识自己。

## 第二节 血缘社群的建构——家

德拉布尔的小说经常被认为承袭了奥斯汀的风格特色，主要就在于她总是偏重对几户人家的精细描绘，只不过作品的背景被替换成现代大都市伦敦的中产阶级人家。家是文学永恒的主题。在一个人的生活当中，家的重要性是毋庸置疑的。从社群的观念出发，家则被认为是最直接最基本的群体单位。在黑格尔眼里，组成国家的最基本的群体单位就是家庭，所以他说：

> 伦理的最初定在又是某种自然的东西，它采取爱和感觉的形式；这就是家庭。在这里个人把他冷酷无情的人格扬弃了，他连同

他的意识是处于一个整体之中。①

任何个人都不能脱离社群,个人所属的社群在一定程度上构成个人的自我认同,而家作为群体的基本单位,在社群建构中的地位尤其突出。如果说自我认同是社群建构的基础,那么家就是社群归属感的起点。事实上,通过前文的论述,我们清楚地看到,无论是滕尼斯的"血缘共同体",还是贝尔的"地缘社群",都直接而明确地指向"家"的概念。

"光辉灿烂三部曲"虽然包罗英国社会的方方面面,但始终不曾放弃对家的守望。对家庭成员关系的描述,对家庭情感的倚重和对家庭影响的探索与各种政治、经济和文化事件交织在一起,凸显了血缘社群不可替代的作用,为现代道德突围提供了一条有效的途径。本节将从女性知识分子的母爱情结和生命历史的承载两方面来分析德拉布尔为何把建构社群的期望寄托于家庭。

## 一、女性知识分子的母爱情结

由于"对母亲—孩子联结可靠的描述",②德拉布尔被肖沃特称为"母爱小说家",③可见德拉布尔对"母爱"主题情有独钟。不过,需要辨明的是,自创作初期开始,德拉布尔探讨母爱的重点在于对现代知识女性母爱情结的刻画。不是"母亲→孩子"的向度,而是"孩子→母亲"的向度。也就是说,写作的焦点不是女性知识分子如何爱护自己的孩子,她们的孩子如何健康快乐地成长等,而是女性知识分子如何通过孩子发现自己身上的母性,从而走向更为完整的自我。

德拉布尔的早期创作与女权思潮有比较密切的相关性,她也曾坦言女权运动给她提供了极其重要的创作素材,特别是西蒙娜·波伏娃(Simone de Beauvoir,1908—1986)的《第二性》(*The Second Sex*,1949)。④然而在对

① 黑格尔:《法哲学原理》,第50页。

② Joanne V. Creighton, *Margaret Drabble*, p. 24.

③ Elaine Showalter, *A Literature of Their Own: British Women Novelists from Brontë to Lessing*, p. 305

④ 参见瞿世镜、任一鸣等:《当代英国小说》,第300页。

待怀孕与孩子的问题上，德拉布尔则与女权主义者分道扬镳了。是重回传统女性的道路？还是扑向女权主义者怀抱？当女主人公徘徊在这一十字路口时，对人生和现实有着独特思考的德拉布尔既不放弃对传统女性约定俗成角色的质疑，也不把女权主义主张视作现代女性的终极归宿，而是从人道精神出发去极力开辟一条全新的道路。一方面，德拉布尔看到了孩子对女性的牵绊：

> 抚养年幼的孩子是非常艰巨的事，……任何一个人能同时有精力去创作小说……就是意志力和毅力相结合的奇迹。[①]

> 我发现许多妇女正在经历完全相同的过程。它令我惊奇：妇女的工作自由和生儿育女，使她们同时充当两个角色而精疲力竭。[②]

另一方面，德拉布尔大胆表达了对母爱的赞赏，甚至从宗教的高度来评判母爱的伟大：

> 我把母亲身份看成如此积极正面的术语，都觉得不太好意思来发出这样的声明了。我认为这是世界上最伟大的喜悦。然而这也是非常私人的事情。我只是碰巧享受这个身份。事实上，这种关系避开了性别引起的麻烦。这是一种非常纯洁的爱的形式。……我把父母的爱看作上帝的爱的镜像。……你爱你的孩子，跟理性或公正没有关系，这是千真万确的。这在很大程度上与善、爱和无私有关。[③]

德拉布尔把母爱看作超乎一切情感的最强烈最基本的本能。也许正是因为

---

① Margaret Drabble, “A Woman Writer,” p. 158.

② 转引自瞿世镜、任一鸣等：《当代英国小说》，第 300 页。

③ Diana Cooper-Clark, “Margaret Drabble: Cautious Feminist,” an interview, p. 28.

这样,德拉布尔被某些女权主义评论家指认缺乏激进的女权观念,而德拉布尔自己也宣称"我没有任何一部著作是女权主义的"。[①]

纵览德拉布尔"光辉灿烂三部曲"之前的小说创作,我们的确发现几乎每一部小说都渗透着强烈的母爱主题,而且对亲生骨肉最深沉的爱最终都为女主人公们带来心理上的平衡和精神上的满足。从《加里克年》(*The Garrick Year*,1964)中因拯救落水的女儿而幡然醒悟的爱玛(Emma Evans),到《磨砺》中勇敢走出象牙塔的单身母亲罗莎蒙德,从《针眼》中努力为孩子创造新的生存空间的罗斯(Rose Vassilou),到《中年》(*The Middle Ground*,1980)中从成年的儿子身上重拾信心的凯特(Kate Armstrong),德拉布尔用母爱替代了通常小说中的男女性爱而作为小说的主旨。

"光辉灿烂三部曲"鲜明地承袭了德拉布尔这一创作偏好。三位女主人公中,艾丽克斯最具有母性特质,是公认的好人,善解人意,充满爱心。我们可以通过艾丽克斯对自己早期人生经历的倒叙中窥视一二。女大学生毕业后就要尽快结婚,是60年代英国知识分子妇女普遍的命运轨迹。懵懵懂懂的艾丽克斯加入了这一社会潮流。这也正是作家德拉布尔本人真实情况的反映。[②]结果,21岁的艾丽克斯怀着对丈夫塞巴斯蒂安(Sebastian)空洞而幼稚的理想主义人生态度的质疑披上婚纱,在批评丈夫逃避现实、漠视道德判断的失望中度过蜜月。才步入婚姻的殿堂,年轻的艾丽克斯就对两性生活失去兴趣,并对未来的人生茫然不知所措,甚至"思忖着要自杀"。[③]虽然艾丽克斯刚从剑桥毕业就匆匆嫁人有其一定的随意性,但这一行为导致怀孕生孩的结果却丝毫不随意。随着小说情节的发展,艾丽克斯并没有被动地漠视生活。经过反复思考,她决定把孩子生下来。然而,怀孕和儿子的诞生促使了母爱这一女性情怀的回归,"艾丽克斯无可奈何地、无可救药地、不顾

① 转引自瞿世镜、任一鸣等:《当代英国小说》,第305页。

② 德拉布尔本人在从剑桥大学毕业离校的那一周就结了婚。第一任丈夫(Clive Swift)在皇家莎士比亚(The Royal Shakespeare Company)公司工作,德拉布尔便随夫来到艾冯河畔斯特拉特福(Stratford-upon-Avon)。在百无聊赖中,德拉布尔开始写作第一部小说《夏日鸟笼》,结果一举成名,从而走上职业作家的道路。

③ Margaret Drabble, *The Radiant Way*, p. 92.

一切地爱上了她的宝贝。他是她的全部”。[①]可是厄运再一次降临。一天晚上，丈夫在吸食兴奋剂之后溺死于家中的游泳池。孩子尚在襁褓之中，艾丽克斯二十出头就守寡了。艾丽克斯勇敢地承担起独自抚养儿子的任务，并由此开拓了认知世界，接触到了不同的社会阶层，延伸了自己对生活、社会和现实的态度：

> 艾丽克斯讨厌恐惧，尤其讨厌被强迫对自己的同胞心生恐惧。如今她与这些人生活在一起，不再感到害怕，因为他们与她的共通之处要多于不同之处。她逐渐隐没到背景之中。[②]

德拉布尔认为“一个人同兄弟姐妹和父母的关系是值得以不同的形式反复书写的”，[③]而其中“母亲—孩子关系是一种伟大的救赎，是无私的爱的反映，在成人关系中，不是不可能，但非常难以获得”。[④]的确，孩子是艾丽克斯与各个阶层人群接触和交往的重要纽带。起初的被动和无奈之举结果提供了开启自我封闭之门的契机。艾丽克斯甚至学会与街边的醉汉做伴，欣然接受他们友善的安慰和祝福。[⑤]正是通过母性，通过为人母的责任和义务，艾丽克斯体验了做人的独立和责任，克服了自身对于贫穷和不受教育的歧视，从小我走向了大我。通过抚养孩子，艾丽克斯意识到自己再也不只是一个被动的、无形的旁观者，无法再冷眼注视世间的一切，认清了在家庭中作为一位母亲所必须担当的责任，在社会中作为一名女性的责任以及在世间作为一个人的责任。这一认识直接影响艾丽克斯的一生，也能很好地解释为什么艾丽克斯会热衷于义务给女子教养所上文学课？为什么会同情并理解女犯人吉莉？为什么虽是心理学的外行却成为杀人凶手保罗的保护人？为什么会响应保罗的期望，前往探访他的父母？为什么给予保罗母亲般的爱护和帮助？为什么会挺身而出，不惜冒着被警察扣留的风险，痛斥保

---

① Margaret Drabble, *The Radiant Way*, p. 93.

② Margaret Drabble, *The Radiant Way*, p. 98.

③ Barbara Milton, “Margaret Drabble: The Art of Fiction LXX,” an interview, p. 54.

④ Barbara Milton, “Margaret Drabble: The Art of Fiction LXX,” an interview, p. 56.

⑤ Margaret Drabble, *The Radiant Way*, p. 99.

罗的母亲？抚养孩子是一个性别复苏、感知提升和道德确立的过程。孩子能够触动女性那根最富情感的弦，对自我母性的认识帮助女性达到了自我实现。同时，母爱代表家的呵护，是个体最初社群归属感的保证。

## 二、从生命历史探求社群存在

母爱情结帮助女性知识分子摆脱了单纯、幼稚、自我封闭的"独立"女性状态，更好地理解了独立、平等、公平等的真正含义，从而走向更为完整的自我。德拉布尔并未就此驻足，而是让她的人物回归与上一代人的沟通和理解，进一步从生命历史的承载来完善血缘社群的建构。

德拉布尔的小说之间具有一种内在的一致性。无论是早期的自我真实的探讨，还是后期的社会真实的求索，都致力于反映现代女性左右为难的生存状况，尤其令人瞩目的是受教育后的高期望与现实生活的碰撞。她的主人公们通常都知道什么是自己不需要的东西，却仍在挣扎着探索她们想要的究竟是什么，期望着实现对自我的重构，渴求群体的归属。即使是《象牙门》这样涉及东西方两个世界、探讨后现代文化的作品，家也一直是小说中牵动心弦的那一种温暖：

> 德拉布尔最近的小说有个一流的题目。值得注意的是，来自《奥德赛》的题词是由佩内洛普说的。佩内洛普是武士探险家奥德修斯无比耐心的妻子，独自抚养他们的儿子忒勒马科斯(Telemachus)。这是一部主要关于母亲、儿子和战争的小说。[①]

此处绍姆堡格(Nancy Schaumburger)指出了《象牙门》的题词易于被忽视的暗示。若没有佩内洛普与忒勒马科斯的等待与守候，奥德修斯的十年返航之旅也就失去了终极意义。

在"光辉灿烂三部曲"中，莉兹、艾丽克斯和埃斯特可以说都是自信和怯

① Nancy Schaumburger, "When Will They Ever Learn?" in *Belles Lettres*, Vol. 8, Iss. 1 (Fall, 1992), p. 42.

懦的奇妙结合体。通读小说,我们不难发觉女主人公们透露出来的自信更多地来自教育、事业、社会阶层等层面的成就,而她们的怯懦则来自对生活和人性的惶惑。究其原因,都是她们与父辈之间的理解障碍造成的,找不到生命历史中的承认和归属。

女主人公们的父母或性格扭曲,或脱离现实,或身份飞散,给她们带来内心深处不为人道的创伤。莉兹从小生活在一个冷漠而毫无生气的家庭中。她幼年丧父,而母亲性格孤僻、扭曲,切断一切社交活动与人际交往。母亲的漠然与封闭迫使莉兹通过自己的勤奋和聪明逃离家乡,到伦敦寻找心中理想的天堂。由于自幼缺乏正常的社交生活,逃离后的莉兹对各种各样的聚会怀有近乎痴迷的热情,错误地把聚会的形式完全等同于人与人之间的真实交流。艾丽克斯的父母热衷于意识形态上各种时髦的思想,却不敢触及人性深处的问题,对现实生活挑剔不满却又听之任之,使得艾丽克斯价值观混乱,无所适从。艾丽克斯的第一任丈夫塞巴斯蒂安是美国“垮掉的一代”(Beat Generation)的代表人物杰克·凯鲁亚克(Jack Kerouac,1922—1969)的追随者。他笃信自由主义,藐视传统道德,但疯狂热爱生活,时时刻刻想抓住生活的实在享受,追求当下。艾丽克斯一毕业就贸然结婚,起因于她无法明确区别社会主义理想与“垮掉的一代”的精神实质,陷入生活和思想的困境。埃斯特是犹太族裔,受困于“非家幻觉”(unhomely),父辈的记忆飞散于遥远的时空。边缘的民族身份带来的“暗恐心理”(uncanny)致使她年过半百后依然孑然一身,无力建立自己的家园。

诚然,“光辉灿烂三部曲”中的女主人公们已经成长为“天鹅”了,她们拥有德拉布尔早期小说女主人公所羡慕的品质,是《金色的耶路撒冷》中克拉拉·毛姆想成为的女性——“洞悉一切、精明智慧、拥有优越的社会关系、具有生活的冲动、善于交际、对别人的事情总是饶有兴趣”。[①]莉兹、艾丽克斯和埃斯特都是被羡慕的对象,“部分地是因为她们的集群性(gregariousness),部分地是因为生活圈日渐稠密(职业上的熟人、朋友、孩

① Margaret Drabble, *Jerusalem the Golden*, p. 104.

子、朋友的孩子),她们不再需要感到孤独"。[①] 可是她们的创伤是不能够通过职业成就、物质财富或社交往来等得以抚平的。也有评论家认为,德拉布尔的女性"无法接受父母的价值观",转而把希望投向"选择的"或"延伸的"家庭,[②]也就是由朋友、情人、孩子、甚至孩子的朋友等组成的广义家庭。可是,家是人类的创造之源、人格之源。若无法在赐予自己生命的家那里找到自身统一的感觉,重构完整的自我是不可能的。就如黑格尔所说:

> 作为精神的直接实体性的家庭,以爱为其规定,而爱是精神对自身统一的感觉。因此,在家庭中,人们的情绪就是意识到自己是在这种统一中、即在自在自为地存在的实质中的个体性,从而使自己在其中不仅是一个独立的人,而成为一个成员。[③]

人到中年,莉兹、艾丽克斯和埃斯特都已经建立了各自相对稳定的社会关系。然而,她们依然在挣扎探索,祈求从自己的生命历程中找到可以理解和沟通的渠道,实现血缘社群的建构。莉兹在整理母亲的遗物中了解到,早年父亲因患恋童癖而自杀,母亲因与贵族男子的婚外情被逼立约,终身受缚,从而导致母亲扭曲、孤僻、不近情理的个性。莉兹一直以来为自己对孩子们的规划而自鸣得意,"她的孩子免遭侮辱,无须为区域和社交战斗"。[④] 通过阅读母亲生前留下的剪报,她幡然醒悟到自己能够通过获得奖学金进入剑桥大学学习,并由此从边缘的外省跻身伦敦社交中心,离不开母亲多年来的暗示与规划:

> 丽塔·艾伯怀特(Rita Ablewhite)知道这些,她是如何知道的是个谜,但莉兹从来不去想,也不花心思去问。就如皮普不费心去认真探问他获得的捐赠的来源。

---

① Margaret Morganroth Gullette, *Safe at Last in the Middle Years: The Invention of the Midlife Progress Novel: Saul Bellow, Margaret Drabble, Anne Tyler, and John Updike*, p. 99.

② Nancy Hardin, "An Interview with Margaret Drabble," an interview, p. 277.

③ 黑格尔:《法哲学原理》,第 205 页。

④ Margaret Drabble, *The Radiant Way*, p. 82.

> ……
>
> 阿勒西亚博士[①]和丽塔·艾伯怀特把莉兹引向剑桥，现在轮到莉兹把同样的知识传给她的继子和女儿们。[②]

叙述者通过与狄更斯的名著建立互文，批评了莉兹的盲目，暗示读者一个人的“远大前程”离不开家的回归。鲁滨逊(Marilynne Robinson)指出：

> 如果说索福克勒斯曾经描写了一个真实的世界，或者说弗洛伊德曾经拥有有效的洞察，那么一个人是不能轻易摆脱他的家庭的。借用书中的话，莉兹对她的出身真相的发现可以说是神话的或心理分析式的自我发现。[③]

了解并理解家庭的历史让莉兹仿佛经历了一场毁灭和新生。回归后的莉兹变得更加冷静通达，在欲望和给予之间保持平衡，静静地生活。

相对于莉兹的实实在在的家及家庭成员关系，艾丽克斯认同父母意识形态理想的合理性与她寻求人性的本质和意识形态上善的概念相连接。在“光辉灿烂三部曲”中，艾丽克斯视“家”为探索人性善恶的源头，把良好的家庭关系看作成功确立自我社群身份的基础和关键。

在三部曲中，叙述者反复提到一个问题：导致各种“暴力故事”的人性中的恶是“先天”还是“后天”决定的？艾丽克斯发现，虽然父母的政治立场随意变动，有其荒唐和不切实际的一面，但是他们追求意识形态的自觉和不信奉国教的新教思想对她的影响是本质而直接的。艾丽克斯不接受“人性本恶”的观点，从而才会通过各种努力和尝试去极力探知。在小说中，“后天”指的就是家庭的影响，更为直接的就是母爱的关照。在德拉布尔的文本世界中，一方面她以“家”为中心，热情歌颂圣洁、伟大、温暖的母爱，并把一般的伦理感情上升到人生理想最高境界的程度；另一方面则打破“家”的神话，

---

① 小说中资助莉兹上剑桥大学的奖学金的设立者。

② Margaret Drabble, *The Radiant Way*, p. 82.

③ Marilynne Robinson, “Growing up Thankless”, p. A12.

书写恶魔般的母亲,审视丑陋的母爱,以此提升现实道德的自觉。

保罗生性腼腆,对英国古代史尤其感兴趣,而且是个坚定的素食主义者。他认为"吃肉对身心都不好,而且会导致攻击性"。[①]不曾想,他就是震惊伦敦的连环砍头杀人凶手。艾丽克斯主动担任保罗的保护人,从保罗的家庭背景找到了暴力和杀戮的源头。保罗的父亲是一个屠户,没有任何宗教信仰。保罗对家的记忆就是:"沿脊骨劈开的一扇扇肉、挂在铁钩上的牛肉片、露齿而笑的猪头、一盘盘的肾脏、肝脏和肺片。"[②]每每想起这些,保罗感觉就像被苍蝇叮似的。保罗自幼就受到母亲安吉拉(Angela Whitmore)的厌恶和抛弃,"她希望他从未出生,……诅咒他,……装作他从来不存在"。[③]在保罗的心中,母亲的形象宛如门扣上的美杜莎:"她的头发从脑袋上凸起,像一轮闪耀的僵硬的银色钉子,约有六英寸长。"[④]这样的恶母被艾丽克斯痛斥为"一个疯狂的女人,一个复仇女神,一个鹰身女妖,一个蛇法女怪"。[⑤]艾丽克斯认为保罗"像狗一样遭受折磨","安吉拉才是有罪的",并在情感上"赦免了可怜的保罗"。[⑥]德拉布尔向我们描绘了两种截然不同的母亲形象:理想的母亲能够处理好家庭和职业的关系,让家人获得爱的温暖,而邪恶的母亲其自身的生活就是一场悲剧,并且导致孩子的个性极度扭曲。家庭的爱可以避免暴力。破坏家庭就是"对社会自我疗伤机能的一种破坏"。[⑦]

最后,埃斯特寻找家园的历程具有更加深沉的历史背景和民族诉求,包含文化旅行、文化混合等多重意味。埃斯特选择投身于西方文艺史的研究,并在学术中苦苦寻找人生的精神导师。"飞散者的根是文化的根,也是历史

① Margaret Drabble, *A Natural Curiosity*, p. 17.

② Margaret Drabble, *A Natural Curiosity*, p. 17.

③ Margaret Drabble, *A Natural Curiosity*, p. 135.

④ Margaret Drabble, *A Natural Curiosity*, p. 17.

⑤ Margaret Drabble, *A Natural Curiosity*, p. 287. 原文分别为"Fury"、"Harpy"和"Gorgon"。"Fury"是希腊神话中复仇三女神的总称;"Harpy"是希腊神话中四位鹰身女妖的总称;"Gorgon"是希腊神话中蛇发女妖三姐妹的总称。

⑥ Margaret Drabble, *A Natural Curiosity*, p. 287.

⑦ 吴浩:《自由与传统——二十世纪英国文化》,北京:东方出版社,1999年,第214页。

的根。"[1]埃斯特事实上并非无家可归(homeless),但是身为飞散者,因为有"非家幻觉"的伴随,她就是离家者(unhomed)。犹太历史的种种创痛回忆幽灵似地随埃斯特旅行。埃斯特希冀通过对文艺复兴时期以《旧约》为题材的宗教绘画和雕塑的探索,以显现的艺术将历史差异演示,寻求精神上的耶路撒冷。"我们可以把人们划分为不同的社会阶级,也可以把他们划归于不同地区。但是,从根本上说,人们到处都是作为家庭的成员而生活的。"[2]确认家的成员属性是一个神圣而崇高的过程,能够唤起人们最美好的情感和发自心底的认同。在如何看待家这个神圣的文化符号上,德拉布尔的小说呈现了其独特的精神创造力,昭示了一种共通的、超越时代的、属于永恒人性的挣扎与终极的渴望。

德拉布尔认为至关重要的现实是在物质与行为背后的精神上的东西,"作家应当干预生活",并能够"透过日常事件看到它深刻的象征意义"。[3]在小说中,德拉布尔以特有的敏锐和细腻,从特定的视角对主人公们回归家园的心路历程进行解剖,指出人类再繁盛,文明再奇妙,也必须建筑在使人类之为人类的家的根基之上。家是人类生活中不可或缺的部分。

从文化意义上说,家的归属是人性最基本的渴望和表达。其一,家具有普泛性,从对家庭内个体生命的怜爱延伸至对民族、生命和大自然的普爱,充满人道和博爱精神。其二,家的组成既富有理性又充满幻想,一方面看到世间的无奈和人性的局限;另一方面则期待用家的力量来消弭人性的罪恶,解决社会的矛盾。其三,家园的价值偏向精神层面,因而它的文化道德和意义具有长远性和未来性。通过对"光辉灿烂三部曲"的解读,我们认识到家是德拉布尔社群意识的基石,是一个道德的基本,一种人性的欲求。

---

① 童明:《飞散》,载《西方文论关键词》,赵一凡等主编,北京:外语教学与研究出版社,2006 年,第 117 页。

② 吴浩:《自由与传统——二十世纪英国文化》,第 144 页。

③ 转引自王佐良、周珏良主编:《英国二十世纪文学史》,第 791 页。

## 第三节 民族社群文化的建构

从社会层面上说，社群是一个具有共同的文化背景和文化特征的集体。每一个个体是否是某个文化社群中的一员并不是由他的个人意愿所决定的，而是由他身上所遗传的文化特征来决定的。文化社群有别于社会机构，它更多地依存于情感和精神的融合。作为小说家、文学评论家，德拉布尔把建构社会社群的希望寄托在英国文学的伟大传统之上，力争通过文学努力帮助英国获得民族认同。

### 一、英国文学与民族认同

英国是一个具有强烈的民族情结的国家。在格林菲尔德(Liah Greenfeld，1954— )有关"民族主义"的研究中，英格兰、法兰西、德意志、俄罗斯和美利坚分别代表现代民族主义的五个类型。其中，值得注意的一个观点是：

> 原初的现代民族观念出现于16世纪的英格兰，英格兰是世界上第一个民族。①
>
> ……
>
> 不管是因为英格兰人肯定自己被神选中，还是因为如此多的人信奉英格兰是民族这个观念，伊丽莎白统治时期的民族情绪都理直气壮，其活力之强、能力之大前所未有。②

格林菲尔德的研究视野并不涉及东方世界，具有一定的局限性，不过她的观

① 里亚·格林菲尔德：《民族主义：走向现代的五条道路》，王春华等译，上海：上海三联书店，2010年，"导言"第14页。

② 里亚·格林菲尔德：《民族主义：走向现代的五条道路》，第57页。

点至少在西方世界范围内是极具说服力的。其实，只要我们简单地回顾一下英国的历史，便能大致理清民族认同在英国发展的轨迹。

在文艺复兴之前，英国只是一个弱小的岛国，长期被外族统治。英格兰岛上最早的居民是凯尔特人，先后经历了罗马人的入侵、盎格鲁-撒克逊人的占领、丹麦人的统治和诺曼人的征服等。几百年间，诺曼公爵既是英国国王，又是法国属臣。同时，中世纪的欧洲是一个“大一统”的基督教世界，各国均听命于罗马天主教会，世俗权力微弱，民族意识淡薄。1337 年，由于土地与王权争端，英法开始百年战争。尽管战争以英国的惨败而告终，却促进了英国民族意识的形成。英国人开始把自己和海峡对面的法国区分开来：英国是独立的国家，而非法国的属地。[①]

1529 年，亨利八世宣布脱离罗马教会，建立国教，并改用英语而非拉丁语做礼拜。此时，英国人开始关注本土文化。都铎王朝是近代英国的开端。都铎前期的学者们传播文艺复兴，提倡人文主义，为宗教改革开辟了道路。亨利八世的宗教改革则宣告了一个民族国家的兴起，并在伊丽莎白女王的统治下步入黄金时代。众所周知，英国语言文学在这个时期空前发展。“伊丽莎白时代的整合被剧作家马洛和莎士比亚浓缩在形形色色的角色身上，搬上了戏剧舞台。”[②]

18 世纪下半叶，英国率先发动了世界现代化。工业革命在英国兴起，而后向全世界扩展，改变了人类的命运。本在海中安详漂荡的岛国突然间成了文明的中心，卷入了时代的狂风巨浪。到了 19 世纪，英帝国的国力和疆域达到顶峰，英国人志得意满，并自诩为最优秀的民族。他们对自身的身份认同，是将尽可能多的美德归纳为“英国特性”。[③]当时在英国国内，虽然对于究竟什么是“英国民族特征”，是“英格兰特性”还是“不列颠特性”等问题众说纷纭、争论不休，但是没有人质疑英国特性必定基于帝国归属感。[④]即使到二战结束的时候，英国依然是个“庞大的帝国，它以帝国作为自己存

---

① 参见钱乘旦、许洁明：《英国通史》，上海：上海社会科学院出版社，2007 年。

② 钱乘旦、许洁明：《英国通史》，第 131 页。

③ 陈晓律等：《英国发展的历史轨迹》，南京：南京大学出版社，2009 年，第 133 页。

④ 参见 P. J. 马歇尔主编：《剑桥插图大英帝国史》，樊新志译，北京：世界知识出版社，2004 年，第 300—329 页。

在的基石，一切对外政策都是以帝国为出发点”。[①]

不过，二战给英国带来重创，是英国历史的重要转折点。等到60年代德拉布尔这一辈作家踏入社会、开始创作的时期，英国面临着前所未有的民族身份危机。在政治上，帝国在非殖民化中解体，维系不列颠民族认同的一个重要基础崩溃。在经济上，英国的经济优势不复存在，进而导致在国际事务中长期追随美国。在民族构成上，前殖民地人大量涌入英国，明显改变了英国公民的族裔构成。在文化上，大众传媒的迅猛发展，多种文化思潮合力冲击，英国社会掀起反精英文化的潮流，高雅文化日趋边缘化，传统伦理价值观分崩离析。就如《一种自然的好奇心》中所反映的，电视广播公司的主管查尔斯感到英国已经失去了对世界的把握。面对两伊战争、苏联的威胁、伊斯兰教的再度兴起等国际实践带来的危机，人们不知所措。查尔斯的朋友中，有中东问题专家、历史学家、电视台记者、饥荒救济专家、国际红十字会成员、国际特赦组织工作人员（Amnesty International）等，可是所有这些人都无法预见世界的变化，即使能像他那样发表“后见之明”（hindsight）的人也少之又少。[②]经济的衰退、国际地位的降低、文化种族的多元化和大众文化的兴起等问题使英国人面临前所未有的民族认同危机。

《辞海》对“民族”一词的解释为：

> 人们在一定的历史发展阶段形成的有共同语言、共同地域、共同经济生活以及表现于共同的民族文化特点上的共同心理素质的稳定的共同体。
>
> ……在西方，印欧语系各种文字的民族一词，一般源于希腊文的ethnos，意即依靠历史、语言或种族的联系而被视作整体的人群。[③]

可见民族认同必然有赖于社群的建构，民族特性需要社群文化的构筑。

在一个民族的生存中，文化构成其民族识别体系无形而又无所不在的

① 钱乘旦、许洁明：《英国通史》，第354页。

② Margaret Drabble, *A Natural Curiosity*, p. 26.

③ 参见“在线《辞海》速查手册”（http://www.xiexingcun.com/cihai/）。

精神底蕴。德拉布尔清楚地意识到，民族的社群形塑必然要通过共同文化身份认同，建构新的社群关系必定要维护伦理道德在当代的尊严。也正是如此，德拉布尔在作品中尤其重视英国群体经验的流动和群体身份的确立，具体表现为在后现代冲击下坚决倡导英国文学的伟大传统，在全球化影响下坚持英国民族特性。

## 二、追随英国文学的伟大传统

20 世纪下半叶，世界文明的中心已离英国而去。有学者提出，英国传统文化的四个方面——代表礼仪性君主制的皇室、传统价值观、传统教育和久负盛名的文学传统——在现代英国发展中所起的作用尤其值得关注。[①]德拉布尔敏锐地觉察出民族的问题，坚定地捍卫英国文学的伟大传统，直接切入当代社会历史语境，突出文学对于社会意识的塑造作用。

德拉布尔追随英国文学传统的情结离不开利维斯的影响。就如“绪论”中所提到的，德拉布尔于 20 世纪 50 年代后期在英国剑桥大学纽纳姆学院攻读英国文学，师从利维斯，进而接受了“利维斯主义”。德拉布尔负责主编的《牛津英国文学词典》第五版的“利维斯”条目这样写道：

> 利维斯的作品从根本上改变了过往的文学地图(the literary map of the past)，并为将来提供了新的模式(patterns)；但是他的最重要的贡献可能不在于他评价了各个作家，而是为英语研究注入了一种新的严肃性(a new seriousness)。[②]

利维斯建构的文学地图主要是从英国小说史上“几位真正大家着手”，梳理并阐明了两百年来英国小说传统之伟大所在，“以唤醒一种正确得当的差别意识”。[③]所谓小说大家，“不仅为同行和读者改变了艺术的潜能，而且

---

① 参见朱望：《一体化过程中英国民族识别标志的变迁》，载《欧洲》2000 年第 3 期，第 78 页。

② Margaret Drabble ed., *The Oxford Companion to English Literature*, 5th edition, pp. 557-558.

③ 利维斯：《伟大的传统》，袁伟译，北京：生活·读书·新知三联书店，2002 年，第 3 页。

就其促发的人性意识——对于生活潜能的意识而言,也具有重大的意义”。[①]也就是说,大家不仅是形式、手法和技巧上的创造性天才,更对道德关系和人性意识有着严肃的兴味关怀。在利维斯看来,道德关怀是英国伟大小说的灵魂。德拉布尔继承了这一文学态度,道德探索成为她从未放弃的文学情怀。一直到 2000 年 4 月 16 日接受《俄克拉何马评论》(*The Oklahoma Review*)采访时,德拉布尔依然承认:

> 我常想起利维斯说过的一些话。其中我想得很多的是他所说的:艺术作品应该颁布其道德意义。当我发现自己在阐明或讲述某件事情的意义时,我常会想到它,我会想:“不。我应该设计一个传载思想的事件或主题或一个故事线索,而不是直接告诉人们我的意思。”[②]

德拉布尔的文学创作的确鲜明地表达了她对生活的崇敬态度,她的小说总是关注人性,努力实现一种深刻而严肃的整体意义。德拉布尔的这一特点也得到国外评论界的关注,成为主要研究领域之一。斯多弗的研究专著的标题即为《玛格丽特·德拉布尔:象征主义道德家》(*Margaret Drabble: Symbolic Moralist*,1989)。她通过仔细研读德拉布尔的前十部小说,非常有说服力地指出德拉布尔首先是“一位探索不断变化中的价值的道德家”,而后是“一位运用象征来表达道德主题的艺术家”。[③]布雷德伯里评价德拉布尔的小说“为她的时代提供了深刻而富有挑战的社会道德描述”。[④]他还比较分析指出:“多丽丝·莱辛和玛格丽特·德拉布尔都探索了在社会和道德转型时期女性生活的故事,莱辛更为广阔、更具创造力,德拉布尔则使用更为均衡的道德现实主义。”[⑤]今时今日,当笔者重温德拉布尔

---

① 利维斯:《伟大的传统》,第 3—4 页。

② 玛格丽特·德拉布尔:《我是怎样成为作家的——德拉布尔访谈录》,《俄克拉何马评论》采访,第 159 页。

③ Nora Foster Stovel, *Margaret Drabble: Symbolic Moralist*, p. 3.

④ Malcolm Bradbury, *The Modern British Novel*, p. 377.

⑤ Malcolm Bradbury, *The Modern British Novel*, p. 385.

的每一部小说，依然被作家真诚的道德努力深深打动；当目睹剑桥的教授学者们争相盛装前往聆听德拉布尔畅谈小说在当今的价值和魅力时，谁能不承认在众声喧哗中我们需要这样一种声音来慰藉内心呢？

无论是德拉布尔的现实主义创作手法，还是其作品中承载的道德要义，都获得了国外评论界较为一致的肯定。然而，德拉布尔于 1975 年关于传统与社群之间关系的看法却很少引起重视。[①]笔者的观点是，文学传统对一个民族的精神能产生重大影响。就如“希伯来圣经”对希伯来文化以及欧洲思想的深远影响，英国文学的伟大传统作为英国文化和文明的载体，让一代代英国人感知民族的历史。德拉布尔坚守英国文学传统，继承文学经典的创作精华，就是希望英国的群体经验能一直流动并被代代传承。同时，英国文学记载着前代人生命的沉淀，指引着下一代经验生命的方式，在文学感受过程中，英国人自然地就寻找到稳定的、具有独特身份的社群。文学传统既保存了过去，又可以用来应对现在，并参与塑造未来。

## 三、重新梳理英国文学的伟大传统

在完成“光辉灿烂三部曲”之后，德拉布尔坦诚地表明了对自己早先的创作观的修正。她认为创作既要从传统中汲取滋养，也要有创新，并承认从多丽丝·莱辛那里学到很多东西。据张中载先生记录，德拉布尔曾与莱辛一同于 1993 年 5 月来到北京外国语大学英语系与师生座谈。席间，张中载先生提到德拉布尔于 1967 年接受 BBC 采访时讲的那句话，并问她是否仍然坚持这一立场。德拉布尔回答：“不，我现在不那么看。我认为，文学创作既要从传统中汲取滋养，也要有创新。因此，也就不能只跟在传统后面。”[②]同样，2000 年接受《俄克拉何马评论》采访时，德拉布尔表达了相似的观点：

> 利维斯确实对我们这一代有巨大的影响，一种深远的影响，这种影响今天仍然被许多甚至不知道他的存在的人所传承。而且，

---

① 详见第 2 页脚注②。

② 参见张中载：《看〈瀑布〉——德莱布尔的实验性小说》，第 208—220 页。

> 他的读书方法,精读的方法,对我很重要。他讲授的"伟大的传统"对我有极大的影响,但在我身上也有某种东西抗拒他的准则的控制。[①]

这是否表明德拉布尔抛弃了自己早先的文学追求了呢?对于这个问题,我们应该这样来理解。德拉布尔赞同并继承了利维斯对英国小说传统的推崇,尊重利维斯深刻的道德关怀。与此同时,她并不僵硬地恪守利维斯所梳理出来的英国伟大文学的脉络(更确切地说,是英国小说的伟大传统)。德拉布尔的行为其实正生动地诠释了利维斯提倡的创新与传统之间的辩证关系,"伟大的小说家不仅能为后来者开创传统,而且还能'创造'他(她)本人以前的传统"。[②]"抗拒"不是反对,不是舍弃,而是创新和超越。

首先,"光辉灿烂三部曲"具有大量非传统的创作因素。这一变化也受到评论界的关注。自上个世纪90年代开始,研究者开始逐渐注意并挖掘德拉布尔小说中的"非现实主义"现象,研究讨论德拉布尔作品的实验性的叙事结构、象征主义手法的运用、各类后现代写作技巧的融合、后殖民话语的介入,等等。例如,美国的鲁宾斯坦于1994年撰文谈到德拉布尔"光辉灿烂三部曲"中叙述手法上的后现代转向现象,如故意打破叙事结构、叙事者与读者的对话等,并认为德拉布尔的创作重心从反映人物的家庭和道德困境转为描写一个"充满问题、暴力和随意性的宇宙"。[③]挪威的克努特森(Karen Patrick Knutsen)于1996年指出三部曲中的第三部小说《象牙门》描绘了"我们的后现代现实",小说涉及"消解的主体"、"合法化危机"、"与话语竞争"等诸多后现代问题。[④]德拉布尔的创作风格还被戴维·洛奇(David Lodge,1935—)戏称为"后现实主义"。[⑤]尽管这类评论都只是指明德拉布尔

---

① 玛格丽特·德拉布尔:《我是怎样成为作家的——德拉布尔访谈录》,《俄克拉何马评论》采访,第158页。

② 转引自殷企平、高奋等:《英国小说批评史》,第216页。

③ 参见 Roberta Rubenstein, "Fragmented Bodies/Selves/Narratives: Margaret Drabble's Postmodern Turn," in *Contemporary Literature*, pp. 136-155.

④ 参见 Karen Patrick Knutsen, "Leaving Dr. Leavis: A Farewell to the Great Tradition? Margaret Drabble's *The Gates of Ivory*," pp. 579-591.

⑤ 参见高继海主编:《英国小说名家名著评析》,第512页。

作品中局部所包含的各种新的创作手法，并未能证明她的整体创作风格的转向，但是她在小说中融入了各种非传统现实主义创作因素，这的确是不争的事实。

威廉斯曾指出“位置”与创造“可知群体”的关系：

> 可知群体不仅是一个明显的事实问题，而且也是一个意识问题。……小说发展的主要过程之一必然跟认识某个群体的问题联系在一起；这也是寻找某个位置的问题——寻找一个令人信服的、带有人生体验的位置，并以此作为认识有关群体的起点。①

德拉布尔所处的位置不同于利维斯的位置，因此她正是用新的小说形式来展现新的社会现实，创造新的可知群体，参与英国民族文化的当代书写。

需要着重指出的一点是，德拉布尔的小说与之前英国众多文学作品建立起频繁的互文关系，“明显地与英国的文学遗产相呼应”。②“光辉灿烂三部曲”中最直接的莫过于《象牙门》同康拉德《黑暗的心》(*Heart of Darkness*，1899)的直接互文，史蒂芬正是模仿作家康拉德及其小说人物马洛(Charles Marlow)的经历前往东南亚求证波尔布特的“黑暗的心”。此外，凯特·阿姆斯壮(Kate Armstrong)俨然就是伍尔夫的达洛维夫人(Mrs. Dalloway)；女主人公之间俏皮的对话、时不时的社交聚会，仿佛奥斯汀世界的20世纪版。同时，三部曲的叙述者也多次以元叙述的方式直接提及乔治·艾略特(George Eliot，1819—1880)、简·奥斯汀、亨利·詹姆斯等几位英国作家。互文性是后现代文学的一个文本策略，可是我们不能忽视一个事实：这几位英国作家不正是利维斯心目中伟大的小说家吗？就个人与传统的关系而言，传统是一个同时共存的秩序，先前的经典文本一律为今人共享。德拉布尔通过后现代手法，积极回应历史上的文学创作，由此形成她向文学传统致敬的独特方式。

---

① 转引自殷企平、高奋等：《英国小说批评史》，第261页。

② Diana Cooper-Clark, “Margaret Drabble: Cautious Feminist,” an interview, p. 22.

其次,在创作之余,德拉布尔致力于重新梳理英国文学传统,有意识地从英国的文学传统中去挖掘优秀的东西,以此界定当代英国的民族特性,建立当代英国文化身份。

要充分理解德拉布尔的超越,还需要考虑她文学生涯中的相关重大事件及其顺序:德拉布尔于1980年至1985年花了五年时间主持《牛津英国文学词典》第五版的修订,又于1987年与斯丁格(Jenny Stringer)合作完成《简明牛津英国文学词典》(*The Concise Oxford Companion to English Literature*),之后才开始创作"光辉灿烂三部曲"。德拉布尔主编的第五版《牛津英国文学词典》获得了评论界的高度赞赏,比如亚马逊网站如此评价:

> 在科学性、准确性、先进性以及收编词条的广度等方面都达到了新的水准。除去了那些与文学关系不大的音乐、艺术方面的内容及那些太古老、偏远或不够重要的作家之外,还增收了大量1939年以后出生的作家,突破了传统文学辞书的一大禁忌。这个版本既保留了之前版本的稳重、缜密,又与时俱进地反映了后现代多元现状下英国文学的全貌,是所有文学爱好者,特别是英语文学专业的学生和教授英语文学的教师不可缺少的重要参考资料。①

可以说,此时在德拉布尔的心目中,英国文学的伟大传统既涉及深远的文学历史,又延伸至当下的文学全貌,而且突破小说的领域,涵盖更广阔的文学题材。有意思的是,德拉布尔删去了词典先前版本中有关自己的条目。

按照安德森的观点,民族不仅具有共同的血缘关系,而且是一个文化、语言、血缘、宗教等因素的结合体,因而民族认同含有一定的主观性,是一个"想象的共同体"。当然,"想象"不等同于"捏造"和"虚假",而是"发现"、"创造"。②民族共同体的建构需要民族精英们有意识地从自己的文化传统中尽

---

① 参见"亚马逊"(http://www.amazon.cn/牛津英国文学词典/dp/Boo11CPB78)。

② 参见本尼迪克特·安德森:《想象的共同体:民族主义的起源与散布》,第46—57页。

量去挖掘优秀的东西，以此界定民族特性。编写文学词典就是文学传统的梳理，而英国文学传统的梳理是一种英国文化意义的加强过程，更是一种民族文化认同的建构行为。

前面提到，格林菲尔德认为现代民族观念最早出现于16世纪的英国。安德森则发现，在16世纪后的欧洲，出现了大量被印刷品所联结的“读者同胞”，使民族共同体在阅读中逐渐构建起来。由此可见，阅读和民族观念存在一种不容忽视的联结。另外，有资料表明，上个世纪80年代前后，莎士比亚在英国得到大力提倡，甚至成为英国的文化象征，被用来界定英国社会与国家的意义。具体的行为包括政府对皇家莎士比亚剧团的大量资金资助，BBC广播公司陆续将全部莎剧搬上电视屏幕。据统计，在英国本土播放时，有近三百万观众观看。影视强大的传播功能更为广泛地传播了莎剧，成为民族认同的重要策略。[①]面对时代的巨变，英国人需要重新认识自己的身份，也需要通过对历史文化的梳理来获得慰藉，并重振民族自信。因此，无论是编撰文学词典，还是文学创作，德拉布尔都是以严肃的文学实践来参与英国当代社群形塑。

## 小　结

德拉布尔最终企望的是英国整个民族社群意识的建构。她热切地把建构社会社群的希望寄托在英国文学的伟大传统之上，力争通过文学努力来获得英国民族认同。

德拉布尔清楚地意识到，人们按照现在的需要和对未来的看法，在文学传统中挑选片断，当作社群共有的故事来讲述，希望从中找到解答问题的方案。民族的社群形塑必然要通过共同文化身份认同，建构新的社群关系必

① 参见杰里米·帕克斯曼：《英国人》，严维明译，上海：上海译文出版社，2000年。

定要维护伦理道德在当代的尊严。作为一位敏感而负责的小说家，德拉布尔敏锐地觉察出民族的问题，坚定地捍卫英国文学的伟大传统，直接切入当代社会历史语境，突出文学对于社会意识的塑造作用。

虽然德拉布尔的中后期作品越来越多地呈现出现代或后现代的创作手法，但是英国文学传统对文学社会和教育功能的推崇和重视则始终体现于她的创作之中，她把伦理道德关怀看成作家的社会职责与历史使命。她的文学作品帮助构筑了人们共同的民族记忆和想象，蕴含着丰富的民族精神，对英国民族社群的建构意义重大。

总之，德拉布尔的作品是讲述和树立英国社群身份意识的产物，反过来又促进了社群身份的确立。当代人可以通过对她作品的阅读，自觉地为社群寻找到一个空间与时间的坐标，从而形成明确的文化身份，并由此代代相传。而她的文学努力，又是为了确保社群身份的传承。在她的作品中，过去不再恍如隔世，而是作为一种道德力量活在当今，并永久地与未来沟通。

# 第四章

## “光辉灿烂三部曲”中社群道德的主旨

纵观德拉布尔五十多年的写作生涯，我们发现她一直重视文学的道德要义，并且将她的道德理想自觉地融入她的创作实践中。她的小说颂扬道德意识，极力使主人公按照公正、人道、社会学的怜悯来思考问题。

鲍曼认为“共同体”这个词“使人回想起的东西，都是我们失却而怀念的一切，是我们对它没有信心、不能相信和感到不很可靠的那些东西”。[①]“共同体”并不是“一种我们可以获得和享受的世界”，而是“一种我们将热切希望栖息、希望重新拥有的世界”，是“一个我们热切希望重归其中的天堂，因而我们在狂热地寻找着可以把我们带到那一天堂的道路”，“或者它总是将来的事情”。[②]当下的社会被鲍曼称为“残酷的现实”、“无可否认的‘非共同体’的、甚至是共同体明显仇视的现实”。[③]鲍曼是悲观的，但是他的观点非常具有代表性。威廉斯也做出过类似的评论，认为社群值得注意的东西是“它总是过去的事情”。[④]在这样的理论背景下，德拉布尔用小说实践表达社群在当下的可能性显得尤其难能可贵。

> 对于典型的玛格丽特·德拉布尔女主角来说，现代女权主义的形式是被承认的，并经常地获得有意识的支持，但是生活的复杂

---

① 齐格蒙特·鲍曼：《共同体》，“序言”第4页。
② 齐格蒙特·鲍曼：《共同体》，“序言”第4—5页。
③ 齐格蒙特·鲍曼：《共同体》，“序言”第5页。
④ 转引自齐格蒙特·鲍曼：《共同体》，“序言”第4页。

> 性被重复展现,要求痛苦地锻造出更加私人的、独特的道德。[①]

坎宁安点出了德拉布尔小说的重要特点,即展现生活的复杂性。这个特点是利维斯心中英国小说伟大传统的本质,[②]是伊恩·瓦特眼里"形式现实主义"的主要成规,[③]是威廉斯小说创造可知社群思想的具体实践。德拉布尔说:

> 就规矩和道德而言,我们生活于一个未知的世界(an unchartered world),我们不得不在前行中组成我们自己的道德。我们的主题很宏大,需要创立完整的新范式(whole new patterns)。"[④]

"新范式"就是符合当代社会需求,解决当代道德危机的新社群。

麦金太尔认为"刻画一个好人,根本上就是刻画这个人与其他人所处的关系",而"他之所以拥有对美德的理解,只是因为他在共同体中的成员身份为他提供这种理解"。[⑤]道德与社群之间相互依存,相互融合,不可分割。德拉布尔继承了"利维斯主义"中对"道德严肃性"的崇敬,同时以自己的文学实践积极建构当代城市生活中的社群意识。笔者认为,"光辉灿烂三部曲"反映了德拉布尔社群道德的两个主要品质——宣扬爱的普世价值,表达直面现实的担当。

---

① Gail Cunningham, "Women and Children First: The Novels of Margaret Drabble," in *Twentieth Century Women Novelists*, edited by Thomas F. Staley (London: Basingstoke: MacMillan Press Ltd., 1982), p. 134.

② 利维斯认为伟大的小说家"都有体验生活的巨大能力,都对生活持有一种崇敬而开放的态度,都明显有着一种强烈的道德意识"。译文转引自殷企平、高奋等:《英国小说批评史》,第 214 页。

③ 参见殷企平、高奋等:《英国小说批评史》,第 219—224 页。

④ Margaret Drabble, "A Woman Writer," p. 159.

⑤ 阿拉斯代尔·麦金太尔:《追寻美德:道德理论研究》,第 149—150 页。

## 第一节 社群的纽带——爱

在共同体研究中，滕尼斯在与“市民社会”相对的意义上，给“共同体”下了一个经典性定义，突出了情感的重要作用。[①]对于如何去建造并维系持久而真正的共同生活这一命题，德拉布尔给出了更为确切的答案——“爱”。德拉布尔以“爱”的普世价值来对抗异化的、碎片化的现代生活，坚持用情感来补充现代理性世界，建构起现代社群道德。德拉布尔的小说创作传递给我们这样一个温馨的信息：“爱”是人类形成亲密无间、相互信任的关系的纽带；“爱”是人与人之间建立守望相助、富有人情味的血缘、感情和伦理团结的纽带。

“爱”在西方的传统文化中是一个普遍而又复杂的概念，但无论“爱”怎样变幻，其核心却万变不离其宗：“爱，往往包含着与所爱对象结合为一体的愿望，也就是说爱即合一，爱之中必然包含着统一、结合的原理。”[②]日本美学家今道友信指出了非常重要的一点，即“爱”天生地具有群体性的意涵。

本节试图说明在“光辉灿烂三部曲”中德拉布尔如何通过“爱”的多种形式展示其作为社群纽带的意义。

### 一、自爱

在西方的思想中，对“自爱”的看法大致分为两类：一类认为爱别人是一种美德，而爱自己却是一桩罪恶；另一类认为“自爱”不是“利己”，而是内在创造力的表现。前者的主要代表有加尔文(John Calvin，1509—1564)、拉罗什富科(François de La Rochefoucauld，1613—1680)、休谟和弗洛伊德等

① 参见本书第12—17页。

② 今道友信：《关于爱和美的哲学思考》，王永丽、周浙平译，北京：生活·读书·新知三联书店，1998年，第33页。

人。16世纪法国宗教改革家、神学家约翰·加尔文的《基督教要义》(*Institutes of the Christian Religion*，1559)把"自爱"看作一种"瘟疫"。[①] 17世纪法国哲学家弗朗索瓦·德·拉罗什富科提出"自私假设"，认为"自爱"虽是一种恶，却是人类美德的根源，这是因为私人层面的恶产生公共层面的善。[②] 18世纪苏格兰哲学家大卫·休谟在《人性论》(*A Treatise of Human Nature*，1739—1740)中强调了人性的"自私"和"有限的慷慨"。[③] 19世纪奥地利精神分析学家弗洛伊德认为"自爱"就是自恋，是人发展的早期阶段；一个人若不把力比多作为爱情使用到其他人身上，发展到顶点就会疯狂。我们发现在每一个世纪都有学者否定"自爱"的道德意义。与此同时，以卢梭(Jean-Jacques Rousseau，1712—1778)和弗洛姆(Erich Fromm，1900—1980)为代表的哲学家不仅肯定"自爱"，而且从不同角度指出了"自爱"的社群意义。卢梭在《爱弥儿：论教育》(*Emile，or On Education*，1762)中区分了"amour de soi"和"amour proper"两个概念。他认为"amour de soi"是人类最原始的情感，它使我们关心自己，渴望自己获得幸福，所有其他的情感都是从它演变而来的。然而，随着群居生活状态带来持久、稳定的社会交往，"amour de soi"开始转化为"amour proper"。[④]根据皮埃尔·福斯的研究，在整个17、18世纪，英国哲学家们，如托马斯·霍布斯、伯纳德·曼德维尔(Bernard Mandeville，1670—1733)和亚当·斯密(Adam Smith，1723—1790)等，使用的与"amour proper"相对应的英文单词是"self-love"。[⑤]在《爱的艺术》(*The Art of Loving*，1956)一书中弗洛姆谈道：

> 如果把他人当作人来爱是美德，而不是罪恶的话，那么爱自己也应该是美德，因为我也是一个人，有关人的一切概念都与我有关。……《圣经》中"爱他人如同爱己"的说法说明了对自己的完整

---

① 参见艾·弗洛姆：《爱的艺术》，李健鸣译，上海：上海译文出版社，2009年，第53页。

② 参见彭刚：《论卢梭公民美德的人性基础》，载《政治思想史》，2002年第2期，第88—111页。

③ 参见 David Hume，*A Treatise of Human Nature*(Auckland：The Floating Press，2009)。

④ 参见 Jean-Jacques Rousseau，*Emile，or On Education*，Allan Bloom tran.(New York：Basic Books，1979)。

⑤ 参见彭刚：《论卢梭公民美德的人性基础》，第88—111页。

> 性和独特性的尊重，爱自己，理解自己同尊重、爱和谅解别人是不可分割的。爱我同爱另一个生命是紧密相连的。[①]

弗洛姆把“自爱”看作爱的能力的体现、爱的起点。

德拉布尔对“自爱”的理解显然与第二类观点相契合。她的小说告诉读者，对自己的生活、幸福、成长以及自由的肯定是以爱的能力为基础的。在《一种自然的好奇心》临近结尾处，莉兹意外地知道自己竟然还有一位同母异父的姐姐——马西娅·坎贝尔(Marcia Campbell)。马西娅清楚地了解自己父母的故事，明白自己是婚外情的孩子的事实，但是她既不自卑，也不以贵族后代自傲，而是平和而自爱地生活着。马西娅的存在以及她自爱的生活态度帮助莉兹找到了治疗人际关系疏离的良方。自三部曲开篇的新年前夕聚会后，莉兹一直处于“麻木”(torpor)[②]状态，但是在遇到马西娅的第二天早晨：

> 莉兹·海德兰在一个崭新的世界里醒来，一个灿烂的、没有罪恶的世界。……她获得了重生。一波又一波的能量重新钻进她的毛孔，她的头脑兴奋起来，她的身体一触即发。马西娅·坎贝尔的出现对她具有令人惊奇的振奋作用。[③]

莉兹明白了真正的爱是内在创造力的表现，对自己的成长过程的确认和认同加强了她的爱的能力。

德拉布尔也在小说中嘲讽了那些利己者。他们不会给予，总是按照对自己是否有利的标准来判断一切人和一切事物。他们的内心缺少生命力，为了掩饰空虚和失望，通过各种外在的途径来满足自己。三部曲中最具代表性的利己者是泰国美女普缇小姐和亨丽埃塔·兰切特爵士夫人。普缇小姐依靠物质世界的财富和享受来塑造自我。她的“宝石词汇量非常大”，称

---

① 艾·弗洛姆:《爱的艺术》，第53—54页。

② Margaret Drabble, *A Natural Curiosity*, p. 276.

③ Margaret Drabble, *A Natural Curiosity*, p. 276.

自己收集的宝石为"我的朋友，我的孩子，我的宠物，我的宝贝儿"，"可以数小时快乐地盯着它们看"。[①]她甚至赤身裸体，全身挂满各种名贵的宝石，以此诱惑史蒂芬放弃探知社会现实的理想。[②]亨丽埃塔·兰切特爵士夫人以各种社会虚名认同自我。爵士夫人个性古板刻薄，对生活缺乏起码的热情，对其他阶层毫无同情之心。她借婚姻为跳板，依靠与贵族的多次婚姻堆积起各种贵族头衔，从而跻身"名人录"，成为各类聚会和慈善活动争相邀请的人物。在一次碰面中，莉兹使出浑身解数与爵士夫人寒暄，只得到对方冷冰冰的回答。之后，莉兹感到自己浑身冰冷，仿佛被"冰女王"叮咬过。[③]普缇小姐和爵士夫人以自我为中心、以个人利益为尺度，把追求个人欲望和利益作为一切行为的出发点，她们没有真正的爱的能力。

笔者在前一章指出，德拉布尔建构社群意识是从个体的自我认同出发的。一个完整而具有平等的他者意识的自我既是理想的社群成员，又能在社群中实现自己的认同。爱不是放弃自我，而是在保留自身完整性和个性的条件下的结合。"自爱"就是自我认同的途径和品质。爱自己和爱他人是平行存在的。德国神秘主义哲学家爱克哈特（Meister Eckhart，1260—1327）说："你若爱己，那就会爱所有的人如爱己。"[④]只有自爱的人才有能力去爱别人，才能在一个群体中让他人感到爱的存在。

## 二、亲情

本书在第三章第二节中讨论血缘社群的建构时重点阐述了"母爱"主题在德拉布尔创作中举足轻重的地位，以及在"光辉灿烂三部曲"中"母爱"对于个体最初社群归属感建立的重大意义。从德拉布尔对母爱的膜拜可以看出，她一方面把播扬母爱看作人类的希望，另一方面则把缺失母爱看作世纪的忧患。母爱寓居于人类的爱之中，女性意识寓居于人类意识之间，两者浑然一体。

---

① Margaret Drabble, *The Gates of Ivory*, p. 101.

② Margaret Drabble, *The Gates of Ivory*, pp. 100-102.

③ Margaret Drabble, *The Radiant Way*, p. 30.

④ 转引自艾·弗洛姆:《爱的艺术》，第 58 页。

从“母爱”延伸开去,那就是家庭中的亲情。我们常说“血浓于水”,以此表明血脉亲情的珍贵。的确,亲情是每个人最宝贵的感情,它给了人安全感和归属感。人离不开亲情的呵护,就像鱼儿离不开水。在“光辉灿烂三部曲”中,亲情对于生活于“好时代”的英国人和“坏时代”的柬埔寨人同样重要。

在德拉布尔的小说世界中,家庭关系往往比较复杂而庞大。多次的婚姻、婚外情、未婚生育等现代两性关系造成了小说人物之间交错的家庭成员关系。然而,似乎小说的每一个人物都乐于置身如此广泛的家庭关系中。在他们看来,传统的稳固的两性关系不再是家庭生活的重点,而由两性关系衍生出来的各种亲情关系才是情感的主要寄托。莉兹的“家庭树”包括了少女时期的三个恋人、两任丈夫、亲生父母、第一任丈夫的父母、第二任丈夫与他的前妻所生的三个继子、自己与第二任丈夫所生的两个女儿、同胞妹妹、同母异父姐姐、姐妹与孩子们的配偶或伴侣……埃斯特的亲情关系更是扩展至恋人兼精神导师克劳德(Claudio)和他的妻子、妹妹等。无论是父母对孩子的爱,还是孩子对父母亲情的反哺,无论是夫妻或伴侣间的爱情,还是兄弟姐妹间的友爱,都是亲情的自然流露。在三部曲的结尾处,查尔斯看到莉兹和孩子们在一起的温馨场面,便起了复婚的念头。查尔斯的动机与其说是出于对爱情的追求,不如说是出于对亲情的向往。

亲情对于生活在“坏时代”的柬埔寨难民们来说是生存的依靠。战争是人性黑暗面的体现,是私欲膨胀的产物,是人性泯灭的恶果。战争和暴力导致无数破裂的柬埔寨家庭,但是柬埔寨人民用亲情抵御生活的磨难,在充满艰辛的生活中坚强成长。艾库夫人坚持反复向国际组织人员讲述大儿子失踪的故事,因为她认为只要自己没有忘了儿子,儿子就不会死去,她相信自己“拥有力量”,“能够把他带回到这个世界”。[①]艾库夫人耐心地规劝被战争扭曲了人性的二儿子,希望用亲情唤醒他的良知和爱心。因为战争,女儿索克·锡塔(Sok Sita)“在心理上和生理上都发育迟缓”。[②]艾库夫人认为自己

① Margaret Drabble, *The Gates of Ivory*, p. 132.

② Margaret Drabble, *The Gates of Ivory*, p. 202.

的女儿21岁还没有来例假，是因为她在潜意识里排斥战争和暴力，拒绝"繁殖士兵"。[①]艾库夫人想方设法地保护好自己的家人和家园不受侮辱，她相信只有亲情才能赋予人坚守自我的强大内心，才有可能不被战争所吞噬，不对生活失去信心和希望，人类才有繁衍的希望。小说中也记录到，出于人道主义援助，英国政府把东南亚的难民们运送到各个郡、各个城市，让他们享受西方文明的发达和丰富。德拉布尔对此持保留意见。艾丽克斯以童年时把非洲龟养死的往事来影射西方社会的一厢情愿。[②]小说的叙述者认为，失去亲情和家园的难民们在精神上受到"多重的创伤"，[③]而形形色色的国际救援组织在救助的同时也加强了对受难民族的异化，甚至把援救当成沽名钓誉的手段。

面对疏离的人际关系、缺失信仰的社会，现代人茫然于终极意义和道德认同。在这样情形下，亲情观念的回归和重塑显得尤为重要。德拉布尔所倡导的家庭的爱乃是一种博大无私、超脱于情欲之外的怜悯，是授予、牺牲、仁爱。其实当一个人搜遍心灵的每个角落，到处都有亲情的痕迹。亲情是当你苦难时，亲人那果断而决绝的付出；亲情是当你快乐时，亲人那开心而忘我的大笑；亲情是当你幼小时，亲人那细腻而柔和的呵护；亲情是当你成长时，亲人那深沉而无言的陪伴。当历史车轮已迈入21世纪的今天，作为一种物质存在、一种心理存在和一种社会存在，以家为中心的天伦和生命真谛，值得我们深入思考。

## 三、友情

在德拉布尔的小说世界里，友情是家庭之外的社群中最重要的情感和关系。整个"光辉灿烂三部曲"是围绕三位在50年代曾为剑桥大学同窗的中年好友展开的，由此带动形形色色的个人生活故事和社会公共事件，德拉布尔对友情的推崇自然毋庸置疑。她总是选择"展现"(showing)的方式而不是"讲述"(telling)的方式，不厌其烦地反映三位女主人公之间的交往和

① Margaret Drabble, *The Gates of Ivory*, p. 202.
② Margaret Drabble, *The Gates of Ivory*, p. 195.
③ Margaret Drabble, *The Gates of Ivory*, p. 195.

氛围。日常生活中的些许琐事、许多细微的感受都一一呈现。用莉兹的话说,她收获了"闲聊、支持、挑衅、阅读书单和共同的记忆"。[①]朋友之间自然而然、温暖人心的场面是德拉布尔最乐于重笔浓墨的。《休斯敦纪事报》(*Houston Chronicle*)评价《光辉灿烂的道路》是"卓越的友情赞歌"(a brilliant paean to friendship)。[②]

笔者在第一章梳理西方哲学传统中的社群意识时提到,早在公元前326年,亚里士多德在其论著《政治学》中明确而具体地阐述了群体生活的重要性,指出"人类生来就有合群的性情",[③]"城邦出于自然的演化,而人类自然是趋向于城邦生活的动物"。[④]亚里士多德既通过城邦的存在说明了群体生活是人的本性,也通过人的本性论证了城邦的合理性。需要补充说明的是,亚里士多德一切以城邦为重的政治学思想反映到伦理学中就是倡导成员间的友爱。亚里士多德的《尼各马科伦理学》(*Nicomachean Ethics*)一般被视为西方伦理学史研究的开篇之作,友爱论是其中的重要组成部分。通过分析古希腊当时各种主要看法,亚里士多德明确提出幸福、公正、友爱是伦理学中不可或缺的三个部分。从这方面来看,"光辉灿烂三部曲"是对亚里士多德的伦理思想的有效回应。德拉布尔有意识地以三位知识女性的友情作为小说情节的主线,用友情串联起丰富多彩的社群故事,把友情视为医治各类失群症状重要而有效的方法。

其一,在亚里士多德眼中,爱就是"philia",友情之爱,对于个体和共同生活都具有十分重要的地位。"光辉灿烂三部曲"表明,人要跨越疏离的樊篱,与世界和谐统一,友爱就是途径。相反,没有爱的能力的小说人物往往没有任何真正的朋友。失踪的摄影师德克·戴维斯的妻子卡拉"常常打开电视,希望能看到大灾难的新闻,以把她的注意力从单调乏味的工作转移开。有时候她会如愿以偿,看到坠机事件或贝鲁特炸弹或劫机,但是还不够频繁"。[⑤]如此冷酷无情之人自然享受不到友爱之情。卡拉敌视像莉兹这样

① Margaret Drabble, *A Natural Curiosity*, p. 24.

② Margaret Drabble, "Critical acclaim," in *The Radiant Way*.

③ 亚里士多德:《政治学》,第9页。

④ 亚里士多德:《政治学》,第7页。

⑤ Margaret Drabble, *A Natural Curiosity*, p. 91.

拥有丰富多彩社群生活的人，把她当作"一个敌手，一种威胁"，[①]甚至荒唐地在莉兹家的大门上用口红画了个纳粹党所用的万字符号(swastika)作为诅咒。[②]如果说失落了乌托邦理想的史蒂芬拥有一颗分裂的心，那么丢失了爱的能力的卡拉只有一颗四分五裂的心。

其二，亚里士多德用"友爱"(philia)替代柏拉图的"爱欲"(eros)概念，指称爱的形成，突出了友爱主要是一种无性的、非情绪的理性化情感。正如纳斯鲍姆(Martha Nussbaum，1947—)所评价的，亚里士多德的友爱概念"与其说它所强调的是那种充满了强烈激情的渴望，倒不如说它强调的是那种无私的帮助、共同的分享和相互的依存；与其说它所强调的是癫狂，倒不如说它所强调的是一种罕见的均衡与和谐"。[③]这样的友情也正是莉兹、艾丽克斯与埃斯特之间长达三十多年友谊的本质特性。比如埃斯特和艾丽克斯受邀到莉兹家聚会，"她们计划同时到场(a double entry)"[④]，凭着默契，她们如愿在街角碰头，"她们都为能达成这一小小的和谐感到欣喜"。[⑤]三个朋友相聚在一起，更多的是聊天，聊各自的生活、各自的思想、各自的疑惑。通过交流，获得心灵的慰藉。她们都把朋友当作目的本身去追求，追求相似的德性，同时保持对彼此的独立性的认同和尊重。德拉布尔巧妙地通过描述一张合照来诠释三位女主人公之间互爱互尊的友情。在一次乡间短途旅行中，三位好友为了躲雨而一起蹲在山楂树下，"她们谁都没朝照相机看：她们全身湿答答的，难受极了，各自看着不同的方向。莉兹背对着艾丽克斯；埃斯特远远地坐着，盯着地面"。[⑥]三位好朋友都非常喜爱这张照片，她们认为"这张阴郁的照片"表达了"英国风景的精髓"，"患难与共的精髓"。[⑦]

滕尼斯认为真正的朋友关系"具有心灵的性质"，与亲戚关系和邻里关

---

① Margaret Drabble, *A Natural Curiosity*, p. 92.

② Margaret Drabble, *A Natural Curiosity*, p. 299.

③ 纳斯鲍姆：《善的脆弱性——古希腊悲剧和哲学中的运气与伦理》，徐向东、陆萌译，南京：译林出版社，2007年，第490页。

④ Margaret Drabble, *The Radiant Way*, p. 3.

⑤ Margaret Drabble, *The Radiant Way*, p. 4.

⑥ Margaret Drabble, *The Radiant Way*, p. 104.

⑦ Margaret Drabble, *The Radiant Way*, p. 104.

系相比,“似乎是建立在偶然或者建立在自由选择的基础之上的”。[①]不谋而合的是,小说叙述者也用“几十年机缘巧合的友情”(decades of their fortuitous friendship)[②]来描述三位女性之间的关系。笔者认为作家用“机缘巧合”一词,意在说明友情不是强烈激情的渴望,而是自由平和的选择。在相互善意的交往中,德拉布尔的人物追求基于理性的共同价值而不受世俗法规的约束,这是具有理性的人类所特有的爱。

其三,友爱是一种行动。德拉布尔认为友情的本质还表现在为朋友而行动的过程中,我们不能只从记忆或想象中去寻找意义,而是要去亲身体验。在《象牙门》的结尾处,当莉兹前往柬埔寨探明了史蒂芬确实已经死亡的事实后回到英国,史蒂芬的亲朋好友们都聚集在一起,为他举行一个死者缺席的葬礼。葬礼上没有丝毫悲痛的气氛,与其说是葬礼,倒更像是一个“达洛维夫人”式的聚会,以至于让前来主持仪式的牧师疑惑不解。在《象牙门》中,史蒂芬的生死一直困扰着大家,每个人都由此联系自己,开始思考生存、现实、人际关系、社会实质等问题。史蒂芬虽然死了,但是大家为确定的事实而感到坦然平静,为史蒂芬和莉兹行动的勇气而感到踏实确定。葬礼上的氛围让读者仿佛看到了利奥塔所憧憬的道德景象:“人们把所有的生活意义炫示、展现给各种各样热爱生活的人,并享受生活。所有道德之道德都将是‘审美的’快感。”[③]友情既不是无行动的感情,也不是无感情的偶然行为,而是一种适度的感情行动。同时,我们从朋友的身上能够看到我们自己的影子,时刻反思自己的行为,进而完善自己。

其四,德拉布尔的小说表明道德认同既是友情产生的原因,更是友情持续的原因和目的。借用亚里士多德的话说:“喜爱似乎是一种情感,而友谊似乎是一种品质。”[④]亚里士多德提到三种友爱,其中真正的友爱德性是基于善的友爱。滕尼斯称友情为“善的圣灵”,“居住在它的崇拜者们的良心

① 斐迪南·滕尼斯:《共同体与社会——纯粹社会学的基本概念》,第 67 页。

② Margaret Drabble, *The Radiant Way*, pp. 81-82.

③ 利奥塔:《后现代道德》,莫伟民等译,北京:学林出版社,2000 年,“引言”。

④ 亚里士多德:“尼各马科伦理学”,苗力田译,载《亚里士多德全集》,苗力田主编,北京:中国人民大学出版社,2003 年,第 173 页。

里"。[1]因此，只有在有德者之间才能建立起真正而持久的友情。艺术历史学家埃斯特从历史和审美的角度来理解人性，但是她偏向于把人看成一个整体，缺乏个性的关怀；精神治疗师莉兹对人的了解基于心理学理论和实践，从生理角度研究普遍而抽象的人性问题，她的观点有时显得不够贴近生活，没有把人的问题放置于具体的社会背景中去理解；学习英国文学的艾丽克斯热衷于社会公益，通过直接的接触和感受形成对人的认识，但是关注个体的具体问题和状况常常使艾丽克斯陷入困惑，无法整理出普遍的准则。三位女主人公虽然用各自不同的方法来理解世界，每个人都存在着局限，但是她们都是追求道德的人，因而她们的友情是"有德者的君子之交"。[2]只有这种基于德性的友爱才是真正的友爱，才能体现出友爱的实质，才最有资格被视为友爱自身，"因为一个好人在成为朋友时，也就是成为朋友的善。每一方都是对自身的善，并且都以同样的愿望和快乐回报对方"。[3]德拉布尔似乎在暗示我们，如果把三位知识女性认知世界的方法联合起来，也许就能找到真谛。

最后，正如亚里士多德认为友爱基于城邦的共同生活，德拉布尔强调友情是人们在共同生活中培养出来的，社群生活是友情的承载体，只有这样友情才能实际地存在。没有剑桥大学共同学习的经历，莉兹、艾丽克斯和埃斯特不可能成为一生的挚友；没有共同服兵役的生活，史蒂芬和布莱恩无缘惺惺相惜。在共同的生活中，人们相互了解、相互帮助、相互鼓励，从而结为朋友。

共同生活在德拉布尔小说中以各种聚会的形式出现。三部曲充满了各种大大小小的聚会，既有几百人一起热闹非凡的大型社交宴会，也有三两朋友推心置腹的小团聚，而且小说情节的转折点总是发生在聚会上。三部曲以莉兹家的新年聚会开始，在悼念史蒂芬的聚会中结束。莉兹与查尔斯离婚，莉兹与异父同母的姐姐相认，北方诗人比佛突然去世，罗伯特（Robert Oxenholme）向埃斯特求婚，这些重要事件都是发生在聚会上。同时，在聚

---

① 斐迪南·滕尼斯:《共同体与社会——纯粹社会学的基本概念》，第67页。
② 今道友信:《关于爱和美的哲学思考》，第37页。
③ 亚里士多德:"尼各马科伦理学"，第173页。

会这个公共空间内，不同教养、不同职业、不同背景的人聚集在一起各抒己见，各种迥异的生活经历和心得体会交流传递，各种思想意识和价值观念碰撞交汇，人们集体性地感受历史和现实，从而逐渐形成个体间的友爱关系和群体性的集体意识。

## 四、神爱

德拉布尔的祖辈曾在约克从事宗教工作，她本人则在古老的贵格会女子寄宿学校——英国约克蒙特学校——接受中学教育。德拉布尔虽然不是贵格会教徒，但是由于宗教生活背景的影响，她的文学创作表现出自觉的宗教判断。在《一种自然的好奇心》中，面对保罗母亲安吉拉毫无人性的暴行，艾丽克斯的脑海里迸出“Agape”[①]一词，突然想起儿时的历史老师福西特小姐(Miss Fawcett)——一位虔诚而博爱的基督教徒——对她的教导：

> 艾丽克斯，在上帝的眼里我们都是平等的，因为我们都受到上帝的爱护。我们在世间的任务就是通过爱所有的人来效仿这种爱。如果我们实现了这个，我们就获得了自由、平等、兄弟情谊、姐妹情谊。爱就是答案。最高的爱。[②]

“Agape”就是基督教中的“神爱”，神对世人的爱。这种爱来源于上帝，是一种完全无私无我的爱。基督教所谈论的“爱”主要有两个层次。首先，“爱”是神爱世人，因为神就是爱：“神就是爱；住在爱里面的，就是住在神里面，神也住在他里面。”[③]其次，作为对神爱的回应，爱上帝和爱邻人就是每一个信徒的使命，因为爱是命令：“我赐给你们一条新命令，乃是叫你们彼此相爱；我怎样爱你们，你们也要怎样相爱。”[④]无论贵贱，无论美丑，每一个人都应该平等地爱他人，也平等地得到他人的爱，因为在神面前人人都是罪

---

① Margaret Drabble, *A Natural Curiosity*, p. 225. 希腊文“Agape”在英语里一般翻译为“unconditional love”，在基督教里则解释为“love of God or Christ for humankind”。

② Margaret Drabble, *A Natural Curiosity*, p. 228.

③ “约翰一书”(4：16)，载《圣经》，南京：中国基督教协会，1995 年。

④ “约翰福音”(13：34)。

人,都是平等的。

德拉布尔对宗教神爱的态度可以从艾丽克斯的反思中管窥一二。一方面,艾丽克斯认为福西特小姐信奉的神爱“非常有意义”,[①]宗教的“博爱”(universal love)精神“驱使自己尝试去爱保罗·惠特莫尔”,[②]“梦想没有阶级差别的社会”。[③]另一方面,艾丽克斯本能地感到福西特小姐“宇宙的钥匙”[④]并不能解决现实世界里各种社会问题,“共产主义不是答案,爱是答案”[⑤]的结论仅仅是空泛的理论体系内的自圆其说,缺乏合理辩证的解释。神是基督教爱的基础、出发点和终点,这样一种爱具有神圣性和命令性,是一种先于天地规定的使命感。然而,随着工业时代的到来,随着两次世界大战带给人类大规模的创伤,在历经了哥白尼、伽利略、达尔文、爱因斯坦、上帝之死、家庭之死和小说之死的20世纪末,[⑥]单纯的宗教信仰绝不可能是当代危机的直接出路。弗洛姆说:

> 在所有的信神宗教中,无论是在一神教还是在多神教中,神体现最高价值,体现至善至美。因此神的特殊意义往往取决于什么是人认为的至善至美,所以在分析神的概念时应该首先分析信神的人的性格结构。[⑦]

德拉布尔清楚地看到许多传统的宗教含义已失去了它们原有的说服力,但是这并不意味着人类不再需要信仰,心甘情愿地放弃对精神领地的守护。德国现代哲学家斯宾格勒(Oswald Arnold Gottfried Spengler,1880—1936)在《西方的没落》(*The Decline of the West*,1918—1923)一书中说:

---

① Margaret Drabble, *A Natural Curiosity*, p. 228.
② Margaret Drabble, *A Natural Curiosity*, p. 230.
③ Margaret Drabble, *A Natural Curiosity*, p. 219.
④ Margaret Drabble, *A Natural Curiosity*, p. 228.
⑤ Margaret Drabble, *A Natural Curiosity*, p. 229.
⑥ Margaret Drabble, *The Gates of Ivory*, pp. 440-441.
⑦ 艾·弗洛姆:《爱的艺术》,第59页。

> 新的无秘密的宗教在其最大可能方面被称作智慧，它的教士被称作哲学家，它的信徒被称作“有教养的”人。[①]

启蒙主义的理性、浪漫主义的情感、康德的“物自体”、黑格尔的“绝对理念”、尼采的“超人”、弗洛伊德的潜意识、马尔库塞（Herbert Marcuse，1898—1979）的“新感性”（New Sensibility）、莱辛的“苏菲主义”（Sufism）……我们看到的是人类的勇气和努力。德拉布尔的文学作品流露出的神爱精神与她建构社群的努力结合起来，跨越了宗教的边界，成为处理人与自身、人与人、人与自然关系问题的道德力量。

“爱”是基督教文化统摄一切观念的核心与总纲，通过宣传灵魂的拯救，要求信徒去爱人，甚至爱自己的敌人，把“爱”作为检验对上帝虔诚程度的标准，作为达到神人合一境界的必由之路。德拉布尔的小说将基督教的博爱泛化为杂糅的爱，可以折射在任何一种角色上，既包含前面提到的自爱、母爱、亲情、友情等形式，也涵盖全球化情景下民族与民族之间人类普泛的爱。“好时代与坏时代之间是有关联的。它们互相渗透。”[②]“爱”是调和人生苦闷、转化灰色人生、打破人与人之间的隔膜、找到群体归属感的必要条件。

此外，德拉布尔将作为一种生活原则的基督教的爱上升为一种理念、灵魂与精神层次的道德哲学。当今世界正处在物质文明高速发展的时期，很多人忘记了真正的宗教精神，把追逐社会的发展和物质财富的增值当成了人生的全部追求。弗洛姆说：

> 我们的道德问题是人对自己的不关心。它产生于这样一个事实，即我们丧失了对个人重要性和独特性的意识，我们使自己成为外在于我们的目标的工具，我们把自己当作商品来体验，并把自己当作商品来对待，我们自己的权利和我们相异化。[③]

---

① 转引自闫玉清：《西方文论中的基督教神学景观》，载《社会科学战线》2005年第1期，第279页。

② Margaret Drabble, *The Gates of Ivory*, p. 4.

③ 艾·弗洛姆：《为自己的人》，孙依依译，北京：生活·读书·新知三联书店，1988年，第223—224页。

面对物欲横流、追逐享受的社会,马西娅提醒世人:"想一想百合花。"[①]从简单生活中达到精神的自我救赎,爱成为调节人与人关系的最高道德原则。爱使人在与他人融合的过程中,也找回了自己,感到了自我之所以存在的基础。因此,爱不仅能消除人与人之间的疏离,也能消融人与自身的分离,把人从与他人和自身的异化中解放出来。

德拉布尔将爱内化为内心的一种感受、一种自我救赎的体验和一种超越现实物质束缚的人格。当代著名神学家汉斯·昆(Hans Küng,1928—)说,在后现代社会里,人们是等待上帝,还是徒劳无功、毫无意义地等待戈多,二者必居其一。德拉布尔提供了新的选择。爱是她生命的信念,也是她文学作品的灵魂。

## 第二节 崇敬历史,直面现实

无论是为当代女性知识分子寻求突围的途径,还是对英国文学伟大传统的继承和超越,无论是个体自我身份的合理建构,还是英国民族文化的集体认同,德拉布尔都表现出对历史的崇敬,同时以优雅而有力的姿态直面现实。

按照滕尼斯的理解,社群的特征在像伦敦这样的大都市中日已枯萎,消失殆尽:

> 城市从根本上说是人的共同生活的最高的即最复杂的形态。地方的结构是它与村庄所共有的,同家族的家庭结构正好相反。

① Margaret Drabble, *The Gates of Ivory*, p. 293. 这句话出自"马太福音"(6:27-28),全句为:"想一想野地里的百合花是怎么生长的:它也不劳苦,也不纺线。然而我告诉你们:就是所罗门极荣耀的时候,他所穿戴的,还不如这花一朵呢!"

然而，二者都保留着很多家庭的特征，村庄保留得多一些，城市保留得少一些。只有到了城市发展为大城市时，城市才几乎完全丧失了这些特征，单一化的个人或者家庭相互对立，他们所拥有的共同的地方，只不过是作为偶然的和选择的居住场所。①

卢梭在区分善良与美德、好人与有美德的人时指出：

依自己的天性行善或给自己做善事的乐趣并不算是美德，恰恰相反的是，美德是当义务要求时，能抑制自己的天性，做义务要求自己做的事。②

陆建德博士也曾说：

在个人与社会整体之间存在或大或小的社群，决定个人选择的因素除了私利之外还有以社群利益为指归的“承担”意识，它在牵涉到公共财物时尤其重要。③

德拉布尔的担当正体现在她不回避英国社会城市化现实，而是通过记录伦敦生活的方方面面，努力在大都市里建构起新的社群意识。

## 一、崇敬历史

德拉布尔对当代英国社群意识的建构是深深地扎根于英国的历史的。个人离不开社群，离不开社会。个人是社会文化发展过程中的环节，因而个人都是历史地生成的，并带有历史的特征。反过来说，德拉布尔选择尾随英国的伟大传统，正是因为英国是一个具有强烈的历史感的民族。

---

① 斐迪南·滕尼斯：《共同体与社会——纯粹社会学的基本概念》，第333页。
② 卢梭：《遐思录》，李菁译，北京：北京出版社，2004年，第90页。
③ 陆建德：《破碎思想体系的残编》，北京：北京大学出版社，2001年，第78页。

没有任何一个民族把它的过去如此完整地带入了现代生活。历史的联想对于我们决不是在重大场合下进行修辞的参考，而是英国人做任何一件事都不能须臾离开的东西。历史的联想影响着英国人关于这个民族生活赖以建立的权利和义务的概念。①

英国目前已经降到普通的地位，降到还能过得去的一般欧洲水平。然而我们必须同意说，岛国的人手里还拿着几张稳操胜券的大牌。有好几百年历史的文明财富不可能在十分短暂的时间枯竭。在文化领域和生活艺术最近20年的创造性是表明英国拥有各种未开发的资源。在今天的世界，英国肯定不是一个昂首阔步于一等国家之列的大国，但英国人的责任是要继续作为一个伟大的民族。②

上面的第一段话出自于曼德尔·克赖顿于1896年印行的《英国民族性格》，充满英国式的凝重感。第二段话则是二战史专家贝达利达在《现代的英国社会》中的结束语，表达了对英国厚重的历史的尊敬。的确，人只有存在于一贯的历史中，才是一个完整的人；只有借助于历史，个体才能获得自我理解的能力和有意义的生活。在《光辉灿烂的道路》中，莉兹在离婚之后，久久难以平息内心的愤慨：

但是这件事可是千真万确的：一种否认，一种拒绝，毁灭从前的自我、从前的知识、从前的欢乐、从前确定无疑的事情，一个人真实的自我构造被完完全全、彻头彻脑地销毁。③

也许忘掉过去，重新开始是理智的选择，但是莉兹无法忍受因离婚而导致对过往生活记忆的抹杀。因此她选择反复思考过去痛苦的经历，相信“持续地

① 转引自吴浩：《自由与传统——二十世纪英国文化》，第3页。
② 转引自吴浩：《自由与传统——二十世纪英国文化》，第252—253页。
③ Margaret Drabble, *The Radiant Way*, p. 135.

沉思不愉快的事情会引发启迪、信息和知识。而知识会恢复健康和生活。……她要往回走,为了向前一跃"。[①]莉兹通过主动审视历史的自我以开启新的生活,她的好友埃斯特则通过研究美学史来寻求犹太民族特有的文化认同。艾丽克斯在与曾经的女犯人吉莉见面后,被她坐等生命消失、宛如死水的情绪所影响,不觉怅然。幸而她"想起了埃斯特,明白时间的意义的人。……想起埃斯特让她倍感宽慰。审美的原则。组织的原则。埃斯特的兴趣是永恒的、不朽的。独立的"。[②]人是由生活在其中的社会联系、所追求的理想、构架他们生命的社会组织及形成他们意识和习惯的历史共同构成的。无论是个人,还是民族,都要崇敬历史,在历史的纵轴中充分理解,才可能有继续生存的理由。

## 二、曾经美丽的乡村

德拉布尔直面历史的勇气同时也充分体现在她对英国乡村风景珍惜但不眷恋的态度中。

英国人有着强烈的乡村情感。按照英国当代著名记者杰里米·帕克斯曼(Jeremy Paxman)的说法,如今依然有许多英国人坚持认为他们不属于近在咫尺的城市,而属于相对远离自己的乡村。真正的英国人是个乡下人。一个真正的英国绅士一定是热爱乡村野趣的。[③]美国"文学之父"华盛顿·欧文(Washington Irving,1783—1859)的代表作《见闻札记》(*The Sketch Book*,1819)也认为要了解英国,务必深入乡村。《见闻札记》的第七篇"英国的乡村生活"("Rural Life in England")写道:

> 异乡人若想对英国人的性格形成正确的看法,切不可将他的观察拘泥于大城市。他必须深入乡村,逗留于村庄与农舍;参观城堡、乡间别墅、农庄、茅屋;沿着篱笆和绿意盎然的小径,漫步园林;徜徉于乡间教堂;参加假日活动,集市和其他乡村节日;与不同身

---

① Margaret Drabble, *The Radiant Way*, p. 137.
② Margaret Drabble, *The Radiant Way*, p. 263.
③ 参见杰里米·帕克斯曼:《英国人》。

份、习惯与脾性者交往。

……

事实上,英国人对乡村极富热爱,对于自然的美景,他们极为敏感,乡村的种种乐趣与劳作对之而言也别有风味。此种热情与生俱来,即使诞生成长于砖墙与熙熙攘攘街道间的市民,也能轻松地养成乡村习惯,对乡村劳作也能轻易上手。……即使那些较为不幸,注定要在喧嚣忙碌中度过一生的人,也打算种植一些植物,以令自己随时想起自然的绿意。即使在城市最昏暗、最不打眼的去处,客厅窗户也常装点着一排鲜花。凡草木可生处皆有草坪与花床,处处都安排得品味独特,如同在清新的葱绿色的装点下熠熠生辉的花园。[①]

英国《卫报》(*The Guardian*)网站 2013 年 11 月 5 日的一篇报道也是有力的例证:英国王储查尔斯亲王于 2013 年 11 月 12 日达到法定退休年龄,受邀出任英国著名杂志《乡村生活》(*Country Life*)的编辑。《乡村生活》问世于 1897 年,是具有一百二十年左右历史的全国闻名的周刊杂志。2013 年年初,查尔斯亲王还作为嘉宾参与了 BBC 正式创建二十五周年的特别节目"乡村档案"的录制。由此可见,乡村生活是英国深入骨髓的生活方式。

与此相对应的是英国悠久的乡村文学传统。欧文认为,田园情感是英国文学的肌理,是区别于其他国家文学的本质:

社会中高雅与乡野的融合也可归因于贯穿英国文学作品中的田园情感,频繁使用的田园生活的插图,以及在英国诗歌中大量出现的对自然无与伦比的描绘——自乔叟的《花与叶》以降,清新芬芳,晶莹剔透的美景便充溢了我们的陋室。其他国家的田园作家似乎只偶尔关注自然,仅熟悉其皮毛便作罢,但英国诗人则与自然

---

① 欧文:《见闻札记》,费解、苏勇强编译,西安:陕西人民出版社,2005 年,第 76—78 页。

同生共饮——探索其最幽微之处，寻觅其瞬间的改变。[①]

的确，整个英国文学史概莫能外。在诗歌领域，埃德蒙·斯宾塞(Edmund Spenser, 1552—1599)、克里斯托弗·马洛(Christopher Marlowe,1564—1593)、约翰·弥尔顿(John Milton,1608—1674)、托马斯·格雷(Thomas Grey ,1384—1415)、本·强森(Ben Jonson,1572—1637)、安德鲁·马维尔(Andrew Marvell,1621—1678)、罗伯特·赫立克(Robert Herrick,1591—1674)、迈克尔·德雷顿(Michael Drayton,1563—1631)和威廉·华兹华斯(William Wordsworth,1770—1850)等都从不同角度热情赞美了英国乡村的美丽丰产；在小说领域，奥斯汀、勃朗特姐妹(The Brontë Sisters)、卡莱尔、贝内特、乔治·艾略特、哈代(Thomas Hardy, 1840—1928)和劳伦斯(D. H. Lawrence,1885—1930)都用精确的风景描述展示了英国不同地区古老而又不断变化的乡村风景和人情。在英国文学中，乡村往往是自然美与高尚品位完美结合的优美之地。例如《傲慢与偏见》(*Pride and Prejudice*,1813)中达西家族的彭勃里庄园、《艾玛》(*Emma*, 1815)中奈特利家族的庄园以及《曼斯菲尔德庄园》(*Mansfield Park*,1814)中的同名庄园，都是血统纯正、明智达理的绅士世家的住所。英国文学中的乡村往往超越了其物质的存在，传递着富有深意的文化信息。这种乡村意象频繁出现，逐渐固化，构成英国文学中的重要母题。可以说，在英国人心目中，乡村不仅是现实生活，更是一个文化符号，体现了人与自然、人与人的和谐关系，象征了“充满人生的秩序与永久的价值观”。[②]

然而，英国文化在当代遭受了种种动荡，田园牧歌式的传统生活面临着现实残酷的冲击。这在社会生活和文学上都有充分的反映，凸显出一种无奈感和现实感的交替。在滕尼斯看来，“共同体”主要存在于传统的乡村社会中，人与人之间关系亲密，守望相助。在现代城市社会中，滕尼斯的“共同体”已然失落。利维斯倡导“有机共同体”来应对现实的异化。在他的理想

---

① 欧文：《见闻札记》，费解、苏勇强编译，第83页。

② Richard Gill, *Happy Rural Seat: The English Country House and the Literary Imagination*, (New Haven: Yale University Press, 1972), p. 7.

中，社会具有文化培育能力，读书人都具有较高的鉴赏趣味，人文和社会有机融合在一起，文学与生活联系在一起。利维斯其实表达了对17世纪英国乡村农业耕作的存在方式的眷恋。他这样描绘那个时代：

> 人们制作的东西—— 木屋、谷仓、麦垛、马车——连同人际关系构成了一个与自然环境同样适当而且势所必然的人类环境，以及调整和适应上的一种微妙。①

他追忆的有机社会是如此美好，而现代社会则明显缺失了这种特质。

德拉布尔对英国风景的理解主要表达在1979年出版的一本题为《作家的英国：文学中的风景》(*A Writer's Britain*: *Landscape in Literature*)的专著中。该书追述了英国文学历史上众多风景对作家的决定性影响，以及文学作品反过来对英国民众认识英国文化的塑造。在"光辉灿烂三部曲"中，对乡村风景的描述依然不可忽视。在德拉布尔的笔下，女主人公们无比珍惜英国的乡村风景："就如她们的专业领域相互重叠，她们的消遣活动也是如此——或者说至少有一种消遣。也许是令人奇怪的，她们都喜爱步行，都喜爱英国的乡村。"②最喜欢宅在家里的埃斯特为自己喜好乡村散步做辩护，称"乡村是一种审美的体验"。③三位好友经常结伴漫步于伦敦附近的郊区，欣赏旖旎的风光。三部曲中的英国乡村景色美如仙境，既有鲜绿如毯的草地，又有枝茂叶盛的参天大树。她们会在河边悠然地喝一顿下午茶，感受艳阳中、水池边、树荫下、芳草间的英国乡村气息。不过，德拉布尔笔下的人物喜爱却不迷恋。正如帕克斯曼所说："如果哪里还有英格兰乡村，它也只是作为风景存在。"④

德拉布尔清楚地认识到，当代英国人对自己生活的土地的感觉已经发生了重大变化。在集体无意识中，存在着另一个英国；它不是英国人实际生

---

① F. R. Leavis, Denys Thompson, *Culture and Environment*: *The Training of Critical Awareness*, p. 91.

② Margaret Drabble, *The Radiant Way*, p. 103.

③ Margaret Drabble, *The Radiant Way*, p. 103.

④ 杰里米·帕克斯曼：《英国人》，第180页。

活的那个国家,而是他们脑子里想象自己生活的那个地方。它使他们身边的现实在各个方面都蒙上了一层特定的色彩,但那是想象中的东西,“英格兰人其实已经离开自己的国家,流亡在远方。他们跟这世外桃源的关系,是某个侨居海外的人跟他依托感情的祖国的关系”。①

事实上不少英国文人学者都看到了这一现象。劳伦斯曾在《诺丁汉与矿区》(“Nottingham and the Mining Country”,1929)中指出了英国人作为城市人的必然性:

> 我认为,英格兰的真正悲剧,是丑陋的悲剧。这个国家是可爱的;人造的英格兰却是那样糟糕……英格兰人性格上真正倾向城市的一面未能得以开发。……今天,英格兰人是彻头彻尾的城里人,这是彻底的工业化产生的一个不可避免的结果。然而,他们又不知道怎么建设一个城市,怎么认识一个城市,怎么住在一个城市。他们都是郊区人,伪乡下人,谁也不知道怎么当个真正的城里人。②

威廉斯研究英国现代文学中“乡村与城市”这一主题,为的是在勾勒一种地理空间的复杂变迁之余,凸显一种文化空间的变迁,并分析其中“情感结构”的变迁。在《乡村与城市》(*The Country and the City*,1973)一书中,他指出“乡村”空间和“城市”空间都被作了纯粹化的文学处理:乡村代表着“有机共同体”的复活,城市则象征着“共同体”的死亡。③德拉布尔知道,回归过去的乡村生活既是痴人说梦,又是固部自封,当务之急是努力在城市文明中建构新的社群意识。小说刻画了一位来自英国野生动物基金会的官员,他到中学演讲,宣讲“乡村的灭亡,城市绿化带的灭亡,英国的农业政策和欧共体对风景的威胁”。④他“谈到了一些历史,放了几张幻灯片,传达了

---

① 杰里米·帕克斯曼:《英国人》,第155页。

② 转引自杰里米·帕克斯曼:《英国人》,第178页。

③ Raymond Williams, *The Country and the City* (New York: Oxford University Press, 1975).

④ Margaret Drabble, *A Natural Curiosity*, p. 33.

很多信息"。[①]他的演讲可谓"妙语连珠",可是因为喋喋不休却缺乏诚意,学生们听得一头雾水。最后,这"身手敏捷"的"显要人物"把问题抛给了聆听的孩子们,总结认为"要靠下一代来珍爱英国的遗产"。[②]然后,他就开始打广告,发廉价圆珠笔,鼓励学生们参加"野生动物竞赛"……这显然是德拉布尔深感不屑并严加批判的行为。在德拉布尔看来,类似于"希望在下一代"的托辞是极其不负责的。借小说的叙述者之口,德拉布尔嘲讽此人为"不太高贵的显要人物"(Dignitary is not very dignified)。[③]

历史事实也证明,德拉布尔感受到了时代的脉搏,提前看到了城市社群意识建构的必然性。

> 对我来说,英格兰就是乡村,乡村就是英格兰。当我问自己英格兰是什么意思的时候,当我在国外想到英格兰的时候,英格兰通过各种感官展现在我的面前——通过耳朵,通过眼睛,通过某种永不走味的味道……英格兰的声音:乡村铁匠铺里锤子敲打铁砧的叮咚声,早露沾湿羽毛的长脚秧鸡的叫声,镰刀擦过磨石的声音;庄稼人扶着犁越过山脊的情景,这是自英格兰变成陆地以来一直象征着英格兰的情景,是英格兰唯一恒久不变的情景。[④]

以上是 1923 年当选为保守党领袖的斯坦利·鲍德温(Stanley Baldwin,1867—1947)在 1924 年 5 月 6 日圣乔治皇家学会年宴上的讲话。然而到 1993 年圣乔治节前夕,当时的英国首相约翰·梅杰(John Major,1943—)发表相同的鲍德温式的讲话时,"他的讲话为讽刺作家提供了不可多得的炮弹。他们以都市人的蔑视态度抓住了这派陈词滥调,把它视作那位首相越来越脱离现实的又一标志"。[⑤]

应该说,英国人的这种怀旧情结蕴含着对现代化的一种反思,希望从历

① Margaret Drabble, *A Natural Curiosity*, p. 33.
② Margaret Drabble, *A Natural Curiosity*, pp. 33-34.
③ Margaret Drabble, *A Natural Curiosity*, p. 33.
④ 转引自杰里米·帕克斯曼:《英国人》,第 153 页。
⑤ 杰里米·帕克斯曼:《英国人》,第 154 页。

史探寻中找到解答现实问题的答案。不过，珍惜并反思不意味着眷恋不前。当今的英国按照一种新的脉搏在跳动。穆伦认为，社群“不是集体识别的场所而是其实践，这种识别可变的秩序在很大程度上界定了任何一种现行社会形态的文化”，人们可以将民族看作一个“已知陌生人的社群”。[①]莉兹表达了德拉布尔的心声。莉兹深爱伦敦、深爱英国，她决心“单枪匹马为伦敦守住堡垒”。[②] 德拉布尔不懈地建构城市的社群，她的努力难能可贵并超越了历史局限。在怀念英国乡村风景之余，她坚定地在现代城市建立社群意识。

## 三、编年史家的重任

德拉布尔直面历史也体现在她通过创作主动承担起“编年史家”的责任。德拉布尔坚决追随英国伟大传统的宣言[③]被陆建德博士点评为“令习惯于含蓄的英国人颇为吃惊的表白”。[④]肖瓦尔特甚至断言“在所有当代英国女性小说家中，德拉布尔是最狂热的传统主义者”(the most ardent traditionalist)。[⑤]

德拉布尔所眷恋的传统就是小说现实主义创作手法。国外评论界充分肯定德拉布尔作品中运用的现实主义创作手法，热情赞扬德拉布尔的小说对英国社会的精确描绘。菲利斯·罗斯(Phyllis Rose)在 1980 年 9 月 7 日《纽约时报书评副刊》(*New York Times Book Review*)上撰文，直接取题为《我们英国的编年史学家》(“Our Chronicler of Britain”)，并且评价说德拉布尔对 20 世纪晚期伦敦的描写“就如狄更斯对维多利亚时代伦敦的描写、巴尔扎克对巴黎的描写一样”。[⑥]她还预见，若是一百年以后人们想了解当今的英国，他们就会去读德拉布尔的小说。[⑦]苏利文(Mary Rose Sullivan)亲

---

① 转引自特瑞·伊格尔顿:《文化的观念》,第 92 页。

② Margaret Drabble, *A Natural Curiosity*, p. 24.

③ 参见本书第 41 页脚注③。

④ 陆建德:《小说的寿命:超过上帝》,载《读书》1998 年第 3 期,第 28 页。

⑤ Elaine Showalter, *A Literature of Their Own: British Women Novelists from Brontë to Lessing*, p. 304.

⑥ Phyllis Rose, “Our Chronicler of Britain,” p. A1.

⑦ Phyllis Rose, “Our Chronicler of Britain,” p. A1.

切地称德拉布尔为"现代意识的记录员"、"当代英国的乔治·艾略特"。①她还评价说,德拉布尔的小说都是穿过"兽角门"的故事,"明确地讲述发生着什么和将会发生什么"。②还有人认为德拉布尔的小说就是狄更斯和盖斯凯尔夫人作品的结合体。德拉布尔的作品是否可以与狄更斯或巴尔扎克的作品相媲美,这也许仍需商榷,但是上述评论至少反映了她的作品的风格和特点。从本质上说,这类评论中肯地指出并肯定了德拉布尔的小说与19世纪现实主义小说深刻的渊源关系。

16世纪下半叶,早期英格兰民族主义者约翰·贝尔(John Bale)力促博学多识的英格兰人"拿出自己正确的英格兰编年史",并反问说:"为了上帝之荣耀,王国之美丽,人民之渊博和他国之便利,有哪件事比创作出一部仅次于《圣经》的著作更为必要?"③由此可见,编年史在英国的地位仅次于《圣经》,而编年史家的责任心与英格兰民族社群文化认同休戚相关。

德拉布尔的"编年史家"的美誉也从一个侧面证明了她在英国文学史上的重要地位。德拉布尔建构社群意识的努力正表明,她是一位具有强烈的当下意识的小说家,她的作品紧扣时代的脉搏,反映当下社会的动态。欧茨(Joyce Carol Oates)认为德拉布尔"代表了当代英国文化的基调",并为美国没有这样一位能反映美国文化的多样性和混乱状态的作家而感慨。④《一种自然的好奇心》问世以后,《华尔街日报》(*The Wall Street Journal*)评论说:

> 无论德拉布尔描绘的是一场晚宴的结束,还是一件风流韵事的开端,这部小说的精髓不在于它的情节,而在于作家毫不费力地唤起我们对20世纪末英国情调的回忆。⑤

《纽约每日新闻》(*New York Daily News*)则评价德拉布尔为:"当今一流

---

① Mary Rose Sullivan, "Margaret Drabble: Chronicler, Moralist, Artist," p. 191.

② Mary Rose Sullivan, "Margaret Drabble: Chronicler, Moralist, Artist," pp. 191-212. 苏利文借"兽角门"评价德拉布尔的小说创作为现实主义作品。

③ 转引自里亚·格林菲尔德:《民族主义:走向现代的五条道路》,第21页。

④ Joyce Carol Oates, "Bricks and Mortar," in *Ms.*, No. 3 (August, 1974), p. 35.

⑤ Margaret Drabble, "Critical acclaim," in *A Natural Curiosity*.

的、记录充满生气的成熟女性生活的英国小说家。”[①]总之,“当下性”是贯穿德拉布尔小说的主要命脉,“光辉灿烂三部曲”更是这一特征的成熟体现。

> 无论我们承认与否,我们是过去所造就的,并且我们,即使在美国,不可能把那些在我们与我们的各个历史组成时期的联系中所形成的成分从我们自身中清除出去。如果真是这样,那么即使是英雄社会,也仍然是我们的无可逃避的一部分,因而,当我们把它放在我们道德文化的形成过程中来重述时,我们所叙述的就恰恰是我们自己的历史。[②]

从表面上看,《象牙门》描述了80年代思想体系和道德价值的崩溃,小说人物也没有在一系列的立场中达成一致的观点。然而,在众声喧哗中,德拉布尔的人物都选择了他们的立场,并依照他们的选择小心翼翼地生活着,对各自的抉择负责。一方面,德拉布尔质疑了史蒂芬乌托邦理想的不可实现性,但在另一方面,德拉布尔仍然让她的主人公心甘情愿地选择了他的理想,并像英雄一样受到几乎所有认识他的人尊敬和思念。德拉布尔并没有作出简单的肯定或否定,她更关注的是理想与现实之间的对立的一种悬置和结构。小说反复强调史蒂芬是位“穿白色西装的英国绅士”,这似乎暗示出乌托邦理想依然是当今世界社会良知不可磨灭的成分,道德关怀在崩溃中留存下来。也许我们会质疑人物的立场和价值观,认为他们的行动动机缺乏说服力,或并不可靠。可是,我们必须承认,选择是必要的。没有统一的标准并不等于不需要准则。用麦金太尔的话说:

> 我必须在各种可供选择的社会的和道德的实践方式之间进行选择。我并不是在道德上赤裸裸地站立着直到我作出了选择为止。……因为每一种生活方式都具有它自己的人性画面。对每一

① Margaret Drabble, “Critical acclaim,” in *A Natural Curiosity*.

② 阿拉斯代尔·麦金太尔:《追寻美德:道德理论研究》,第145—146页。

种生活方式的选择和对一种人性观点的选择,是相伴随的。[①]

此外,从形式上看,虽然《象牙门》中使用了各种后现代写作技巧,但是小说的主体还是采用传统的全知叙述,两条主线索清晰可见。此外,虽然小说人物讲述的故事未必是真实的历史,但就个人感受的层面而言,却是真实的当下世界。在这个意义上讲,叙述本身就是一种现实行为,并构成了呈现在我们读者面前的所有事实的一个组成部分。让几个讲述者轮番上阵,交替出现,可以保持每一个局部讲述的相对统一性,使得每一组记忆的碎片都能够组成一个连贯的系列。这些来自于不同头脑的碎片虽然四处散落,但每一个碎片都是服务于情节预设与意义表达的,只要付出足够的耐心,最终依然能够拼组成一幅完美的图画。从另一个角度说,后现代的确具有碎片化的特质,但是碎片化不是到了后现代才有的。研究表明,浪漫主义诗人雪莱(Percy Bysshe Shelley,1792—1822)的《奥西曼德斯》(*Ozymandias*,1818)以及现代主义诗人 T. S. 艾略特(Thomas Stearns Eliot,1888—1965)的《荒原》(*The Waste Land*,1922)等都极为关注碎片化观念。[②]关键在于德拉布尔依然倾向于在失去起源的整体性的情况下勾画出她的碎片。德拉布尔告诉我们,身处 20 世纪后期的人们具有矛盾和含混的能力,但不等于说人们的生活不需要道德观。如果我们仔细研究后现代有关真理和公正的元叙述的评论,我们会发现它潜在地立足于一种假定,即普遍的权力不应被压制。不然的话,谁都不会在意元叙述是真是假,是不是具有压迫性的。对元叙述的怀疑不是道德准则崩溃的症状,却是道德准则能不断修正自己的证明。德里达指出,没有"对不确定的体验和尝试",就不能作出任何选择,也就没有任何道德或政治责任。[③]

人们的具体关注总是时时变化的,但在一时一事的具体意见被历史洗淘后,讨论问题时所表现出的宽阔深厚的关怀,以及切入问题时的视角,则

---

① 阿拉斯代尔·麦金太尔:《伦理学简史》,龚群译,北京:商务印书馆,2003 年,第 345 页。

② 参见安德鲁·本尼特等:《关键词:文学、批评与理论导论》,汪正龙、李永新译,桂林:广西师范大学出版社,2007 年,第 244 页。

③ 参见安德鲁·本尼特等:《关键词:文学、批评与理论导论》,第 243 页。

更清楚地显现出来。贝尔提出“记忆社群”，认为社群的几个世代的成员可能拥有共同的理想，产生共同的追求。德拉布尔将英国社群建构的空间移位到现代城市，用文学实践记录世事，主张变革，但绝不脱离历史和文化的根基。德拉布尔既不存毕其功于一役的幻想，又不一味地扣腕叹息，因而赋予她的作品以厚实的历史感以及深切的当下感。

## 小 结

作为一位关注现实并富有责任心的女性作家，德拉布尔不仅反映社会的无助，同时毅然肩负起寻求人类赖以生存的道德规范。聂珍钊先生在研究英国文学的伦理学批评时提到：“作家的创作自由、艺术主张需要服从社会责任，……而这种责任在创作和批评中具体体现为对一个民族、国家普遍认同和接受的伦理道德价值的尊重。”[①]德拉布尔的社群道德以爱为纽带，以直面现实为担当，促动着人与自身、与他人、与世界的融合，支配着人对群体生活和文化和谐的体验。德拉布尔希望当代人通过爱的旅程找到一条自我拯救之路，克服疏离感，脱离异化状态，走上光辉灿烂的道路。同时，德拉布尔毅然地选择了历史的维度，将整个人类的幸福融入了自己的道德体系，怀着人性关爱与情感诉求，创作了20世纪末英国社会的宏伟画卷。

德拉布尔既能清醒地看到她所描绘并与之搏斗的世界充斥着后现代特质，又孜孜不倦地然追寻着道德价值。她鼓励人们应该积极地有意识地相信世界能改善，努力是有益的。小说成了德拉布尔反驳后现代现实的客观关联物。她的文学作品帮助构筑了人们共同的民族记忆和想象，蕴含着丰富的民族精神，对英国民族社群的建构意义重大。

① 聂珍钊等：《英国文学的伦理学批评》，武汉：华中师范大学出版社，2007年，“前言”第2—3页。

# 结 论

社群意识独特的历史构成、丰富的理论内涵和现实的社会意蕴是全面理解德拉布尔的创作意图、作品精髓和道德情怀的金钥匙，是解决和疏通德拉布尔研究中出现的各种矛盾和困惑的一剂良方。

通过前面几个章节的论述，我们可以从以下三方面来把握德拉布尔社群意识的本质：首先，社群意识既具有深厚的历史文化渊源，又表达紧迫的当下现实焦虑；其次，在"光辉灿烂三部曲"中，把脉与治疗双管齐下，揭示和建构齐头并进，问题与希望同在；最后，爱作为生命交往的信念始终支撑着德拉布尔参与社群形塑的努力，在直面现实的勇气中，"光辉灿烂三部曲"构筑了20世纪末英国人共同的民族记忆和想象。

德拉布尔的社群意识是建立在对过往伟大思想的借鉴和传承之上的。"希伯来圣经"在历史中生成为经典，成为承载犹太民族经验的载体，经卷的阅读过程就是群体经验的流动和传承，社群身份在正典空间中得以建立和传承。同时，"希伯来圣经"以言说的形式启示自我，通过宗教仪式获得集体记忆和经验传承，并在对话过程中引领人类超越自我中心，走向社群。社群意识在古希腊主要体现为以城邦生活为中心的政治思想。柏拉图和亚里士多德把对哲学思辨的爱好与对城邦生活的关注结合起来，通过城邦的存在说明了群体生活是人的本性，也通过人的本性论证了城邦的合理性。从西方文明的源头——两希文化——开始追溯，我们发现自古以来社群就是人类最为本质的共同愿景和理想。

中世纪神学把社群诉求从人间搬到了天国，追求全人类在基督教内的合一，期望建立一个全人类的宗教共同体。从文艺复兴时期开始，个人主义观念的产生引起了哲学划时代的变革。新兴的资产阶级以抽象人性为出发点，把人的自然权利作为社会和国家的基础。西方思想界从维护个人自由的角度去定义道德，以寻找国家及社会秩序。然而，当人类社会从农业文明向工业文明转型，由田园文明向商业文明过渡之际，原始的生命渴望变得异常艰难。当"工业化"、"现代化"在当代延伸出"后工业时代"、"信息化时代"、"全球化时代"等一系列社会转型之时，传统的道德受到了前所未有的挑战。黑格尔通过对西方两千多年的历史和哲学思想的总结和反思，旗帜鲜明地提出了社群观，包括批判自由主义个人先于社会的观点，探讨个人与社会的关系，以及论述个人与历史传统的关系等。黑格尔的社群思想在20世纪80年代受到极力推崇，进而引发了蔚为壮观的社群主义与自由主义之间的大辩论。重要的一点是，双方都以个人与社会之间的关系作为基点来建构整个理论体系，是以社会为本原的整体本体论与以个人为本原的原子本体论之间的激战。无论辩论双方是何立场，我们都必须承认建立和谐的个人与社会之间的关系已成为当今世界首要解决的命题。

"光辉灿烂三部曲"完成于20世纪80年代末90年代初，反映的是20世纪80年代英国社会生活。德拉布尔虽然没有参与哲学辩论，但是她以文学创作表达了浓厚而深沉的社群意识。德拉布尔的焦点是具有英国特色的民族社群文化的分析和再塑造。二战以后，英帝国在非殖民化中解体，维系英国国家认同的一个重要基础崩溃。同时，大众传媒的迅猛发展，多种文化思潮的大力冲击，传统价值观分崩离析。进入80年代后，撒切尔主义受到左派知识分子的全面责难，国际地位的降低、经济的衰退、文化种族多元化和大众文化的兴起等问题使英国人面临前所未有的民族认同危机。如何重建民族信心？如何排除现实焦虑？如何塑造新的社群关系？这一切成为"光辉灿烂三部曲"的中心意旨。德拉布尔在诊断英国社会离群症状的同时，建设性地构筑从个人到家庭再到社会的社群意识，以文学实践重申社群归属对个人的必要性和重要性，努力恢复社群认同在当代英国的文化价值。

"光辉灿烂三部曲"所揭示的离群症状是普遍而多样的，包括人际关系疏离、社会道德失序、唯娱乐是从的文化尺度、模拟虚幻的群体假象、信仰缺失、梦想破灭、碎片感无处不在、终极意义不确定，等等。三部曲的每一个题目都充满反讽和诘问：

其一,在《光辉灿烂的道路》中,小说的人物不知道"光辉灿烂的道路"在哪里,反映出严重的无方向感。小说中,人们对真实的人际关系和社群归属存在着巨大的误解,人与人之间的关系和相互判断由物质财富、社会地位等决定,鲜有道德衡量和情感交流。个体自我定位偏差,个体间关系疏离冷漠,反映在群体上就是全社会普遍的道德失序。

其二,在《一种自然的好奇心》中,叙述者通过揭示英国社会拒绝思考、排斥思辨的普遍娱乐现象,叹息"自然的好奇心"的失落。小说驳斥了现代科学霸权和大众媒体合谋所虚拟的社群假象,并直接指责撒切尔政府抛弃本民族文化传统而盲目投入全球化进程的错误决策。

其三,在《象牙门》中,小说的主人公们徘徊于"象牙门"与"兽角门"的交叉路口,折射出现实与想象之间、可知与不可知之间模糊而紧张的关系。在物质主义、科技文明、机械文明、政治恐怖等合力攻击下,人们思想混乱、信仰缺失,陌生化和破碎感严重地威胁着统一完整的自我。

三部曲的三位女主人公都拥有丰富的社会阅历和成熟的人生态度,洞察世态人情,因而她们的选择和判断是深思熟虑和周到全面的,她们的思考和批判是以专业学识和生活经历为基础的。正因为如此,德拉布尔的小说人物所反映出的社群意识式微的现象绝不是由个体的年轻无知或单纯莽撞而导致的,而是具有一种普遍人性意义和社会价值。

德拉布尔揭示社群式微的种种症状,为的是对症下药,积极参与当代英国社群文化的建构。社群是由个体组成的,社群建构自然要从个体的身份认同开始。"光辉灿烂三部曲"倡导的自我身份认同概括起来有三个主要特征:(1)强调"自我"的独立性和完整性;(2)承认个体的身份是由"自我"与"他者"在社会互动中合力中建构的;(3)辩证地认为身份认同是一个动态的历史的过程。

需要补充说明两点。第一,在西方传统的认识论中,自笛卡尔开启对人的主体性的推崇以来,生命自我始终是西方文化立命的根基。德拉布尔虽然不赞同原子式的个人概念,但是没有自我意识的群氓一定不是理想的社群成员。第二,在女性自我认同的问题上,对话各种女权主义的解读显得尤为必要。笔者始终认为,德拉布尔塑造女性形象和刻画女性间的真挚友情,并不是要刻意突出男女之间的性别对抗,而是以女性知识分子为载体,力求探知当代英国人的社群存在。若将女性的自我身份认同与性别认同画上等号,那么剩下的单性世界只是一种狭义群体的存在形式,显然不是德拉布尔心目中社群文化应该承载的全部内容。

事实上,德拉布尔在突出他者意识和动态意识之时,已经埋下了伏笔。以罗尔斯为代表的当代自由主义从一种孤立的、脱离社会历史情景的个人概念出发,认为个人的个体性、多样性先于人的统一性、社会性。也就是说,个人是本位的,社群是从属的。“光辉灿烂三部曲”则告诉我们,个人只有投入到一个社群之中,在自己作为社群成员的身份里,才能找到他真正的自我。德拉布尔把建构社群的期望寄托于最直接最基本的群体单位——家庭。“光辉灿烂三部曲”虽然全景式记录了英国社会的方方面面,并把视野投向国际舞台,但始终不曾放弃对家的守望。对家庭成员关系的描述、对母爱情感的倚重以及对家庭历史影响的探索与各种政治、经济和文化事件交织在一起,凸显了血缘社群不可替代的作用,为现代道德突围提供了一条有效的途径。

家的归属是人性最基本的渴望和表达,德拉布尔进而拓展家园的精神价值纬度,把对家庭内个体生命的怜爱延伸至对民族、生命和大自然的普爱,从而使社群的建构更具文化意义上的长远性和未来性。德拉布尔把建立英国民族社群认同的希望寄托在英国文学的伟大传统之上。从中世纪后期开始,英国文学伴随着近代社会的转型而演变。几个世纪以来的英国文学既是这一社会转型进程的产物,又积极影响着这个进程。从《坎特伯雷故事》到乌托邦文学到文化研究,英国文学不断对侧重物质文明的现代价值体系发出质疑,通过展望理想的社群生活,逐渐形成了一个强大的文化传统。埃德蒙·伯克的“有机社会”、塞缪尔·科勒律治的“知识阶层”、卡莱尔的“精神贵族”、阿诺德的“异己分子”、利维斯的“有机共同体”、威廉斯的“共同文化”,所有这一切都是上述传统的延伸。在争论与创新中,英国人文知识分子心怀天下,以丰富的文学意象和深邃的文化思想不断地打造着民族的想象,成为民族核心价值体系的建设者与守望者。德拉布尔正是沿袭了这一可贵的传统,勇敢地面对社会转型时期的焦虑和困惑,把积极回应英国伟大文学传统、努力书写颁布道德要义的文学作品、重新编撰文学词典、自觉梳理文学传统等方式作为摆脱危机的尝试，加入英国当代社群文化的建设。

理想的社群是一个有机的整体，不但具有共同的文化和传统，而且也具有统一的道德规范和情感认同。反过来说，道德必须置于群体中才能真正获得实现。因此，道德与社群相互依存，相互融合，不可分割。在德拉布尔建构社群的努力中，她的社群道德主旨清晰可见。笔者认为，“爱”与“直面现实”是德拉布尔社群道德的主旨。

在“光辉灿烂三部曲”中，德拉布尔通过“自爱”、“亲情”、“友情”、“神爱”等多种爱的形式生动展示了爱的社群纽带作用。在错综复杂的意识形态矛盾中，在纷纷攘攘的文学现象中，她以“爱”的普世价值来对抗异化的、碎片化的现代生活，坚持用情感来补充现代理性世界，找到了建立守望相助的血缘、伦理和民族社群的精神核心。

无论是为女性知识分子寻求突围的途径，还是为英国民族文化的集体认同谋求有效的方式，德拉布尔都表现出对历史的崇敬态度。然而，更加难能可贵的是德拉布尔能清醒地认识当下的语境和现实，以优雅而有力的姿态坚定地在现代城市建立社群意识。自滕尼斯提出社群的概念以来，传统的乡村是实现社群认同的理想地域。英国人更是拥有强烈的乡村感情和悠久的乡村文学传统，欧文甚至认为田园情感是英国文学区别于其他国家文学的本质。也就是说，在过往英国人心目中乡村不仅是现实生活，更是一个文化符号，体现了人与自然、人与人的和谐关系，象征了坚实而朴素的传统道德观。然而，在20世纪末，英格兰乡村仅仅作为风景而存在。德拉布尔的担当体现在她不回避英国社会城市化现实，以编年史家的责任感记录着以伦敦为代表的城市生活，努力在大都市里建构起新的社群意识。

综上所述，“光辉灿烂三部曲”表达的社群思想可以概括为以下几点：(1)重视自我的身份认同，但是更强调个体的主体性离不开群体的归属感；(2)突出社群内道德规范的必要性，但是确立的过程必须基于自由平等和共同理解；(3)承认社群的地域和形式的客观存在，但是更重视情感交流，推崇爱的普世价值；(4)承认群体属性的多重性和变动性，但是强调历史是不可割离的重要纬度；(5)社群意识需要相对固定的文化支撑，同时社群的建构又是一个不断书写和想象的过程。

德拉布尔的文学作品参与构筑了当代英国人共同的民族记忆和想象，是英国伟大文学传统的一部分。“光辉灿烂三部曲”是讲述和树立英国社群意识的产物，反过来又促进英国社群身份的确立。德拉布尔为英国社群寻找到了空间与时间的坐标，她的小说既帮助英国形成明确的文化身份，又确保社群身份的传承。

# 参考文献

## 一、英文部分

### (一)德拉布尔的小说

Drabble, Margaret. *A Day in the Life of a Smiling Woman: Complete Short Stories*. London: Penguin Books, 2011.

—. *A Natural Curiosity*. London: Penguin Books, 1990.

—. *A Summer Bird-Cage*. New York: Penguin Books, 1980.

—. *Jerusalem the Golden*. New York: Penguin Books, 1969.

—. *The Garrick Year*. New York: Penguin Books, 1980.

—. *The Gates of Ivory*. London: New York: Viking, 1991.

—. *The Ice Age*. New York: Alfred A. Knopf, 1977.

—. *The Middle Ground*. London: Weidenfeld and Nicolson, 1980.

—. *The Millstone*. London: Longman, 1978.

—. *The Needle's Eye*. New York: Alfred A. Knopf, 1977.

—. *The Peppered Moth*. San Diego: New York: London: A Harvest Book, Harcourt, Inc., 2002.

—. *The Radiant Way*. New York: Ivy Books, 1990.

—. *The Realms of Gold*. New York: Alfred A. Knopf, 1975.

—. *The Red Queen: A Transcultural Tragicomedy*. Orlando: Austin: New York: San Diego: Toronto: London: A Harvest Book, Harcourt, Inc., 2004.

—. *The Sea Lady: A Late Romance*. Toronto: McClelland &

Stewart, 2006.

—. *The Seven Sisters*. Orlando: Austin: New York: San Diego: Toronto: London: A Harvest Book, Harcourt, Inc. , 2003.

—. *The Waterfall*. New York: Penguin Books, 1977.

—. *The Witch of Exmoor*. San Diego: New York: London: A Harvest Book, Harcourt Brace & Company, 1998.

(二)德拉布尔的其他作品

Drabble, Margaret, Charles Osborne, ed. *New Stories* 1. London: Arts Council of Great Britain, 1976.

—, ed. *The Oxford Companion to English Literature*. 5th edition. Oxford: Oxford University Press, 1985.

—, Jenny Stringer, ed. *The Concise Oxford Companion to English Literature*. Oxford & New York: Oxford University Press, 1987.

—. "A Floating World." *New Statesman*, Vol. 17, Iss. 796 (March 1, 2004), 38-39.

—. "A Life in the Day." *The Sunday Times*(January 8, 2006), 58.

—. "A Little Night Reading." *The Sunday Times*(August 29, 2004), 46.

—. "A Woman Writer." *On Gender and Writing*. Ed. Michelene Wandor. London: Boston: Melbourne: Henley: Pandora Press, 1983, 156-159.

—. "Diary." *New Statesman*, Vol. 14, Iss. 638 (January 8, 2001), 6.

—. "Diary." *New Statesman*, Vol. 18, Iss. 871 (August 8, 2005), 8.

—. "Homework." *Ontario Review*, 7 (1977—1978), 7-13.

—. "How Not to Be Afraid of Virginia Woolf." *Ms*(November, 1972), 68+.

—. "Mimesis: The Representation of Reality in the Post-War British

Novel." *Mosaic*, 20.1 (1987), 1-14.

—. "Mummy's Boy." *New Statesman*, Vol. 135, Iss. 4810 (Sep. 18, 2006), 58.

—. "Novelists as Inspired Gossips." *People: Essays and Poems*. Ed. Susan Hill. London: Hogarth Press, 1983, 43-48.

—. "The Age of Publicity." *New Statesman* (January 12, 2006), 62-63.

—. "The Author Comments." *Dutch Quarterly Review of Anglo-American Letters*, No. 5 (1975), 35-39.

—. "The North Beyond the Grit." *New York Times* (July 26, 1987), A15.

—. *A Writer's Britain: Landscape in Literature*. London: Thames & Hudson, 1979.

—. *Angus Wilson: A Biography*. London: Secker & Warburg, 1995.

—. *Arnold Bennett: A Biography*. London: Weidenfeld & Nicolson, 1974.

—. *For Queen and Country: Britain in the Victorian Age*. London: Deutsch, 1978.

—. *Wordsworth*. London: Evans, 1966.

(三)德拉布尔的访谈

Abbe, Elfrieda. "The Margaret Drabble Way." Interview. *The Writer*, Vol. 119, Iss. 1 (January, 2006), 20-23.

Baker, Barbara, ed. "Margaret Drabble." Interview. *The Way We Write: Interviews With Award-Winning Writers*. London: New York: Continuum, 2006, 63-73.

Cooper-Clark, Diana. "Margaret Drabble: Cautious Feminist." Interview. *Critical Essays on Margaret Drabble*. Ed. Ellen Cronan Rose. Boston, Massachusetts: G. K. Hall & Co., 1985, 19-30.

Firchow, Peter. "Margaret Drabble." Interview. *The Writer's Place*:

*Interviews on the Literary Situation in Contemporary Britain*. Ed. Peter Firchow. Minneapolis: University of Minnesota Press, 1974, 102-121.

Hannay, John. "Margaret Drabble: An Interview." Interview. *Twentieth Century Literature*, Vol. 33, No. 2 (Summer, 1987), 129-149.

Hardin, Nancy. "An Interview with Margaret Drabble." Interview. *Contemporary Literature*, Vol. 14, No. 3 (Summer, 1973), 273-295.

Metcalfe, Anna. "Small Talk: Margaret Drabble." Interview. *Financial Times* (April 25, 2009), 15.

Milton, Barbara. "Margaret Drabble: The Art of Fiction LXX." Interview. *Paris Review*, Vol. 20 (Fall-Winter, 1978), 40-65.

Myer, Valerie Grosvenor. "Margaret Drabble in Conversation with Valerie Grosvenor Myer." Interview. Tape No. RI 2007. London: British Council, 1977. [Transcript accompanies taped interview.]

Parker, Gillian, Janet Todd. "Margaret Drabble." Interview. *Women Writers Talking*. Ed. Janet Todd. New York: Holmes and Meier, 1983, 160-178.

Rozencwajg, Iris. "Interview with Margaret Drabble." Interview. *Women's Studies*, Vol. 6 (1979), 335-347.

Whitehill, Sharon. "Two for Tea: An Afternoon with Margaret Drabble." Interview. *Essays in Literature*, 11 (1984), 67-75.

(四)德拉布尔研究文献

Allan, Tuzyline Jita. "*The Middle Ground*: Determinism in a Changing World." *Womanist and Feminist Aesthetics: A Comparative Review*. Athens: Ohio University Press, 1995, 76-83.

Beards, Virginia. "Margaret Drabble: Novels of a Cautious Feminist." *Critique*, Vol. 15 (1973), 35-47.

Boch, Gudrun. "Survival in a 'Dying Tradition': The Novels of Margaret Drabble." *Essays on the Contemporary British Novel*. Ed. Hedwig Bock and Albert Wertheim. Munich: Max Hueber, 1986, 32-39.

Bokat, Nicole Suzanne. *The Novels of Margaret Drabble: "this Freudian family nexus"*. New York: Peter Lang, 1998.

Bowen, Roger. "Investing in Conrad, Investing in the Orient: Margaret Drabble's *The Gates of Ivory*." *Twentieth Century Literature*, Vol. 45, Iss. 3 (Autumn, 1999), 278-298.

Bradbury, Malcolm. *The Modern British Novel*. London: Secker & Warburg, 1993.

Brans, Jo. *Listen to the Voices: Conversations with Contemporary Writers*. Dallas: Southern Methodist University Press, 1988.

Brownley, Martine Watson. *Deferrals of Domain: Contemporary Women Novelists and the State*. New York: St. Martin's Press, 2000.

Burkhart, Charles. "Arnold Bennett and Margaret Drabble." *Margaret Drabble: Golden Realms*. Ed. Dorey Schmidt. Edinburg: Tex.: Pan American University, 1982, 91-103.

Connor, Steven. *The English Novel in History* 1950-1995. London: Routledge, 1996.

Creighton, Joanne V. *Margaret Drabble*. London: New York: Methuen, 1985.

Cunningham, Gail. "Patchwork and Patterns: The Condition of England in Margaret Drabble's Later Novels." *The British and Irish Novel since* 1960. Ed. James Acheson. New York: St. Martin's Press, 1991, 112-123

—. "Women and Children First: The Novels of Margaret Drabble." *Twentieth Century Women Novelists*. Ed. Thomas F. Staley. London: Basingstoke: MacMillan Press Ltd., 1982, 130-152.

Fiander, Lisa M. *Fairy Tales and the Fiction of Iris Murdoch, Margaret Drabble, and A. S. Byatt*. New York: Peter Lang Publishing, Inc., 2004.

Fox-Genovese, Elizabeth. "The Ambiguities of Female Identity: A

Reading of the Novels of Margaret Drabble." *Partisan Review*, Vol. 46, No. 2 (1979), 234-248.

Greene, Gayle. "The Horror." *The Nation* (August 31/September 7, 1992), 217-220.

Gullette, Margaret Morganroth. *Safe at Last in the Middle Years: The Invention of the Midlife Progress Novel: Saul Bellow, Margaret Drabble, Anne Tyler, and John Updike*. Berkeley: Los Angeles: London: University of California Press, 1988.

Hannay, John. *Intertextuality of Fate: a study of Margaret Drabble*. Columbia: University of Missouri Press, 1986.

Harper, Michael F. "Margaret Drabble and the Resurrection of the English Novel." *Contemporary Literature*, Vol. 23, No. 2 (Spring, 1982), 145-168.

Higdon, David Leon. "Reinscribing Heart of Darkness: Margaret Drabble Confronts Joseph Conrad." *Conradiana*, Vol. 34, Iss. 1/2 (Spring, 2002), 31-42.

Jain, Sangeeta. "'Women No Longer Swing in the Ancient Orbits': Margaret Drabble's *The Millstone* and *The Realms of Gold*." *Feminism and Recent Fiction in English*. Ed. Sushila Singh. New Delhi: Prestige Books, 1991, 186-194.

Kakutani, Michiko. "Books of the Times." *New York Times* (October 21, 1987), C25.

Kenyon, Olga. *Women Novelists Today: A Survey of English Writing in the Seventies and Eighties*. New York: St. Martin's Press, 1988.

Kester-Shelton, Pamela, ed. *Feminist Writers*. Detroit: St. James Press, 1996.

Knutsen, Karen Patrick. "Leaving Dr. Leavis: A Farewell to the Great Tradition? Margaret Drabble's *The Gates of Ivory*." *English*

*Studies*, Vol. 77, No. 6 (November, 1996), 579-591.

Korenman, Joan S. "The 'Liberation' of Margaret Drabble." *Critique*, Vol. 21, No. 3 (1980), 61-72.

Leeming, Glenda. *Margaret Drabble*. Northcote: British Council, 2006.

Libby, Marion Vlastos. "Fate and Feminism in the Novels of Margaret Drabble." *Contemporary Literature*, Vol. 16, No. 2 (Spring, 1975), 175-192.

Madison, Beth. "Mr. Bennett, Mrs. Woolf, and Mrs. Drabble." *West Virginia University Philological Papers*, 34 (1988), 118-127.

Miles, Rosalind. *The Fiction of Sex: Themes and Functions of Sex Difference in the Modern Novel*. London: Vision Press; New York: Barnes and Noble, 1974.

Miracky, James J. "Hope Lost or Hyped Lust? Gendered Representations of 1980s Britain in Margaret Drabble's *The Radiant Way* and Martin Amis's *Money*." *Critique*, Vol. 44, Iss. 2 (Winter, 2003), 136-143.

Moran, Mary Hurley. *Margaret Drabble, existing within structures*. Carbondale and Edwardsville: Southern Illinois University Press, 1983.

Myer, Valerie Grosvenor. *Margaret Drabble: A Reader's Guide*. London: Vision Press; New York: St. Martin's Press, 1991.

—. *Margaret Drabble: Puritanism and Permissiveness*. London: Vision Press, 1974.

Oates, Joyce Carol. "Bricks and Mortar." *Ms.*, 3 (August, 1974), 35.

Poland, Nancy. "Margaret Drabble: 'There Must Be a Lot of People Like Me.'" *Midwest Quarterly*, Vol. 16, No. 3 (April, 1975), 255-267.

Robinson, Marilynne. "Growing up Thankless." *New York Times* (November 1, 1987), A12.

Rose, Ellen Cronan, ed. *Critical Essays on Margaret Drabble*.

Boston, Massachusetts: G. K. Hall & Co. , 1985.

—. *The Novels of Margaret Drabble: Equivocal Figures*. London: Basingstoke: Macmillan; Totowa, New Jersey: Barnes & Noble Books, 1980.

Rose, Phyllis. "Our Chronicler of Britain." *New York Times Book Review* (September 7, 1980), A1.

Roxman, Susanna. *Guilt and Glory: studies in Margaret Drabble's novels* 1963-80. Stockholm: Almqvist & Wiksell International, 1984.

Rubenstein, Roberta. "Fragmented Bodies/Selves/Narratives: Margaret Drabble's Postmodern Turn." *Contemporary Literature*, Vol. 35, No. 1 (Spring, 1994), 136-155.

—. "Severed Heads, Primal Crimes, Narrative Revisions: Margaret Drabble's *A Natural Curiosity*." *Critique*, Vol. 33, No. 2 (Winter, 1992), 95-105.

Sadler, Lynn Veach. *Margaret Drabble*. Boston: Twayne Publishers, 1986.

Schaumburger, Nancy. "When Will They Ever Learn?" *Belles Lettres*, Vol. 8, Iss. 1 (Fall, 1992), 42.

Seiler-Franklin, Carol. *Boulder-pushers: Women in the Fiction of Margaret Drabble, Doris Lessing and Iris Murdoch*. Berne, Switzerland: Peter Lang, 1979.

Showalter, Elaine. *A Literature of Their Own: British Women Novelists from Brontë to Lessing*. Beijing: Foreign Language Teaching and Research Press, 2004.

Singh, Alka. *Margaret Drabble's Novels: The Narrative of Identity*. Delhi, India: Academic Excellence, 2007.

Skoller, Eleanor Honig. *The In-Between of Writing: Experience and Experiment in Drabble, Duras, and Arendt*. Ann Arbor: The University of Michigan Press, 1993.

Smith, Martin Seymour. *The Macmillan Guide to Modern World literature*. London: the Macmillan Press Ltd, 1985.

Soule, George. *Four British Women Novelists: Anita Brookner, Margaret Drabble, Iris Murdoch, Barbara Pym*. The Scarecrow Press, Inc., 1998.

Stovel, Nora Foster. *Margaret Drabble: Symbolic Moralist*. Mercer Island: Starmont House, Inc., 1989.

Uniyal, Ranu. *The Fiction of Margaret Drabble and Anita Desai: Women and Landscape*. New Delhi: Creative Books, 2000.

Werlock, Abby H. P., ed. *British Women Writing Fiction*. Tuscaloosa: London: The University of Alabama Press, 2000.

(五)其他相关文献

Bell, Daniel. *Communitarianism and its Critics*. Oxford: Clarendon Press, 1993.

Daly, Markate, ed. *Communitarianism: a New Public Ethics*. Belmont, California: Wadsworth Publishing Company, 1994.

Felski, Rita. *Beyond Feminist Aesthetics: Feminist Literature and Social Change*. Cambridge: Harvard University Press, 1989.

Gill, Richard. *Happy Rural Seat: The English Country House and the Literary Imagination*. New Haven: Yale University Press, 1972.

Graver, Suzanne. *George Eliot and Community: a study in social theory and fictional form*. Berkeley, Los Angeles, London: University of California Press, 1984.

Hume, David. *A Treatise of Human Nature*. Auckland: The Floating Press, 2009.

Jameson, Fredric. *The Political Unconscious*. Ithaca, New York: Cornell University Press, 1981.

Leavis, F. R., Denys Thompson. *Culture and Environment: The Training of Critical Awareness*. Greenwood Press, 1977.

Rousseau, Jean-Jacques. *Emile, or On Education*. Tran. Allan Bloom. New York: Basic Books, 1979.

Showalter, Elaine, ed. *Speaking of Gender*. New York: Routledge, 1989.

Taylor, Charles. *The Ethics of Authenticity*. Cambridge, Mass.: Harvard University Press, 1991.

Williams, Raymond. *Culture and Society* 1780—1950. London: Chatto & Windus, 1959.

—. *The Country and the City*. New York: Oxford University Press, 1975.

—. *The Long Revolution*. London: The Hogarth Press, 1992.

## 二、中文部分

(一)德拉布尔的小说

德拉布尔.红王妃.杨荣鑫译.昆明:云南教育出版社,2007.

德拉布尔.金色的耶路撒冷.吕俊,候向群译.南京:译林出版社,2001.

德拉布尔.空床日记.林之鹤译.海口:南海出版公司,2008.

德拉布尔.磨砺——一个未婚母亲的自述.程逎欣,吕文镜译.北京:中国文联出版公司,1997.

(二)德拉布尔的访谈

俄克拉何马评论.我是怎样成为作家的——德拉布尔访谈录.屈小丽译.当代外国文学,2002(2),157—165.

李良玉.玛格丽特·德拉布尔访谈录.朱云译.舒程校.当代外国文学,2009(3),153—163.

(三)德拉布尔研究文献

程倩.寄梦神话——析德拉布尔小说《七姐妹》之互文戏仿.外国文学,2011(5),74—81.

程倩.困境·梦想·救赎——德拉布尔小说中的自然、神话和宗教意象解读.当代外国文学,2010(4),75—82.

程倩.文坛双秀:才情兼丽的德拉布尔姐妹.外国文学,2000(4),78—81.

程倩.无望的突围:评德拉布尔的女性小说.湖南师范大学社会科学学报,2000(1),119—123.

戴琳.解读玛格丽特·德拉布尔早期小说创作中的"自我指涉"现象.当代外国文学,2006(1),67—72.

冯真莉.不懈的追求——《金色的耶路撒冷》中克拉拉对待生活的态度.佳木斯大学社会科学学报,2007(2),92—94.

高继海主编.英国小说名家名著评析.北京:中国社会科学出版社,2006.

胡君,孙周年.论《七姐妹》中女性存在的孤独困境.大众文艺,2010(3),62—63.

姜宁.失望中的希望——评德拉布尔的《夏日的鸟笼》.西安电子科技大学学报(社会科学版),2002(2),80—84.

姜宁.意象在《冰期》中的运用.西安外国语学院学报,2003(4),69—72.

蒋承勇,等.英国小说发展史.杭州:浙江大学出版社,2006.

瞿世镜,任一鸣,等.当代英国小说.北京:外语教学与研究出版社,1998.

瞿世镜.英国女作家德拉布尔的小说创作.外国文学评论,1995(2),27—33.

李美皆.翻越情结之山.江南时报,2002-01-12(8).

林力丹.From Feminism to Postfeminism: Woolf, Drabble, and Carter.英美文学研究论丛,2012(1),15—27.

刘阳.生命交织,命运轮回——玛格丽特·德拉布尔《红王妃》女性形象解读.内蒙古农业大学学报(社会科学版),2008(6),396—398.

孟育凤.论德拉布尔小说中知识女性的心灵困惑.作家,2011(8),24—25.

孙志楠,郭晶.《光辉灿烂的道路》的后女性主义透视.学术交流,2013(7),197—200.

万雪梅.《磨砺》的解构与女性主义解读.江苏大学学报(社会科学版),2008(6),72—75.

王桃花,王青.女性主义视野中的《磨盘》.内江师范学院学报,2009(3),91—94.

王桃花.德拉布尔《金光大道》中的神话原型解读.山东外语教学,2011(3),67—71.

王贤.一间自己的房子——评德拉布尔创作中房子的意义.和田师范专科学校学报(汉文综合版),2006(2),100—101.

王佐良,周珏良主编.英国二十世纪文学史.北京:外语教学与研究出版社,1994.

夏月霞.评《金色的耶路撒冷》中书名的寓意.科技信息,2008(27),187,182.

杨建玫.被掩埋历史话语与生存本相的再现——评英国作家德拉布尔的《红王妃》.世界华商经济年鉴,2009(2),61—62.

杨跃华.论玛格丽特·德拉布尔三部作品的阶梯式叙事视角.重庆工商大学学报(社会科学版),2010(2),123—128.

张娜,杨丽.蕴含于回归中的和谐美——在女性精神分析角度下对比分析《黄金国度》和《简·爱》.长春大学学报,2008(3),51—53.

张小平.德拉布尔的《瀑布》:对浪漫爱情故事叙事传统的颠覆.河南师范大学学报(哲学社会科学版),2010(6),220—225.

张晓敏.母爱与性爱的分离——从《磨砺》看德拉布尔的文化女权主义.杭州师范大学学报,2009(3),118—120.

张中载.看《瀑布》——德莱布尔的实验性小说.当代英国文学论文集.北京:外语教学与研究出版社,1997,208—220.

周媛,孟育凤.德拉布尔小说《冰雪时代》总的生态批判意识解析.长春大学学报,2013(9),1170—1173.

(四)其他相关文献

阿诺德.文化与无政府状态.韩敏中译.北京:生活·读书·新知三联书店,2002.

安德森.想象的共同体:民族主义的起源与散布.吴叡人译.上海:上海人民出版社,2003.

柏拉图.理想国.郭斌和,张竹明译.北京:商务印书馆,1986.

鲍曼.共同体.欧阳景根译.南京:江苏人民出版社,2003.

贝尔.社群主义及其批评者.北京:生活·读书·新知三联书店,2002.

本尼特等.关键词:文学、批评与理论导论.汪正龙,李永新译.桂林:广西师范大学出版社,2007.

波普诺.社会学(第十版).李强等译.北京:中国人民大学出版社,1999.

博尔曼.写作的女人危险.宁宵宵译.北京:中央编译出版社,2010.

布鲁姆.西方正典.江宁康译.南京:译林出版社,2005.

陈晓律等.英国发展的历史轨迹.南京:南京大学出版社,2009.

弗洛姆.爱的艺术.李健鸣译.上海:上海译文出版社,2009.

弗洛姆.为自己的人.孙依依译.北京:生活·读书·新知三联书店,1988.

格林菲尔德.民族主义:走向现代的五条道路.王春华等译.上海:上海三联书店,2010.

哈耶克.通往奴役之路.王明毅,冯兴元译.北京:中国社会科学出版社,2013.

河西.人与社会再度相遇——丹尼尔·贝尔的社群主义立场.社会观察,2004(8),32—33.

黑格尔.法哲学原理.范扬,张企泰译.北京:商务印书馆,1996.

黄平等主编.当代西方社会学·人类学新词典.长春:吉林人民出版社,2003.

霍布斯.利维坦.黎思复,黎廷弼译.北京:商务印书馆,1986.

姜宗强.希伯来先知的伦理观与言说方式.兰州大学学报(社会科学版),2011(4),38—43.

今道友信.关于爱和美的哲学思考.王永丽,周浙平译.北京:生活·读书·新知三联书店,1998.

李炽昌,游斌.生命言说与社群认同:希伯来圣经五小卷研究.北京:中国社会科学出版社,2003.

利奥塔.后现代道德.莫伟民等译.上海:学林出版社,2000.

利维斯.伟大的传统.袁伟译.北京:生活·读书·新知三联书店,2002.

梁工.圣经形式批评综论.世界宗教研究,2011(4),88—99.

卢梭.遐思录.李菁译.北京:北京出版社,2004.

陆建德.破碎思想体系的残编.北京:北京大学出版社,2001.

陆建德.小说的寿命:超过上帝.读书,1998(3),26—31.

罗钢,刘象愚主编.文化研究读本.北京:中国社会科学出版社,2000.

马歇尔主编.剑桥插图大英帝国史.樊新志译.北京:世界知识出版社,2004.

马元曦,康宏锦主编.西方女性主义文学文化译文集.桂林:广西师范大学出版社,2008.

麦金太尔.伦理学简史.龚群译.北京:商务印书馆,2003.

麦金太尔.追寻美德:道德理论研究.宋继杰译.南京:译林出版社,2008.

苗力田主编.古希腊哲学.北京:中国人民大学出版社,1989.

苗力田主编.亚里士多德全集.北京:中国人民大学出版社,2003.

莫尔.乌托邦.戴镏龄译.北京:商务印书馆,1982.

纳斯鲍姆.善的脆弱性——古希腊悲剧和哲学中的运气与伦理.徐向东,陆萌译.南京:译林出版社,2007.

聂珍钊等.英国文学的伦理学批评.武汉:华中师范大学出版社,2007.

欧文.见闻札记.费解,苏勇强编译.西安:陕西人民出版社,2005.

帕克斯曼.英国人.严维明译.上海:上海译文出版社,2000.

彭刚.论卢梭公民美德的人性基础.政治思想史,2002(2),88—111.

钱乘旦,许洁明.英国通史.上海:上海社会科学院出版社,2007.

乔叟.坎特伯雷故事.方重译.上海:上海译文出版社,1983.

任岩.论《坎特伯雷故事》对14世纪英国传统价值观念的突破.通化师范学院学报,2006(3),34—36.

阮炜.社会语境中的文本——二战后英国小说研究.北京:社会科学文

献出版社,1998.

桑德尔.自由主义与正义的局限.万俊人译.南京:译林出版社,2001.

圣经.南京:中国基督教协会,1995.

泰勒.黑格尔.张国清,朱进东译.南京:译林出版社,2002.

泰勒.自我的根源:现代认同的形成.韩震等译.南京:译林出版社,2001.

唐特雷佛选编.阿奎那政治著作选.马清槐译.北京:商务印书馆,2007.

滕尼斯.共同体与社会——纯粹社会学的基本概念.林荣远译.北京:商务印书馆,1999.

汪民安主编.文化研究关键词.南京:江苏人民出版社,2007.

王彩波主编.西方政治思想史:从柏拉图到约翰·密尔.北京:中国社会科学出版社,2004.

王尔德.谎言的衰落一王尔德艺术评论文选.萧毅译.南京:江苏教育出版社,2004.

威廉斯.关键词:文化与社会的词汇.刘建基译.北京:生活·读书·新知三联书店,2005.

威廉斯.文化与社会.吴松江,张文定译.北京:北京大学出版社,1991.

威廉斯.乡村与城市.韩子满等译.北京:商务印刷馆,2013.

吴浩.自由与传统——二十世纪英国文化.北京:东方出版社,1999.

席勒.审美教育书简.冯至等译.上海:上海人民出版社,2003.

肖明翰.《坎特伯雷故事》的朝圣旅程和基督教传统.外国文学,2004(6),93—98.

肖明翰.试论《坎特伯雷故事》的多元与复调.外国文学研究,2006(4),74—83.

谢大卫.圣书的子民——基督教的特质与文本传统.李毅译.北京:中国人民大学出版社,2005.

亚里士多德.政治学.吴寿彭译.北京:商务印书馆,1965.

闫玉清.西方文论中的基督教神学景观.社会科学战线,2005(1),277—280.

姚建斌. 乌托邦小说：作为研究存在的艺术. 北京师范大学学报(社会科学版)，2003(2)，105—114.

伊格尔顿. 文化的观念. 方杰译. 南京：南京大学出版社，2003.

殷企平，高奋等. 英国小说批评史. 上海：上海外语教育出版社，2001.

游斌. 希伯来圣经的文本、历史与思想世界. 北京：宗教文化出版社，2007.

詹姆逊. 晚期资本主义的文化逻辑：詹明信批评理论文选. 张旭东编，陈清侨等译. 北京：生活·读书·新知三联书店，1997.

张隆溪. 乌托邦、世俗理念与中国传统. 永远的乌托邦：西方文学名著导读. 曹莉主编. 北京：清华大学出版社，2002，169—190.

赵国新. 马修·阿诺德的"天人之策". 学海，2011(3)，188—192.

赵一凡等主编. 西方文论关键词. 北京：外语教学与研究出版社，2006.

朱立元主编. 当代西方文艺理论. 上海：华东师范大学出版社，2002.

朱望. 一体化过程中英国民族识别标志的变迁. 欧洲，2000(3)，74—81.

## 三、网络资源

360 百科(http://baike.so.com/index.html)

Margaret Drabble: A Home Page(http://redmood.com/drabble/)

亚马逊(http://www.amazon.cn/牛津英国文学词典/dp/B0011CPB78)

在线《辞海》速查手册(http://www.xiexingcun.com/cihai/)

# 索 引

**P**



**Q**



**R**



**S**

**T**

# 致　谢

专著行将竣稿，此时此刻我真诚地想把心中积淀的深深的感激之情表达出来，又唯恐语拙词穷，不能尽意。

首先，我要将最崇高的敬意献给我的导师——殷企平教授。在1994年3月大学入学面试中，我第一次见到殷老师。从此在他的指引下，开始步入英语的世界、文学的天堂。时光驰骋，受享师恩二十载，铭感五内。正是在导师循循善诱、细致入微的指导、关怀和勉励下，我才能完成这本书。导师温良恭俭的人格魅力、孜孜不倦的敬业精神和求真务实的治学态度始终激励着我不断前行。

感谢师母孙贻芳女士。她的热情、体贴、乐观和豁达一直让我如沐春风。从一个懵懂的少女到如今身为人母，在我的求学、工作、结婚、生育等人生的重要阶段，师母自始至终都给予我长辈的爱护和朋友的关心。

感谢浙江大学人文学院的吴笛教授和张德明教授。聆听他们的讲学是我求学途中莫大的殊荣。他们渊博的学识和儒雅的风范给我以深远的启迪；他们机智的幽默和犀利的批判让我看到身为知识分子的担当和责任。

感谢我的工作单位——浙江大学外国语言文化与国际交流学院——各级相关领导。他们殷切的期望和热忱的支持，使我有机会前往英国剑桥大学访学深造，促进了书稿的完成。感谢英语文学研究所的高奋教授、沈弘教授、谭慧娟教授、方凡教授、何辉斌教授以及各位同仁，他们热情的鼓励和诚恳的指点使我的研究过程充满了温暖。

感谢陆建德教授、李公昭教授、聂珍钊教授、刘军教授、林力丹教授、傅守祥教授、何莲珍教授、施旭教授、马博森教授、王永教授，等等。虽然相处机会有限，但他们对选题的建议、对研究方法的点拨、对研究资料的推荐和对研究进度的敦促都使我受益匪浅。

感谢作家玛格丽特·德拉布尔。在剑桥大学短短几分钟的会面，现在回想起来依然让我激动兴奋如初。她对研究主题的肯定、对中国学者的鼓励和对本专著的祝愿让我坚定了学术研究的信心和决心。

我还要感谢我的师兄弟们、师姐妹们。我们一起学习，共同讨论，互助互爱，成为亲密的伙伴。胡强师兄的机敏睿智和连珠妙语让我从混沌茫然中豁然开朗；管南异师兄的谦和宽容和赤诚相待让我从垂头丧气中振奋精神。感谢人文学院博士生班的各位学友。难忘与他们一起分享生活的经历，鼓舞彼此的志向。

感谢我的芝兰之交卢巧丹、卢燕飞和洪峥。她们以最生动、最丰富、最真挚的方式支持我、温暖我。当和巧丹、燕飞在剑河畔相聚、在纽纳姆学院共进餐时，我感到似乎与“光辉灿烂三部曲”中的三位女主人公在时空中产生了一种共鸣。

我要特别感谢我的家人。父母用一生的心血照顾我，给予我最永久的拳拳关怀。他们默默地替我分担生活的压力，每天给我做好吃的饭菜，让我感受到亲情的温暖无边。我也要把心中的感谢献给我的先生金国强和我可爱的女儿金晏如。在书稿撰写过程中，他们不仅以各自出色的工作和学习业绩给我以精神动力，还以最细腻的关爱和信任支撑着我坚持完成研究，坚守“钝学累功，不妨精熟”的信念。

感谢浙江大学出版社各位领导与编辑为本书的出版提供的帮助和指导。

本书的撰写得到了浙江大学人文学部的大力支持，获得浙江省社科规划基金和中央高校基本科研业务费专项资金资助，特在此致谢。

需要感谢的人还有很多，没有他们在各个方面有形的和无形的帮助，我无法顺利完成我的专著。谨在此一并予以鸣谢。

孙艳萍

2014 年 6 月于浙江大学紫金港校区

**图书在版编目(CIP)数据**

玛格丽特·德拉布尔"光辉灿烂"三部曲中的社群意识研究 / 孙艳萍著. —杭州:浙江大学出版社，2014.9
ISBN 978-7-308-13731-7

Ⅰ.①玛… Ⅱ.①孙… Ⅲ.①德拉布尔,M.—文学研究 Ⅳ.①I561.065

中国版本图书馆 CIP 数据核字(2014)第 193107 号

**玛格丽特·德拉布尔"光辉灿烂"三部曲中的社群意识研究**

孙艳萍 著

---

**策划编辑** 张 琛
**责任编辑** 陈佩钰(yukin_chen@hotmail.com)
**封面设计** 项梦怡
**出版发行** 浙江大学出版社
(杭州市天目山路 148 号 邮政编码 310007)
(网址:http://www.zjupress.com)
**排　　版** 杭州中大图文设计有限公司
**印　　刷** 浙江印刷集团有限公司
**开　　本** 700mm×960mm 1/16
**印　　张** 13.5
**字　　数** 200 千
**版 印 次** 2014 年 9 月第 1 版 2014 年 9 月第 1 次印刷
**书　　号** ISBN 978-7-308-13731-7
**定　　价** 38.00 元

---



浙江大学出版社发行部联系方式:0571—88925591;http://zjdxcbs.tmall.com